现代性五面孔2

张鸿/主编

夏蜂

SUMMER BEE

弋舟/著

南方出版传媒
花城出版社
中国·广州

图书在版编目（CIP）数据

夏蜂 / 弋舟著. -- 广州 : 花城出版社, 2017.6
（现代性五面孔 / 张鸿主编. 第二辑）
ISBN 978-7-5360-8293-9

Ⅰ. ①夏… Ⅱ. ①弋… Ⅲ. ①短篇小说－小说集－中国－当代 Ⅳ. ①I247.7

中国版本图书馆CIP数据核字(2017)第112769号

出 版 人：詹秀敏
责任编辑：黎　萍　夏显夫
技术编辑：薛伟民　凌春梅
封面设计：介　桑

书　　名　夏蜂
　　　　　XIA FENG
出版发行　花城出版社
　　　　　（广州市环市东路水荫路 11 号）
经　　销　全国新华书店
印　　刷　广东新华印刷有限公司
　　　　　（广东省佛山市南海区盐步河东中心路 23 号）
开　　本　880 毫米×1230 毫米　32 开
印　　张　8　1 插页
字　　数　160,000 字
版　　次　2017 年 6 月第 1 版　2017 年 6 月第 1 次印刷
定　　价　35.00 元

如发现印装质量问题，请直接与印刷厂联系调换。
购书热线：020－37604658　37602954
花城出版社网站：http://www.fcph.com.cn

目 录

经过一段时间的现代遗忘之后

——弋舟

（自序）

一

这本集子被收入“现代性五面孔”这套书系。动手整理书稿，循着编辑的思路以及自己对于“现代性”朦胧的意会，我挑出了这十二篇小说。

编辑的思路大致是清晰的：作品首先要有“现代性”的指归。这个思路遵循起来并不容易。对于那个“现代性”的理解，不想不知道——尽管常常会挂在嘴边，可一旦要用它来坐实自己的创作，才会发现，它是如此地复杂、如此地不可捉摸甚至空洞；它的边界似乎是不证自明的，但你若是真的要在它所规定的版图里行动，就会发现，你将很难给自己一个确凿的方案。

所以我说它“朦胧”，所以对其我只能勉强地称之为“意会”。

在这种“朦胧的意会”指导下，我所挑选出的这十二篇小说，大致上，无可辩驳，的确佐证了我对于“现代性”的理解。然而，定稿之时，我又对这个结论充满了犹豫。它们真的反映了我所理解的那个“现代性”吗？事实上，这样的一份结论是如此地不能令我满意。我的不满意，并不是对于自己作品水准的遗憾——它们当然不是完美的。更多地，我是对自己兑现“现代性”时的无力和混乱而感到震惊。在这种无力和混乱之下，我想我一定是必然片面地、但却难以纠正地误解着“现代性”。

整理作品时，朦胧指导着我的，是这样一些词语——先锋、实验、早期、探索、破碎、跨文体乃至容忍有缺陷……这些，难道就是我所“朦胧意会”的那个“现代性”？在我“朦胧的意会”里，落实在小说实践中，原来“现代性”就是一个天然带有“早期实验性质的有缺陷并且在文体上都可以模棱两可的东西”吗？

天啊，如果它是，那么，我只能承认，如今我反对这样的“现代性”。

我从未给自己的集子写过序言，这是第一次。在这个“第一次”里，我想冒点儿险，以一种“现代性”的方式，大段引用别人的论述：

> 对于艺术作品来说，没有哪个词比“探索”更没有意义的了。它掩饰了苍白、内在空虚、真正创作意识的缺失和低级的虚荣。“在寻找的艺术家”这一说法是何等庸俗的对贫乏的特赦！艺术不是科学，无须强迫自己进行实

验。假如实验只是停留在实验的层面上，没有进入到使艺术家制作成品的隐秘阶段，那么就永远无法达到艺术的目的。关于这一点，瓦雷里在他关于德加的随笔中说得颇有趣味：

他们（德加同时代的几个画家）把练习和创作混为一谈，把目的和手段混为一谈。这就是“现代主义”。“完成”作品——意味着要把所有的创作痕迹隐藏起来。艺术家（按古老的要求）应当只能以自我风格肯定自己，应当不断努力，直到作品消灭了创作痕迹。然而，当对个性和瞬间的重视逐渐胜过对作品本身和其持久存在的思索，作品的完成性不但显得多余和羞于启齿，而且与“真理”“敏锐”“天才的显现”这些词相抵触。个性开始凌驾于一切，甚至对大众而言亦如此！速写获得了与画作同等的地位。

的确，二十世纪后半期的艺术已经失去了神秘感。今日艺术家要求一时而全面的肯定——给予他精神领域的及时回馈。从这个角度而言，卡夫卡的命运更令人震惊：他生前没有出版任何作品，在遗嘱中要求遗嘱执行人销毁所有手稿。从精神层面来说，卡夫卡的灵魂构成是属于过去的。因此他与自己的时代格格不入，万分痛苦。而号称当代艺术的东西大多是展示自我，因为他们错误地认为，方法能成为艺术的意义和目的，当下大部分艺术家都践行这种有点存在主义色彩的自我展示。

先锋主义这一概念在艺术中是没有意义的。我能理解，它有点接近体育运动的意思。接受艺术中的先锋主义，意味着承认艺术可以进步。技术进步我理解，它意味着有了能更好完成任务更加完善的机器。艺术怎么能变得更先进：可以说托马斯·曼比莎士比亚好吗？

谈及实验、探索的说法，通常和先锋主义有关。但艺术中的实验指什么呢？尝试，看看是否成功？可如果不成功，就用不着去看了，这是失败者个人的事情。由于艺术作品具有美学和世界观上的价值完整性与完成度，所以这个机体能够按照自己的法则生存并发展。可以把生孩子当作实验吗？这是不道德的，也是无意义的。

可能是那些主张先锋主义和实验艺术的人不辨良莠？他们迷失在新的美学架构前，被这些超出他们习惯和理解的概念弄得晕头转向，只求不出错，以至于找不到自己的准则？可笑的是，有人问毕加索所做的“探索”，对此他显然很不满，不过机智而得体地回答：“我不探索，我发现。”

千真万确，探索的概念能用在诸如列夫·托尔斯泰这么伟大的人身上吗？看到没，老人在探索！真是可笑！虽说某些苏联文艺理论家差不多就这么说了：他在找寻上帝和不以暴力抵抗邪恶的过程中迷失了方向，也就是说，他在探索中没有找到正确的方向……

探索是一个过程——不可能有其他理解——从作品的完整性来说，它们就好比一个人提着篮子在森林里徘徊着采蘑菇与已经采到满满一篮子蘑菇的关系。只不过后者，也就是那满满一篮子蘑菇，才是艺术作品：满满的一篮子蘑菇是真实不虚的成果，而森林里漫步只是一个爱好者个人的事情，只是散散步，呼吸下新鲜空气而已。在这个层面上的欺骗是蓄意的阴谋。瓦雷里在《达·芬奇体系导论》中尖锐地指出："惯于愚蠢地将换喻当作发现，隐喻当作证据，把连篇废话当作妙语连珠，把自己当作先知，是我们与生俱来的恶。"

相较于一则"自序"，我引用得可能太多了一些。可我太想这么干了。我想以此来表明我对这一大段话的赞成和重视，立此存照，时刻提醒自己——某些我们自以为是的写作观念，会遭到多么雄辩的驳斥，甚至，对其的指控会严峻到"与生俱来的恶"！

这段话出自前苏联导演安德烈·塔可夫斯基。塔氏在电影艺术方面与费里尼、伯格曼并称为"圣三位一体"，其作品以如诗如梦的意境著称，主题宏大，流连于对生命或宗教的沉思。伯格曼评价"他创造了崭新的电影语言，把生命像倒影、像梦境一般捕捉下来"。瞧，就是这样一位大师，对于他的一切评价都可以盛放在"现代性"的筐子里，但是他却如此激烈地驳斥着"探索""先锋主义"和"实验艺术"。

"二十世纪后半期的艺术已经失去了神秘感"，它在相当程度上抹去了艺术那"神圣"的过程与结果，以一种"半成品"的方式怂恿、蒙蔽着创作者和欣赏者，于是，我们"迷失在新的美学架构前"，就像塔氏所严厉指责的那样，对"先锋、实验、早期、探索、破碎、跨文体乃至容忍有缺陷……"做出了"何等庸俗的特赦"。

可这十二篇小说的确又是我写下的。

如今，我应当为之汗颜吗？不，当然不。卡林内斯库在那本《现代性的五副面孔》中写下了这样一个章节：古代巨人肩膀上的现代侏儒。我觉得，用这个指称来认领自己今天的角色，是我所甘心的。我承认我的“侏儒性”，就像无从辩驳我是一个“现代人”一般；我也承认我视古代有着“巨人”的品性，这就是我今天难以容忍自己侏儒一般见识的根由。

王春林先生将我新近的作品评论为“不动声色的现代主义”，不管我是否真的在创作中兑现了这个评语，我都愿意将其视为写作的目标。因为，目睹了太多的“大动声色的现代主义”表演后，我这样一个“现代小说家”，实在是渴望重回古代的怀抱，按照对于一个艺术家那“古老的要求”，回到艺术那些亘古的准则里去。

“后现代主义者欢庆现代性的终结，让人们注意传统的新颖性（经过一段时间的现代遗忘之后），注意新事物的衰退甚至是腐朽”！这段话同样出自《现代性的五副面孔》。在这里，我无力再去辨析“后现代性”，我只愿懒惰的、按照我一己的情感，用直觉捕捉这样的语词——注意传统的新颖性（经过一段时间的现代遗忘之后）。

经过一段时间的现代遗忘之后！

这句话，竟令我这样一个小说家百感交集，几欲眼涌泪水。

二

感谢这套书系的策划者张鸿女士。至少，在我创作多年后，她给了我这样一个严肃的机会，让我直视那个似乎已经习焉不察的“现代性”，重新辨析，重新廓定自己的方向。那么，当我反省了自己“形式上”的“现代性”后，我必须从精神上，再次盘点一番自己对于现代性“朦胧的意会”。

塔可夫斯基的那段话里提到了卡夫卡——“从精神层面来说，卡夫卡的灵魂构成是属于过去的。因此他与自己的时代格格不入，万分痛苦”。我想说的是，这段话，大致就是我对“现代性”偏执而又顽固的精神想象。

身为一个小说家，我还是愿意以一篇小说来说明我的这个想象。这篇小说，就是卡夫卡的短篇《判决》。

《判决》是卡夫卡写得较早的一个短篇，亦是卡夫卡最喜爱的作品。这个短篇写于一九一二年九月二十二日的晚间。卡夫卡生于一八七三年，也就是说，《判决》这个短篇是他即将三十岁时写下的东西。

我们先来重温一下《判决》所写的大致内容：主人公格奥尔格·本德曼是个商人，自从几年前母亲去世后，就和父亲一起生活，如今生意兴隆。这天早上，他在房间里给一位多年前迁居俄国的朋友写信，告诉他自己订婚的消息。写完信后，格奥尔格来到父亲的房间，意外的是父亲对他态度非常不好，怀疑他根本就没有一位迁居到俄国的朋友，指责他背着自己做生意，还盼着自己早死。突然，父亲又转了话题，质疑格奥尔格是否真的有这样一位朋友，而父亲自己，倒是一直跟那位朋友通信，并早已把格奥尔格订婚的消息告诉了人家。格奥尔格忍不住顶撞了父亲，父亲骇然判独生子去投河自尽。于是独生子真的便去赴死了。

我们看看卡夫卡是如何开篇的——

> 那是一个风和日丽、美不胜收的初春星期日，年轻商人格奥尔格·本德曼在自己房间伏案给友人写信。

这是一个颇为“古典”的开头，但是，如果我们理解了这位“友人”只是某个抽象化了的概念，我们便会立刻进入到“现代性”的阅读语境之中。当然，读懂这样的作品很困难，我们饱受所谓的“现实主义”的文学熏陶，想要重新建立一套阅读体系，注定艰难至极。为此，我特意查找了一些资料，对于这个短篇的解读非常多，但是论述者全部避开了小说中那个关键的“友人”，而这位缺席的“友人”，却是结构这个短篇时最不可或缺的要素。关于这篇小说的内核，卡夫卡自己说的当然最为可信，我们只须引用一下他的日记就行了：

> 乘修改《判决》的机会，我写下就我目前所认识到的觉得在这个故事中看清楚了的所有关系。这是必要的，因为这是从我身上自然而然生下来的产儿，满身污垢和泥浆，而只有我具有可以通过污泥触及躯体的手，也只有我有兴趣这么做——
>
> 那位朋友（文中那个在彼得堡的朋友）是父与子之间的联系，他是他们之间最大的共同性。独自坐在窗前时，格奥尔格喜不自胜地玩味着这一共同物，以为已经赢得了父亲，一切在他眼前都显得那么安宁，包括那一闪即逝的伤感。现在故事的发展表明，父亲是怎样从那个共同物，即从那个朋友那儿突出自己，并把自己放在与格奥尔格对立的地位，他通过其他那些较次要的共同点而加强自己的

地位，诸如通过母亲的爱和依从，通过对母亲的始终不渝的缅怀，通过最初确实是由父亲为商店争取到的顾客。格奥尔格则什么也没有，那个未婚妻在故事中只是由于父子同那个朋友，即同那个共同点的关系的存在才存在，同时由于尚未结婚，她不得进入那父子的血缘范围，因此轻而易举地被父亲排除了。那共同点的一切都是环绕着父亲耸立起来的，而格奥尔格只是觉得它是一种陌生的独立而形成的，他所保护得不够的，受到俄国革命之害的东西。正因为他除了看着父亲以外，别的一无所能，所以父亲对他的最后判决才会对他产生如此强烈的效果。

在这里，卡夫卡通过描写一个与父子俩共同关联的“对象”，来象征他们的某种“共性”，并且由此来结构小说。这时候，这个“对象”已经不是平常意义上的人物了，只不过，卡夫卡给了它一个“友人”这样的身份外衣。实则，它或者只是一个抽象的概念，或者干脆就是虚无本身和那个外在于我们的“世界”。于是，和这个“对象”默契与否，是否能垄断这个“对象”，才导致了父子俩的那一番争论，才使得冲突以及冲突的强度成立起来，并且，这一切的一切，才致命地荒诞起来——瞧，对于“对象”的缺失，最终导致了儿子的自尽。

卡夫卡把这个作品说成是一个“夜晚的幽灵”（它写于夜间而且是通宵），他说“我写下它把它固定下来，因而完成对幽灵的抵御”。这个“幽灵”，在我看来，就是那位缺席的、造成对抗的、实则却是莫须有的“友人”。在这里，我更愿意将这位“友人”称为“对象”。它即是那个充满敌意的、包围着现代人的“他者”。而卡夫卡固定下来的，只是“一种陌生的独立而形成的，他所保护得不够的，受到俄国革命之害的东西”。

我们再来看看对于这个短篇标准的、教科书式的解读——

> 作品所描写的在父子两人的口角过程中，清白善良的儿子竟被父亲视为有罪和执拗残暴，在父亲的淫威之下，独生子害怕、恐惧到了丧失理智，以致自尽。父亲高大强壮而毫无理性，具有一切暴君的特征。这个貌似荒诞的故事是卡夫卡负罪心态的生动描述，父亲的判决也是卡夫卡对自己的判决。主人公临死前的低声辩白——“亲爱的父母亲，我可是一直爱你们的”，则是卡夫卡最隐秘心曲的吐露。这种故事的框架是典型的卡夫卡式的，是他内心深处的负罪感具象化之后的产物。然而作品的内涵显然不在于仅仅表现父子冲突，更在于在普遍意义上揭示出人类生存在怎样一种权威和凌辱之下。同时，又展现人物为战胜父亲进行的一系列抗争。儿子把看来衰老的父亲如同孩子般放到床上后，真的把他“盖了起来”。从表面上看，他这样做是出于孝心。在深层含义上，他则是想埋葬父亲，以确立自己作为新的一家之主的地位。小说在体现了卡夫卡独特的“审父”意识的同时，也表现了对家长式的奥匈帝国统治者的不满。与此同时，卡夫卡还通过这个独特的故事揭示了西方社会中现实生活的荒谬性和非理性。

不错，这样的答案标准极了，面面俱到，如果是高考答题，差不多可以得满分。但在我看来，它却粗暴地将一切简单化了，尽管它其中还含纳了弗洛伊德式的精神分析法这样的复杂趣味。尤其最后的那段句子——“与此同时，卡夫卡还通过这个独特的故事揭示了西方社会中现实生活的荒谬性和非理性”——这种句式，恰恰正是现代性所反对的，它强加给了这个短篇以某种需要达到“谎言”一般的力度才能得逞的道德感。当然，我在这里如此“化验”《审判》，同样具有类似的风险。在我看来，现代小说在某种意义上是排斥过分阐释的。这或者是我的偏见——面面俱到的分析，恰恰是对现代性最大的伤害。这就是我们今天所面临的悖论——现代性排斥“定论”，而“给万物下定论”，却是人类根深蒂固的劣习。

最后，我们再来看看卡夫卡是如何给这个短篇结尾的。当主人公令人惊悚地果真跳河之后，卡夫卡如此写道——

在这一瞬间，来往的交通从未中断。

多么绝望！荒谬之后，世界依旧荒谬地运转下去，于是荒谬便成为常规本身。

此前，卡夫卡几乎用了这个短篇百分之八十的篇幅，描写了父与子之间的辩论。这其实是卡夫卡一贯的创作手法——在整体性的荒诞之中，每个细节却是煞有介事地非常现实。这个短篇甚至可以看作是卡夫卡对于这个世界的申辩。这一番申辩，也可看作是一种自我的辩难。在这个短篇里，辩论的对象其实并不是父子俩，毋宁说，卡夫卡与之激辩的，就是虚无本身。十是，辩论的内容我们都可以忽略不计，我们应当看重的，是“辩论”这样一个姿态。卡夫卡借用“友人”这一象征性的“对象”，完成了与世界还有那个内在的自己的激辩。尽管一切荒谬，尽管一切注定无望，但此番激辩，因为人的执拗和煞有介事而具有了意义。作为一个内在的人，卡夫卡必定是一个经常有着不同的声音在内心激辩的人，他那些作为一个现代性的人的经验，就是这种内心激辩的真实写照。

德国学者G.R.豪克在《绝望与信心》中阐释了一个重要的事实：对于当今时代而言，绝望的存在可能是一个无以辩驳的事实，可是我们也不能忽视绝望的背后，还有微弱的信心，还有希望的存在。两种声音的辩论，绝望与信心的交织，就构成了人类丰富的内心世界。一种有重量的文学，就应该多关注这些内心的争辩和较量，就应该在作品中建构起这种独特的内在经验，唯有如此，文学才能有效地分享存在的话题，并为当下人类的存在境遇做证。

这正是卡夫卡给予我们的信心和盼望。这也是我对于“现代性”精神的想象。在这个想象中，我不愿将“现代性”偏颇地视为一副颓废的面孔（它恰是卡林内斯库所开列的“现代性五面孔”之一）。今日之小说，之所以不能够令人满意，很重要的原因，除了因为小说过度做回了故事和趣味的囚徒，不再逼视存在的真实境遇，进而远离了那个内在的人，还因为其因因相循，在另一个方面，片面地放大了虚无与绝望。

一个内在的人，一个有存在感的人，一个勇于与世界和内心激辩的人，他的书写，代表的是对存在的不懈追索，而“不懈的追索”这一积极的态度，这一命定了的“徒劳的姿态”，这种“与世界和内心激辩的热情”，在我看来，却构成了现代小说的精神基石。而这样的基石，也许同样被我们正在“现代遗忘着”。

三

小说家给自己作序在我看来都是一件艰巨的事情，遑论试图给自己一个清晰的、经得起写作实践检验的立场。我知道我可能什么也没想清楚，知道我可能顶多依然身陷“朦胧的意会”里，知道我的写作本身完全有可能还会和这个自序南辕北辙。好在，卡林内斯库自己也在《现代性的五副面孔》的译本序言中如是写道：

> 这些面孔说到底只是对我的研究假设的一些隐喻，我选择它们是为了更有启发性地表述清楚现代性这个关键概念的复杂历史，依我们看待它的角度和方式，现代性可以有许多面孔，也可以只有一副面孔，或者一副面孔都没有。

是为序。

二〇一六年十一月八日　香榭丽

夏　蜂

一场暴雨后，屋檐上像长蘑菇一般长出了硕大的蜂巢。家中的老人试图将之捅掉，结果不出所料地没有得逞。也许只能听凭黄蜂肆虐，在长日无尽的盛夏里将屋顶啃光了。在这种令人无力的想象中，母亲终于答应带着男孩去省城。

出门坐了两个多小时的车，母子俩先到了县里。在县里的客车站，母亲让儿子等在原地，自己去买开往省城的车票。烈日炎炎，天上一片云也没有。男孩局促地站在停车场明晃晃的空地上，感到两个脚底板在融化。目送母亲离开的背影，男孩发现，这么热的天，母亲却穿着一条很厚的深色裤子。没准儿是父亲的？男孩惊讶地猜测，不明白自己为何此刻才发现了这一点。也许出门时他太兴奋了，根本无视母亲的穿戴；也许身边经过的那些女人，她们光着的大腿，让男孩比照出了母亲的古怪。

烈日下的一切都是亮的。母亲穿着厚裤子的背影却是暗的。母亲像一条鱼淹没在一片光明中。后来她又破水而出，在浮动的热气中袅袅现身。太亮的地方，人的轮廓反而是虚的。男孩觉得母亲走来的身影总是离自己遥不可及。她似乎永远都走不到他眼前了，虚虚地蠕动在光影里，突然弯下腰不动了。随后她蹲了下去。男孩知道，母亲又呕吐了。

男孩走过去，无助地站在母亲身旁。母亲吐出来的不过是一小摊水，微不足道，里面有几片芹菜叶。那摊水在炽热的阳光下迅速消失，似乎还嗞嗞作响。出门前他们用一只大可乐瓶灌满了浆水，在来县里的长途汽车上，母亲不停地大口喝着。浆水是母亲自己用芹菜沤的，灌进可乐瓶后，她还加了白糖。现在这只可乐瓶拎在男孩手里，里面的浆水泛着气泡，余下小半瓶。男孩笃定地认为，自己手里的浆水，对于正在呕吐的母亲不啻为一剂药。这些日子以来，母亲频繁呕吐，呕吐后，便大口大口地灌浆水。

男孩将可乐瓶递给母亲。母亲伸出手，却一把抓住了儿子的手腕。她因此借了些力，艰难地站起来。但男孩觉得母亲就像一个落水的人，不过是抓住了一根稻草，然后自以为得救了。母亲向儿子勉强地笑一笑。她的笑凝固在脸上，失去了勉强着收回去的力气。母亲牵着男孩的手，手心冰冷。酷热的世界在母子俩握着的掌心里形成了一块汗津津的水涡。

“你不喝点儿浆水吗？”男孩提醒母亲。

母亲恍然大悟地接过可乐瓶，就着瓶口灌下一口浆水。那个笑一直板结在母亲脸上，这让她看起来都不大像她了。她把可乐瓶还给儿子，像是偷喝了别人家的浆水一样神色忸怩。

母亲牵着儿子，儿子拎着可乐瓶，母子俩在停车场里寻找开往省城的客车。县城的客车站男孩来过，每次都是下了车就出站离开，从未有过逗留。因此他从未发觉这里宛如一座迷宫。一排排汽车在烈日下反射着刺眼的光。世界仿佛被钢化了，而且还电镀了一遍，却又被暑气蒸腾得动荡不安，人的每一口喘息都能令空气随之微微摇颤。男孩原本以为母亲会轻车熟路，牵着自己，轻易地找到那辆开往省城的客车。但是母亲比儿子更加迷惘，东张西望，犹疑不定。男孩不禁怀疑，母亲从前一次次离家去往省城，是否都是真实的经历呢？

梭巡了一圈后，母亲沮丧地停下，鼓起勇气向人打听。对方是一个油光锃亮的男人，额头上的汗光可鉴人。

母亲从裤兜里掏摸出车票，向这个男人问道："去省城坐哪辆车？"她的口气不像是一个问路的人，这让她显得有些唐突和没礼貌。好在那个笑依然歪打正着地僵在她脸上。

男人看看母亲，看看票，看看男孩，看看男孩手里的可乐瓶，一摆头说："跟我走。"

母子俩跟在男人身后找到了目标。司机在车下检票，一行三人令司机侧目。这不怪司机，连男孩也觉得将他们三个人视为一家，是件令人难以置信的事。客车里凉爽至极，爬上去后宛如换了人间，男孩身上的毛孔立刻都张开了。每排座椅可以坐进三个人，男孩和母亲落座后，那个男人，母子俩的引路者，理所当然地和他们并排坐在了一起。

母亲靠在窗边，男人隔着男孩向母亲搭讪："妹子，你们是哪里人？"

母亲侧脸望着窗外，置若罔闻。

"我们是陈庄人。"男孩嗫嚅着替母亲回答。

"陈庄啊，那是出美女的地方！"男人满意地笑起来，好像果然不出他的所料。“去省城玩吗？”

母亲依然不置一词。男孩尴尬地看男人一眼，只好垂下头去。本来这次出行，在他而言的确是一次玩耍，但这一刻，他对自己的目的没有了把握。

得不到回答，男人并不甘心，再次追问道：“究竟去做什么嘛！”

男孩有些紧张，认为还是应该给出一个答案，只好向母亲求证。

“妈，我们去省城做什么？”男孩碰了碰母亲的胳膊。

母亲转过头，木讷地看着儿子。那个面具一般的笑顽固地罩在她脸上。母亲不知所以的样子让男孩觉得丢人。

“我们去省城做什么？”男孩轻声嘀咕，头垂下去不再看母亲。

母亲居然迟钝地重复了一遍儿子的问题：“我们去省城做什么？”

“干吗问我？”男孩恼了，向母亲低声埋怨：“你自己不知道吗？”

“哦，你不是要去玩吗。”母亲喃喃地说。

男孩觉得乱套了，这并不是事实。不是因为他要玩，母子俩便有了这趟行程，而是母亲要去省城，男孩才提出了要跟着去玩。玩，并不是此行的目的，起码不全是，它只是一个顺带着的要求。以前母亲去省城，目的都很明确——她是去给城里人做保姆。一个月前母亲回来了，表示再也不会离家打工。爷爷对母亲的选择颇感欣慰。爷爷老了，捅不掉屋檐的蜂窝也养不动孙子了。所以今天早晨男孩央求着要和母亲一同上路，得到了爷爷的支持。被黄蜂蜇伤的老人可能觉得，即便母亲会一去不返，只要男孩也随着去了，他就不会再有“养不动”孙子的烦恼。母亲此行，到底要做什么？这个问题倏忽变得尖锐，变得令男孩坐卧不宁。但男孩可以确定，母亲不会是去玩。他认为那不可能。母亲吐了半个月，随时令人猝不及防地弓下腰吐天哇地。她这副样子，是不会有玩兴的。

男孩怀抱着那只可乐瓶，开始在心里杜撰一个答案。这个答案渐渐成形，后来他几乎要忍不住大声对身边的男人宣布：我们去省城找消灭黄蜂的办法！

车子启动后很快驶上了高速公路。世界在摇曳，笔直的路面泛着白灼的光。

男孩从没见过高速公路——尽管他的父亲长年在南方打工，据说就是在修着这样的路。这样的路太平坦、太单调了，如今亲身体验，让男孩觉得车子像是悬浮在虚空的水面上那样不真实。连带着，男孩觉得父亲在远方所从事的劳务都像是一个谎言了。

母亲一直望向窗外。身边的男人好像睡着了。男孩夹在中间，感到无所适从。他焦灼地等待着某个时刻。那个时刻果然如期而至——母亲毫无先兆地剧烈发作起来，双手徒劳地推着车窗玻璃，像一只装在罐头瓶中盲目振翅的、狂乱的蛾子。然而车窗是密闭的，母亲无法打开。于是，她只能将自己的胃液喷射在自己的怀里。邻座的人厌恶地掩鼻，身边的男人也被惊醒。男孩只有把头埋得更深，默默地将怀里的可乐瓶塞给母亲。

母亲大口地灌着那救命的浆水。她在家里呕吐时躲躲闪闪，只在儿子面前吐得肆无忌惮。可男孩并没有觉得这是一件天大的事。此刻，他们像滑行在冰面上一样行驶在高速公路上，他们坐在一辆别有洞天的过分凉爽的汽车里，母亲的呕吐一下子显得这么不合时宜。男孩将头抵在前排的椅背上，无地自容，觉得冒犯了整个世界，同时也为母亲担忧起来。

“晕车了这是。”身边的男人咕哝着，站起来，向着车后的空座走去。

母亲平静下来。她胸襟上的黏液散发出浆水馊掉后的酸味儿。

抵达省城已经是午后了。烈日当空，弥天盈地，正是最嚣张的时刻。男孩的双脚站在了省城的地面上，却并无格外的欣喜。从凉爽的车厢里下来，男孩感觉像是迎面被热浪劈头盖脸地猛揍了一通。脚底板依然像是要被融化掉，他无视眼前林立的高楼，从未有过的兴味索然。此刻，那个玩的念头已经被动摇，男孩也就没有了天经地义喜悦的理由。

母亲拽着男孩去了车站的卫生间。男孩以为母亲要解手，不想母亲却脱下了衣服，只穿着贴身的背心，就着卫生间里的龙头揉搓起衣襟上的秽物。那个油光锃亮的男人尾随着他们。他钻进了男厕，提着拉链出来后凑在水池边冲手。男人一边冲手，一边斜觑着母亲。

“陈庄出美女啊！”男人十拿九稳地说，得不到母亲的回应，他甩着湿淋淋的手走开。经过男孩身边时，男人向男孩挤挤眼睛，“我知道了，我想了一下才想通了，”男人得意地宣布：“那个娘儿们是怀孕了！”

男人的口气好像男孩跟他是一伙的，而男孩的母亲，不过是一个陌生“娘儿们”。男孩十分憎恶这个男人，意识到自己的这趟省城之行，已经完全被这个家伙不依不饶的盘问和自以为是的指认给毁掉了。男孩怔忪着，也像是看着一个陌生人一般地看着母亲的背影。母亲回头看了一眼，抬胳膊蹭蹭额头的汗，露出蓬勃的腋毛。她的脸色煞白，依然挂着乖张的笑。从这一刻起，男孩接受了母亲的面容可能将要永远这样笑下去的事实。

洗净的衣服被母亲拎在手里。母子俩重新走进赤日下。在车站的广场前，母亲将衣服抖开，像一面旗帜似的迎着太阳招展。男孩出现了幻觉，他觉得自己看到了这件湿衣服在赤日下有声有色地蒸腾着水汽，水汽四散奔逃，只一瞬间就融化在空气里。而怀抱一只可乐瓶的男孩，也只在一瞬间，就随之被炙烤得蔫头耷脑。男孩想这下好了，母亲不会再呕吐了，她身体里的水分肯定也被晒干了。如果母亲还要吐，吐出来的怕只会是她的胃了。

穿回衣服的母亲貌似振作了一些。男孩饿了，却一点儿也没有食欲。出门前他因为兴奋而毫无食欲，现在他因为兴奋的烟消云散而毫无食欲。

往常的这个时刻，男孩会午睡，这已经成为了一个不由分说的习惯。每天的此刻，男孩奔涌的热情都会被奔涌的倦意所覆盖。但是现在，他毫无困意。他只是被一种深深的、疲劳的厌恶所笼罩。男孩觉得自己身上隐秘的渴望，一切积极的、贪婪的情绪，都像那件衣服上的水汽一样，冒着烟，被蒸腾进了省城的酷热中。

“你要喝水吗？”母亲问儿子。

男孩并不看母亲，因为他不想看母亲脸上的笑。他认为此刻母亲应该问他要不要午睡。母亲就像一个陌生娘儿们，不再是男孩所熟悉的那个母亲。她不需要儿子的回答，自顾在冷饮摊买了瓶饮料。饮料是冰冻的，喝下一口后，男孩觉得自己缓过了一口气来。

“你要喝浆水吗？”男孩问母亲。

那只大可乐瓶里的浆水已经所剩无几。母亲摇摇头，让儿子把它扔掉。不知出于怎样的动机，男孩却执拗地坚持把它拎在手里。

母子俩乘上了一辆公交车。车上的人不少，但母亲身上的酸味使他们免受拥挤之苦。乘客自觉地错开母子俩，像避开两罐气味浓郁的浆水。乘车现在对于男孩来说是件费神的事。他觉得他们今天可能就要这样永无止境地换乘一辆又一辆的汽车，直到日落西山，直到黑夜来临。这个想法令男孩疲惫不堪。

好在这趟车坐得短暂，母子俩在一条小街下了车。下车后母亲走在男孩的前面，街边的树荫剪碎了母亲摇摇晃晃的背影。看得出，母亲满腹心事。

“妈，我们要去哪里？”男孩在身后向母亲发问。

他难免要为自己未知的前途而忐忑。出门的时候，这并不是一个问题，因为男孩知道，他们要去省城。而现在，母子俩已经走在省城的一条小街上，于是男孩迫切地想知道，下一步，他们将去向何方。此刻，玩，已经确凿地不在他的盼望里了，仿佛他此行的目的，只是为了搞清楚自己要去往哪里。母亲并不回答儿子。即使浓荫匝地，街道也像是被无形地粘在一起。男孩觉得自己眼前的一切都离地半尺，悬浮着，被热浪暗自托举了起来。

一个赤裸着上身的男人骑着摩托车从他们身边轰然驶过，下坠的肥肉像水囊一样甩着。这一幕突然让男孩气愤不已。

“你怀孕了吗？”男孩向着远去的摩托车手喊叫。

母亲买给他的那瓶饮料已经喝完，男孩将空瓶狠狠地投掷出去。瓶子划出轻飘飘的抛物线，似乎在空中遇到了超乎寻常的阻力，它几乎像是要恒定地悬浮在空气中了。世界折叠了起来，就像一块巨大的水面陡立而起。

母亲停下步子，回过头苦恼地看着儿子。可是男孩不想看母亲的苦恼挤在一张笑脸里。他埋头从母亲身边走过去，手中甩动的可乐瓶撞在母亲的大腿上。

母亲碎步赶上，“好吧，”她好像下了一个决心，“我告诉你，我们要去丁先生家。”

丁先生男孩知道，那是母亲在省城做保姆时的东家。

“去丁先生家做什么？”男孩问。

“大人的事，你不要问这么多。”不出所料，母亲就是这样回答的。但母亲回答得并不是那么不由分说，她用商量的口气跟儿子说：“你会替妈保密的，是不是？”

“可是我都不知道你有什么秘密，我怎么为你保密？”

“你不要再问了！总之回去后什么都不要讲出去！”母亲焦躁地将儿子甩在了身后。

男孩尾随着母亲，渐渐在心情上假装不是前面这个女人的儿子，而是一个不相干的别的什么人。这种假想出的疏离感，让他觉得有趣了些。

小街的一侧出现了大块的草坪，路边的围墙变成了爬满藤蔓的铁栅栏。母亲始终不再回头，带着儿子来到了一座小区前。小区有着喷泉的大门口站着一个穿制服的保安，里面的车子出来时，此人很有威仪地用手里捏着的按钮升起挡在车道上的栏杆。他看到了母亲，正正衣冠，在阳光下堆起一脸碎银般的笑。

“回来啦？我就说你还得回来！城里的饭吃惯了，就没有人还吃得进乡下的饭了！”保安嘴里说着，不忘举手向驶过的车子敬礼。

“我一会儿就走，我不会回来了。”母亲急切地纠正道，“我不会再回来了！”

“干吗非要走？丁先生人很不错的，丁太太也知书达理的样子，他们没有亏待你吧？”

母亲不再作答，径自走了进去。男孩很怕会被拦下来，小跑着凑近了母亲，重新回到了一个儿子的角色里。

母子俩在一栋楼下按响了门铃。

一个声音凭空而来：“谁？”

男孩觉得自己的兴致被轻微地唤醒了。

丁先生家的门前摆着门垫和几双拖鞋，母亲指示男孩换下了脚上的鞋子。

开门的是一个中年女人，系着条围裙，不太友善地盯着母亲瞧个不停。

房子很大。里面的一切几乎和男孩在电视上看到的一模一样。水晶吊灯，地毯，通向跃层的木楼梯。一个肥胖男人坐在客厅的沙发里，戴着眼镜，背心下腆起的肚子让他像是怀抱着一只篮球。男孩想，他一定就是丁先生了。

母亲不期然呕吐起来。但这一次她有所防备，左手飞快地捂住了嘴巴。她的确没什么可吐的了，只是肩膀觳觫着干哕。男孩想，也许母亲真的吐出了自己的胃，如果她的手挪开，她的胃没准就会跌在脚下那块厚墩墩的地毯上。男孩再次将手里的可乐瓶塞给母亲。母亲抓住了，很理智地没有去就着瓶子喝——那里面所剩无几的内容，只会让任何一个举着它去喝的人显得滑稽。她紧紧地捏着瓶子，把瓶子捏得七扭八歪。男孩不安地看着母亲，很想贴在母亲的身上。他觉得内心慌张，也需要一个像可乐瓶一样的什么东西能够被抓在手里，成为自己的一个依赖。

丁先生胳膊拄在膝盖上，支颐着脑袋，神色略微有些好奇，爱莫能助地看着这对母子抖作一团。当母亲终于平复下来时，男孩才发现，一个精瘦的女人无声地站在楼梯上望着他们。

“看来是真的了。”女人发出一声叹息。

母亲的惊慌显而易见，她看看丁先生，再看看这位女主人，脸上不恰当地板结着笑意。男孩知道，这并不是母亲的表情，母亲只是变成了一个笑面人。更加可耻的是，当母亲放下捂住嘴巴的手时，她的嘴角粘着一枚腐烂的芹菜叶。

“你不要吃惊，”女人皱着眉说，“你知道，老丁什么都不会瞒我的。”

母亲像个笑脸傻瓜，两只无处着落的手一同抓在可乐瓶上，好像扶在了一根想象中的扶手上。

“我就知道没这么好打发，看到了吧，”女人对着自己的丈夫说，“这就找上门来了。”

丁先生讪笑着，揪揪自己的耳垂。他圆滚滚的，让人颇有好感。

“究竟唱的是哪一出呢？”女人站在楼梯上，居高临下地看着母子俩。

“我在电话里都跟丁先生讲了，我也没想到……”母亲的声音低得几乎听不清。男孩可以做证，早晨出门时，母亲的确在村里的小卖部打过一个电话，那时母亲捂着听筒，满脸愁云。

“你也没想到？”女人嘘口气，“你没有做过措施吗？”

“有的。可是，医生说也会有意外。”

“你看过医生了吗？”

“嗯。”母亲畏葸地点头。

“村里的医生？”

“嗯。”

女人再次嘘了口气，拍一下楼梯的扶手：“上来说吧。”

母亲将手中的可乐瓶塞还给儿子，顺从地走向了楼梯。男孩有些迟疑，很想跟在母亲身后，但那个女人凌厉的目光让他却步。她们消失在楼梯上。男孩不知所措地站在原地。他觉得有点冷。这栋房子的温度比他们来时乘坐的空调客车还要低。

“过来。”置身事外的丁先生坐在沙发里，向男孩招着肥胖的手，“过来过来。”

男孩慢腾腾地走到他眼前。他真的很庞大。有一瞬间男孩不禁猜测这就是那个刚刚在街上裸身与他们擦肩而过的摩托车手。男孩想丁先生要是行动起来，身上的赘肉势必也会像水囊般的甩动吧。

丁先生嘭嘭地拍着沙发：“坐下来坐下来。”

男孩坐在了他的身边。

“多大了？”丁先生在男孩头顶摩挲了一下。

男孩报出了自己的年纪。其实他并不想回答。

“哦，这么大了，”丁先生搓着双手，若有所思了一阵，像电视里的人说着那种抑扬顿挫的普通话：“你想不想要个小弟弟？”

男孩惊讶地抬头看他，态度僵窘地用力摇了摇头。从男孩坐着的角度看去，丁先生一侧脸颊的肤色发暗，像是遭人殴打后留下的瘀痕。

“你可能会有一个，”丁先生看了眼楼梯，压低声音神秘而严肃地说，“不过很快应该就又没啦。”说完他摆出正襟危坐的样子，像是终于说出了内心抑制不住的秘密后立刻开始心有余悸地矫正自己。

“我听不懂。”男孩如实说。

“听不懂？”丁先生颇为苦恼地挠挠头皮，“嗯，其实我也不大搞得懂。”

“我听不懂。”男孩坚持这么回答。他认为这是自己目前唯一能说的最保险的话。

“你能帮我个忙吗？”丁先生权衡了一阵，犹犹豫豫地说。

男孩默不作声。

“嗯，你替我跟你妈妈说声对不起，给她道个歉。”丁先生的双手插在两腿间，身子前后摇晃，眼睛望向天花板，估量着眼下的形势，“怎么样，可以吗？”

“我听不懂。”

“好吧，算了。”丁先生不得要领地胡乱笑起来。他这么通情达理，好像他完全理解男孩的处境，好像他也在经历着同样的困扰。“你想喝点儿什么？”他问。

男孩像是被什么力量控制住了，只会用力地摇头。

“喝杯咖啡吧！”丁先生拍了下巴掌，“加点儿糖吧！”

系着围裙的女人应声端来了他要的东西。男孩想，这个女人所做的一切，以前就是母亲做着的吧，如今女人顶替了他的母亲。

那杯咖啡冒着热气，泛着油亮的泡沫。

“喝吧，”丁先生心不在焉地招呼男孩，“喝吧喝吧。”

男孩将手中的可乐瓶放在地上。不用再和丁生生说话，这让他如释重负。咖啡男孩见过，在电视里。电视里的人们常说：喝杯咖啡吧；有时候，他们也会加一句：加点儿糖吧。当男孩捧起眼前这杯咖啡的时候，倏忽认为自己今天坐了五个多小时的汽车，就是为了在午睡时刻来到这杯咖啡的面前。它就是一条路的终点，就是他们在盛夏里动身前往省城的一个目标。如今，男孩把它捧到了鼻尖。他扭脸去看丁先生。丁先生也在看他，肥厚的嘴唇湿漉漉地耷拉着，冲他浮出心事重重的笑。

客厅里只有空调发出的换气声。男孩觉得在这杯咖啡的周围，有一种独特而私密的氛围正在生成。咖啡很烫，他只能噘起嘴，小心翼翼地去试着接触那新鲜的滋味。

——这时候母亲下楼来了。

母亲的手里捏着一只牛皮纸的信封袋，神情恍惚，像个刚刚午睡醒来的人。她似乎完全忘记了儿子的存在，径直走向门口。男孩只有仓皇地放下手里的咖啡杯，并且没有忘记拿起自己的可乐瓶。他匆匆跑向母亲。尾随着母亲出门的片刻，男孩回头瞥见丁先生拄着一根不知从哪儿摸来的金属拐杖吃力地站了起来。

是的，男孩并没有尝到咖啡的滋味。他的上嘴皮，第一次和咖啡接触，不过是刚刚沾到了一丝泡沫。这似是而非的一丝泡沫粘在男孩的嘴皮上，当母子俩走出楼洞，溽热的空气迅速将之驱散殆尽。男孩无法甘心，谨慎地伸出舌尖，仔细探寻留存在意识里的那种感觉。他的嘴唇起皮了，在烈日下像一片片细碎的鱼鳞。可是他觉得自己的嘴唇非同往昔，总有依稀的滋味回味不尽。男孩无法形容它，只能凭感觉在心里以一种进入午睡前的昏聩的状态臆造它莫须有的醇香。他以自己有限的经验将之想象为油脂与蜜的混合物。

母亲神不守舍。她整个人都是坚硬的，也像是被烈日钢化了一样，有股一意孤行的味儿。一辆小车在身后不停地按着喇叭。但母亲充耳不闻，也像一辆车子般的当仁不让。那位保安正靠在小区门前一根有涡旋形花纹的柱子上，他升起栏杆，目送母子俩从行车道走出去，庄重地向他们敬了个礼。

尽管男孩不认路，但还是发现他们并没有走回来时的方向。母亲走在前面，男孩不知道将被引向何方。他有种被劫掠和捶打的感觉，就像被扔进了盛着沸水的洗衣机里搅拌。他感到被热得浑身发痛。男孩看到母亲后背的汗水已经洇湿了衣服。她也在经受着劫掠和捶打，想必也被热得浑身发痛。

“妈，我们要去哪里？”得不到母亲的回应，男孩无聊地独自嘀咕：“他让我跟你道歉，他说对不起。”

一路上母亲又干呕了几次，每次男孩都把那只可乐瓶塞给母亲。这只是一个安慰性的动作，并没有实质性的意义了。烈日晒透了塑料瓶，原本还剩下的一点浆水化为了乌有，几片芹菜叶贴在瓶壁上，已经变成了黑色。男孩觉得手中的这个瓶子渐渐在膨胀，在变成一只气球，如果他撒手，它就会飘向空中。

母子俩走进了一条狭窄的小巷。小巷的路面上污水横流。在一家小诊所门前，母亲让男孩等在外面。她从那只信封袋里摸出了一张百元钞票，塞给儿子，让儿子不要乱跑，但可以就近找地方吃点东西，吃完后回到原地等她。

男孩何曾得到过这么多的钱呢？这让他不免有些激动。对于那只信封袋，他也充满了疑惑，此前他一度猜测，那只信封袋里，没准是装着一份如何剿灭黄蜂的方子。他还没有回过神，母亲已经走进了诊所。小巷里挤满了摊贩。卖菜的，卖肉的，诊所正对着的，是一家卖活禽的。鸡被塞在铁笼子里，遍地褪下的鸡毛和腐臭的下水。男孩走开一截，在一家五金店前的台阶上坐下。此刻，他破天荒地拥有着一张百元大钞，但却丝毫没有挥霍的欲望。这张钞票之于男孩，就像喝空了浆水的可乐瓶之于母亲，徒具象征性的意义。

男孩感到累了，抱着可乐瓶尽量坐在路边的阴影里。他和这只瓶子之间浮动着一种特殊的感情。身后的五金店飘出金属特有的甜丝丝的气味。他想着这已经过去和即将过去的一天，认为如果还有下一次，自己再也不会来省城了。这里和他想象中的完全不同，比他们村里热一万倍，这条巷子里的气味，比他爷爷施过肥的菜地都要复杂一万倍。在不可一世的骄阳之下，省城真的算不了什么了。

不远处的鸡下水招惹了很多苍蝇，四下飞舞，拖曳着绿色、蓝色，乃至金色的弧线，像电焊时迸溅的花火。它们让男孩想到了自家屋檐下那群不祥的黄蜂。总有几只苍蝇在男孩的头顶挥之不去。赶了几下后，男孩再也懒得挥动手臂，任由它们飞矢般地打在脸上。男孩很饿，也很渴。但他不知在跟什么较劲，心里恹恹的，同时还有一些没来由的伤心，执意不用手中的那一百元钱去解决自己的饥渴。男孩让饥渴都塞在自己的身体里，似乎那样他才能保持住必要的分量，不至于如一滴水珠般被这座城市轻易地挥发掉。

来自乡间的男孩就这样席地坐在省城的一条小巷里昏昏欲睡。

起初他还不时留意张望一下那家小诊所。其间有个穿着白大褂的护士拎着一只塑料桶出来，将一桶血呼呼的垃圾倾倒在路对面的那堆鸡下水里。苍蝇四起，像凭空绽放了一朵流光溢彩的金属花。后来男孩把头埋在两个膝盖之间睡着了。醒来的时候，烈日依旧耀眼。男孩喉咙干涩，下意识地吞咽了一口唾沫，只觉得一阵刺痛。他闭起眼睛，伸出舌尖轻舔嘴皮。嘴皮上那个模棱两可的局部，残存着某种不可捉摸的魔力，它让男孩口舌生津，获得了一种莫可名状的快感。男孩用舌头抵着嘴唇，仿佛整个身体的重量都找到了一个可资依靠的支点。

这是盛夏中的一个礼拜二。男孩在这一天经历了他此生最为漫长的一次午睡。

母亲在黄昏时摇醒了儿子。当空的太阳终于下落，高温却俨然一台滚烫的马达，凭着惯性兀自继续空转。暮色四合，小巷蒙上了一层金灿灿的光芒。男孩睁开眼睛，感到有些头晕和恶心。他睡眼惺忪，眼中的母亲变得有些陌生，可是究竟哪里发生了转变，一时却难以说清。母亲整个人光芒闪耀，披着金色的纱巾，宛如站在未来的世界里。

男孩站起来，一阵天旋地转。在他坐过的地方，留下了一块汗湿的烙印。他忘记了两腿间夹着的可乐瓶。可乐瓶被男孩在睡梦中夹成了“K”形。它掉在地上，骨碌着滚出去，滚的过程中瓶体复原成圆柱状，好像不断被充进了气流。但它并没有像男孩所担心的那样飘向空中。男孩想去把它追回来，却被母亲阻止住了。

“我们去吃饭吧，你一定饿了。”母亲的声音虚弱不堪。

母亲终于想起来儿子会饿了。说起来，男孩内心的失落也是有道理的。从早上到现在，他不过喝了一瓶饮料。当然，他还午睡了一觉。男孩忘记了母亲曾经阔绰地给过他一张百元钞票，他只是感到莫名的委屈。今天他并没有比在村里时更糟蹋自己，没有翻墙爬树，没有就地打滚，可是现在他觉得自己从没有过的邋遢。他想自己是被热坏了，是被热脏了，是被热病了。他甚至希望母亲继续忽视他的饥饱，乃至无视他的存在也好，好像现在母亲对他冷酷一些，反而会给他起到降温的效果。

男孩磨磨蹭蹭地跟在母亲身后，震惊地发现母亲的屁股上洇湿了很大的一块。男孩猜想，难道她在诊所里尿裤子了吗？母亲走得缓慢而笨拙，是一种古怪的步态——两腿叉开着，脚步蹒跚。

金黄的天边浮着一弯银白的蛾眉月，薄薄的，几近透明，轮廓给人随时会淡化下去直至无存的脆弱感。男孩不经意间抬头看到了这日月并存的天象，心里只觉得一阵空茫。

母子俩走进了路边的一家小饭馆。母亲双手撑在餐桌上，慢慢地偎进椅子里。这时候，男孩才如梦方醒，原来发生了转变的，是母亲的那张脸。那张母亲面具一样罩着的笑脸不见了。母亲从诊所出来，就像是被剥去了身上一层隐形的壳。这让她整个人仿佛都缩小了一圈。同时，她也不再显得僵硬和呆板。她重新变得柔软，像一段弱不禁风的柳枝。

母子俩对坐在一张圆形的餐桌前。母亲用一种儿子从未见过的目光动情地看着儿子。而男孩，也突然身不由己地感到了伤心。饭馆实在不算高级，不比他们村口的那家强多少。母亲的两条胳膊放在油污的桌面上，一只手捏着那只牛皮纸的信封袋，一只手将儿子的手捂在自己的掌心下。母亲的嘴角掀动着，她有些不能自持地想说点儿什么，但是她有些不能自持地什么也没说。母亲生命的律动从掌心震颤着传递给男孩，一切都让人感到绝望，但似乎又有希望暗自生长，就仿佛那只信封袋中，真的如男孩所想象的那样，装着一个一劳永逸的对策。

男孩干燥的舌头猛然变厚，抽动着，感觉像是要缩进喉咙里。在他身体的深处有一种相反的、无法控制的气流一个劲儿地向上拱。他预感到有什么事即将发生。

母亲将桌上那张封着塑料皮的菜单推向儿子："你给咱们点吧，点最好的，点你最爱吃的。"

男孩想给母亲一些安慰，他想让母亲高兴起来，想给出一个与这一天相匹配的建议。他忍住不适，故作轻松地用普通话郑重其事地说："喝杯咖啡吧，加点儿糖吧。"

说完男孩势不可当地呕吐起来。隔着小饭馆的窗玻璃，男孩看到一只可乐瓶飘浮在空中。天光是琥珀色的，宛如流淌着油脂与蜜。此刻还有什么在空中飘？下落的夕阳，上升的弦月，鸡毛，下水，熠熠生辉的苍蝇，一个血呼呼的弟弟，以及宿命一般掩杀而来的黄蜂。而这一切，多么像是午后的一场冗长的梦境。

原来呕吐是这么的令人忍无可忍。

有　时

1

事实上，王努是个春风得意的人。但是那一天出门的时候，他觉得自己整个人的状态都有些失落。那一天王努很早就爬起来冲澡，接着电话响起来，老同学少君在电话里跟他确定了晚上的聚会。宾馆的卫生间里接着分机，挂在镜子的旁边，王努放下电话时，就看到了镜子中光着屁股的自己，水淋淋的，像只落汤鸡——怎么会这样比喻呢？王努怔了一下，定神打量镜子中的身体，它孤独地站在花洒下，倒是依然匀称和标准。孤独？——这个比喻也莫名其妙啊，王努心里嘀咕着，心情就这样消极起来，以至于后来他厌恶起自己的手包。以前王努是喜欢背那种电脑包的，但是随着仕途的升迁，妻子反对他再把包背在肩上，要求他的包也像职务的升迁一样，发生位置上的变化。于是，王努换了一只昂贵的手包，移在腋下夹着。那一天准备出门时，王努突然觉得这种包和这种夹的姿势都很恶心。王努决定不夹着包出门了，把手机和香烟统统塞进裤兜。考虑了一下，王努决定把钱夹留在房间里，一来它实在不好再塞进口袋，二来也觉得带着它没什么必要。这次来西安，王努是考察一家地产公司，结果关系到价值千万的合作，对方自然安排得非常周到，随身携带钱夹显然是多余的。

王努在七点钟准时下楼，他穿了件大红色的T恤，裤兜两侧鼓鼓囊囊的。李经理已经站在宾馆的大堂里等着王努了，这几天，王努的各种活动都是由她陪同着。最后一天，王努要求去西线的旅游景点转一圈。虽然在西安读了四年大学，但西面那些大名鼎鼎的地方，王努却一直没有参观过。接待方当然要满足王努的这个要求，派出一辆越野车，又派出一个李经理。这么安排，当然算得上细致了，因为李经理从什么角度去看，都算得上是个风姿绰约的漂亮女人。几天下来，王努已经对这个女人产生出一些欲望，这很正常，但是王努也很正常地把握住了自己，诸如此类的诱惑，对于王努已经不是什么新鲜的事情，王努自有分寸。

那一天王努消极的心情并没有因为李经理而好转，它坏得有些不明不白，王努也搞不清楚有什么地方不对头，只好把它归咎于天气了。天阴着，七月的西安在清晨已经燠热不堪。阴天里的热，不磊落，是阴谋般的沉闷和叵测。王努上车前抬头看了看天空，于是这一天就阴谋般势不可当地开始了。越野车很快就驶出了城区，饱满的轮胎滑过平整的公路，轻微的震颤传递在王努身上，让王努产生出是自己在滑行的错觉。

这样，杜颖打来的第一个电话，就符合了某种规律，成为一个坡度的起点，令王努的这一天流畅地滑行下去。那时王努已经登上了埋葬着女皇帝武则天的乾陵。天空依然阴霾，稀稀拉拉的三五个游客，围在那块含义万千的无字碑下，举头仰望，在阴沉的空气中，就有了些肃穆。这种气氛感染了王努，令他也有些怅然若失，以至手机响了半天才被他从兜里摸出来。杜颖说，我以为你不方便听电话呢。王努想不出对方是谁，努力从记忆中搜索这个陌生的声音。对方猜出了他的疑惑，接着说，想不到吧，是我，杜颖。王努怔住，客气地说，杜颖啊，怎么是你呢？杜颖说，很意外吧？来西安也不打声招呼，我们见一面吧。王努犹豫了一下，说，下次吧，我今天晚上就走。这不，现在在乾陵呢，整个西线转下来，怕是就没什么时间了。杜颖"哦"了一声，试探着说，要不……你先转，我们再联系？然后就挂断了。王努收起手机，目光眺望出去，远处那两座挺拔的山峰，的确浑圆如乳，恰似旅游宣传册上的描述——它们是女皇帝仰卧大地的绝妙象征。杜颖的出现，令这样的地貌在王努的眼里遽然惟妙惟肖了，起初，王努怎么看，那两座山峰，也只是山峰。

十多年后的今天，杜颖留给王努的记忆，最深刻的，也只是一对浑圆的乳房了。当年的煎熬与折磨，在时间面前，其实不如一对乳房那样持之以恒。要知道，当初杜颖选择分离时，王努痛苦地以为，自己这一辈子都会被这件伤心事笼罩住，他不会忘记杜颖，更不会忘记杜颖带给他的伤害。分离发生在他们大学毕业的时候，王努回了原籍，杜颖留在了西安，她投进了另一个男人的怀抱，速度快到令王努猝不及防。事情是怎么收场的，王努已经记不清了。那一天王努站在乾陵上，只记得自己当初几乎崩溃掉，离开西安时，宛如一只丧家犬。记忆就这样在乾陵之上与现实形成了对比，如今的王努，已经是要害部门的正处级领导，三十多岁，坐上这样的位置，怎么说，也算得上是个精英人物了。

下面的旅途中，王努开始了从一对乳房出发的回忆：那个时候，王努和杜颖之间没有实质性的身体接触，王努只是有限地抚摸过杜颖浑圆的乳房。但那种绵软的有节制的安慰，那种浅尝辄止的欲罢不能，囊括了爱情的所有滋味……

下一站是贵妃杨玉环香消玉殒的马嵬坡。王努刚刚从越野车上下来，杜颖的电话就打了过来。她的声音有些急促，说，我还是觉得需要见你一面。王努问，怎么，有要紧的事情吗？杜颖停顿了一下，说，是的，我有重要的东西要送给你。王努觉得自己的嗓子有些发紧，于是，同样停顿了一下，问，什么东西呢？话一出口，他就有些后悔，觉得自己不该这么问，杜颖似乎是在暗示，如果把一个暗示追究成堂而皇之的东西，显然是不恰当的。杜颖的声音一瞬间变得美妙，有一种和煦的温婉，她说，见面你就会知道的。在王努沉吟的时候，她又补充道，这件重要的东西，我必须亲自送给你。王努脑子转了转，用迟疑的口气答应，好吧，我回到西安也是下午五点钟左右了，夜里十一点钟的飞机，中间还有个聚会，我们大概只有两个小时的时间。罗列出这一组时间，王努心里其实已经倾向于去见见杜颖了，他不自觉地做出了衡量和判断，结论是，两个小时，应该够杜颖“亲自送出”那件“重要的东西”了。杜颖的喜悦从声音里都感觉得到，她欣慰地说，那我们说定了，五点钟左右我联系你。王努还想再说些什么，杜颖已经挂了电话。

天空这时候滴下大颗的雨点，零零落落地砸下来，每一颗都很饱满。由于一个馈赠已经在等待着王努，所以对于马嵬坡的游览，就变得有些敷衍了事。贵妃杨玉环的汉白玉塑像，被雨点打得斑斑驳驳，王努吃惊地发现，塑像的体形和神态，很像记忆中的杜颖。这个发现在王努滑行般的一天中，起到了推波助澜的作用。以丰腴为美的杨玉环，被汉白玉这种温润的材质具象地塑造出来，呈现出一种庸俗的不健康的肉欲，王努心中已经形象模糊了的杜颖，于是就被落实了。十几年前的杜颖是什么样子已经不重要，通过这尊塑像，王努已经可以将那个即将来临的馈赠具体起来。离开马嵬坡的时候，王努是一种受到蛊惑后的复杂情绪。

为了赶时间，他们没有停下来进餐。李经理事先准备了搭配精致的饭菜，装在崭新的保温盒里。王努坐在车上一边吃，一边看着窗外逐渐密集起来的雨珠。后来他就睡着了，睡得自己都莫名其妙。王努很少会在不知不觉中昏睡过去，他懂得需要对自己的身体有所控制，否则他不可能谋取到如今的地位。

醒来时，王努发现自己的头斜倚在李经理的胸前。王努感觉到了这个女人饱满的乳房，甚至可以感觉到她乳罩边缘的轮廓，它们共同依托在王努的眉骨一侧，柔软中夹杂着一丝细微的坚硬。这种暧昧的触觉令王努贪恋，但是王努命令自己清醒。王努知道，李经理也是接待方对于自己的一个馈赠，只是接受这个馈赠的代价过于昂贵，它的背面，是价值千万的交易。对于这种事情，王努当然知道怎么应付，取舍之间，他不会乱了方向。异乎寻常的是，那一天王努无端地放任自己在恍惚与清醒之间多出了一个停顿，他没有马上坐起来，甚至将头有意识地向那一侧埋了过去，对那只乳房形成了挤压。路面已经不是那么平整了，偶尔会有一个起伏，使车身小小的弹跳一下，作用在王努的头上，就是一个韧性十足的震颤。王努沉溺在一份幽暗的快感中，生理上都发生了变化，坚硬起来。过了片刻，王努才把身子斜向了另一边，仿佛是睡梦中一个自然的翻身。这个插曲险些打破了王努这一天的滑行状态，它令王努的轨迹有了瞬间的修正，如果王努因此回到了那个春风得意的精英王努，那么，接下来的一切就都将恢复到正常的一天。

到达法门寺时，大雨突然停了，天空中划出一条巨大的彩虹，四周氤氲的水汽一瞬间辉映出万千迷离的亮色。开车的司机说，王处长果然是贵人，一到法门寺，佛光就显灵了。这当然是一句奉承话，但是王努突然对这种低级的奉承反感起来。从车上下来，王努用手机回拨了杜颖打来的那个号码。也许是信号的原因，手机里杜颖的语调有种空旷的回声。她说，别告诉我你不能来了啊。王努有些语塞，其实是他突然间迫切了，怕杜颖会改变主意。王努说，我们把见面的地方定一下吧。杜颖的声音宛如来自天国，就在我们学校门口吧，她说，以前的那家眼镜店，现在改成了西餐厅，你找得到的。王努说，好的，六点钟，我们不见不散。杜颖笑着重复，不见不散。他们通话的工夫，李经理已经买了门票回来，王努敏感地注意到，递门票过来时，这个女人的目光在自己下身有一个不易觉察的停顿。王努这才意识到，自己那里依然坚硬着，好在两侧的裤兜都鼓鼓囊囊的，多少缓解了那里的突出。当然，在那一刻，王努开始庆幸自己出门时放弃了那只手包。

虽然下了场大雨，但是燠热的空气依然没有得到缓解。王努很快就黏糊糊地出了一身闷汗，而且，坚硬起来的地方丝毫没有疲软的迹象，这都令王努的行动变得迟缓，令他的步子看起来有些笨拙。王努就是这样笨拙地走进了法门寺这庄严之地。

2

眼前的杜颖令王努吃了一惊。她端坐在那里，穿一件白色的亚麻衬衫，头发光洁地绾在脑后，使得整张脸的轮廓完整地呈现出那种和谐的鹅蛋状，而且，这张和谐的鹅蛋状的脸没有化妆，素净得仿佛涂上了一层瓷质的光。这些都与王努的记忆无关，杜颖美得令他猝不及防。有一瞬间，王努甚至不能够确定，眼前这个女人就是自己大学时代的那位恋人，她们之间唯一一致的，似乎只有饱满的乳房了。王努的目光不由得就要落在杜颖的胸前，同时感到有些沮丧，觉得自己没有回宾馆冲洗一下就出现在杜颖面前，是一个重大的失误。

王努的确很急迫，回程中他突然意识到，自己已经有超过三个月的时间没有性生活了。怎么会这样呢？这令王努自己都感到震惊，是什么禁锢了自己的身体？王努闭着眼睛罗列出了以下的原因：首先是忙碌，其次是谨慎，还有——对于妻子的厌倦？……王努蓦地觉悟到，其实什么准确的原因都没有，自己何止是三个月没有性生活呢，甚至从把包夹在腋下的那一天起，他就没有严格意义上的性生活了。其间越野车有一个比较明显的刹车，王努和李经理的身体剧烈地碰撞在一起，李经理尖锐地“哼”了一声，那种声调，立刻让王努联想到了女人在床上的呻吟。有一瞬间，王努几乎改变主意，想直接就和身边这个现成的女人回宾馆算了，何必非要去见杜颖呢？但理智终于还是占据了上风，王努知道，自己绝不可以沾染李经理。这样，王努在越野车平稳的行驶中，在自己滑行般的错觉中，就不能不悲伤起来，既怨天，又尤人。回到西安后，在悲伤中急迫起来的王努，要求司机把自己直接送到了这家西餐厅的门前。王努让李经理先回去休息，自己晚上去机场时再联系她。

杜颖在面对王努时却没有表现出任何的诧异。她微微点了下头，示意王努在自己的对面坐下，并征求王努吃些什么，自然得好像一对多年的夫妻。然后，杜颖对王努说出了第一句正式的话，她说，王努，今天我们见面，我丈夫是知道的。这句意味复杂的话具有一股奇异的魔力，事后王努想，事情就是从这个时候糟糕起来的。从这句话开始，王努和杜颖的会面就被某种趋势裹胁了，王努不由自主就顺服在杜颖的语境中，把自己的愿望压制了下去，也把已经到了嘴边的话咽了回去。杜颖的第二句话是，这是我送给你的重要礼物。王努这才发现，餐桌上有一本黑色硬壳的厚书，杜颖用一只手轻轻地推向了他。于是，王努在那一天再一次吃惊不已。那是一本精装的《圣经》。惊讶其实是没有来由的，谁会为一本精装的《圣经》惊讶呢？王努所惊讶的，是那种现实与期望之间巨大的落差，它在一瞬间就把王努带进了持久的恍惚。

这是多么奇妙的一件事情，王努十多年前的旧日恋人，开始在这家西餐厅里向他布道。那些神圣的话语对于恍惚的王努却只是一个又一个偶尔突现的单词，光，信，望，爱，诸如此类。其中一个词由于出现的频率很多，就被王努格外地记住了，它是：有时。

杜颖捧起那本精装的《圣经》，对王努读道：

凡事都有定期，

天下万物都有定时。

生有时，死有时；

栽种有时，拔出所栽种的也有时；

杀戮有时，医治有时；

拆毁有时，建造有时；

哭有时；笑有时；

哀恸有时，跳舞有时；

抛掷石头有时，堆聚石头有时；

怀抱有时，不怀抱有时；

寻找有时，失落有时；

保守有时，舍弃有时；

撕裂有时，缝补有时；

静默有时，言语有时；

喜爱有时，恨恶有时；

争战有时，和好有时。

王努在这些一枚枚闪着特殊光芒的小金币般的词语中，吃下了一块牛排，两只小羊角面包。食物进入胃里的过程中，王努的意识有一刻回到了身体上。他看着眼前的杜颖，恍惚中就回忆起当年那对构成他爱情全部滋味的乳房。它们像水草一般顺从，可以被塑造；它们像食物一般庄严，可以充饥。他抚摸它们，吮吸它们，它们在抚摸和吮吸中花朵一般绽放——那种滋味，不就是寻找有时，失落有时吗？在回忆中下出这个定义，无端地令王努热泪盈眶了。为了掩饰，王努摸出一支烟准备点上，却被杜颖阻止住，她用一只手摘掉了王努已经含在嘴角的烟，说，这里不许吸烟的。

王努有些慌乱，问她，你怎么知道我在西安的？杜颖含笑说，少君告诉我的，怎么，你后悔来见我了吗？王努说当然不，又说，原来是少君，我说呢。这时候王努就决定结束和杜颖的会面了，他对那些事先的预期已经不抱什么希望了。王努说，我们就到这里吧，我还要去见见少君，时间不多了。杜颖似乎没有听到，眼帘垂下去端详自己手中盛着红酒的酒杯，过了片刻，才拿酒杯和王努的碰了碰，在一声悦耳的撞击声中说，王努，原谅我当年的罪，我们都需要被拯救。王努在“罪”和“拯救”这样的语言下有些不知所措，他还不太适应这样的句法。他觉得没什么好说的，既然眼前的一切都不是按照他的预期展开，就只有沉默了。于是王努只有抬起手腕去看表，七点钟刚过，也就是说，杜颖需要“亲自送出”的这件“重要的东西”，实际上只用了一个小时。在王努看表的同时，对面的杜颖双手抱在胸前，遮蔽了那对唯一与过去一致的乳房，她在祷告：仁慈的主啊，求你看顾我的同学王努，让他在尘世中获得安宁，愿诅咒他的得诅咒，祝福他的得祝福……

从西餐厅出来，傍晚的西安城却骤然光明了。阴沉了一天的天空，突然间钻出了太阳。下过雨后的地面腾起不可一世的热浪。王努目送着杜颖的离去，杜颖的背影在地面腾起的热浪中隐隐约约地浮动，王努觉得这真的是一个脱离了低级趣味的背影。

3

那一天傍晚七点钟刚过的时候，王努出现在了自己母校的家属区。当时王努的腋下夹着一本精装的《圣经》，这个姿势迷惑了王努。起初王努还多少可以意识到自己是夹了本书，但过了会儿，王努就把这事忘记了。王努已经习惯了这种夹着的姿势，所以很容易就把这本《圣经》和那只手包混淆在了一起。何况，它们的体积和重量几乎是没有差别的。

少君跑下楼来迎接王努。由于比约定的时间早了一个小时，少君显得有些准备不充分，他只穿了一条肥大的短裤和一件半旧的白背心。少君的这副形象，在王努眼里也与预计的很不一致，王努以为留校后已经做到副教授的少君，不该是这么一个样子。至于具体该是什么样子，王努也说不清楚，总之，不该是现在这副样子。少君说，怎么提前了，吃饭了吗？王努说吃过了，说着过去亲昵地搂搂少君的肩膀。他们是大学时代最亲密的兄弟，分别十多年后，这样的动作应该很正常。实际上王努还想做得更夸张一些呢，他很想有力地拥抱少君，把那一天从出门时就困扰着他的失落感，在与少君久别重逢的喜悦中化解掉。但是少君却躲开了王努搂过来的那只手。他好像有些抑郁，起码没有王努那样热情。少君说，既然吃过了，就不请你到家里坐了，我们找个地方。看到王努收起了笑容，少君苦笑着补充道，正跟老婆吵架，就不让你看笑话了。于是王努做出了一个错误的选择，他重新笑起来，说，好，我们找个环境好一些的地方。如果这个时候，王努能够意识到自己腋下夹的是一本《圣经》而不是一只手包，或许就可以避免后来的那个事件了。起码他不会在身无分文的情况下，邀请少君去一个“环境好一些的地方”。

两个昔日的兄弟，穿过他们曾经共同求学的校园，来到了大街上。“环境好一些的地方”其实很好找，很快他们就走进了一家格调不错的酒吧。

王努要了一瓶红酒，和少君碰过杯后，感叹道，我们得好好追忆一下似水流年。这句话一出口，王努就顺利地滑进了伤感的情绪中，因为和杜颖见面时，他甚至连这种情绪都没有享受到。少君却摆摆手说，追忆是我这种不得意的人才干的事情，你春风得意的，应该展望才对。王努愣了一下，脑子里突然一片空白。王努感觉少君的话有些噎人，他觉得这一天真的有些不对劲。王努讪讪地说，你有什么不得意呢，都做到副教授了。少君看着王努，重复道，是，副教授！他把“副”字咬得狠狠的，让王努都怀疑是不是自己的语调中格外地强调了这个字。然后，就像刚刚杜颖布道一样，少君开始了诉苦，那些郁郁寡欢的话，对于恍惚的王努也只是一个又一个偶尔突现的单词，职称，房子，钱，诸如此类。不知不觉中，王努把这些词和半瓶红酒一起咽进了肚子。当然，其余的半瓶是被少君咽下去的。于是他们又叫了一瓶。在充分证明了自己的“不得意”后，少君开始反证王努的“春风得意”。他问王努有几套房子，王努迟疑了一下，说有两套，他说他一套房子还是按揭买来的。他问王努一定有专车吧，得到肯定的答复后，他说他幸好住在学校里，否则就得买一辆自行车来代步。

这种对比令王努不安起来。在酒精的作用下，王努突然反驳道，你多久没有性生活了？少君想一想，很严肃地说，有一周了，我现在根本没有那方面的……王努打断他，伸出三根手指在他眼前晃，说，我起码超过三个月没碰过女人了。说完王努就起来上卫生间了。他要给少君留下些时间，仔细去品味“超过三个月”的含义。

王努的步子的确有些飘，他心里很奇怪，为什么自己会故意选择这种步态，其实那点酒，对于他根本不算什么。卫生间里还有一个人，这个人在王努步态凌乱地离开时，跟了出来。他贴在王努的身后，悄声问道，先生，需要小姐吗？王努停下来，回头上下打量这个人。应该说，王努这个时候是相当清楚的，因为他问出了一句相当理智的话。王努问，多少钱？对方说，三百。事后王努想，自己当时犹豫了吗？答案是没有。王努当时没有犹豫地说，带路！

王努被带到了一间包厢。他甚至没有去跟少君打声招呼。王努想自己很快就会出来的。包厢里倒还雅致，一排沙发，居然还有一束郁金香。随后那个穿着黑裙子的女人就进来了。她很直接，进来后就交给王努一枚安全套，然后背过身去，开始脱自己的衣服。沙发不够宽大，女人的四肢吸盘似的在身下扣住了王努，他只能站在地上，俯下身把头埋在她的胸前。王努吮吸着女人的乳房，起初口腔里那种微咸的汗味多少还令王努生出了厌恶，但是他很快就被点燃了，忘情地陷入在那对乳房所带来的安慰中。它们饱满地贴在王努的脸上，令他一阵阵的窒息，他也真的像是潜水一样，有意地把自己的鼻孔和嘴全部挤压进去，让那种遒劲的肉的力量堵塞住自己的呼吸，直到肺部将要爆炸的时候，才求生似的仰起头。这样就有些是像做游戏了。女人不耐烦起来，催促道，你快一些。于是，王努在女人的催促声中，完成了下面的事情。不管这件事情后来发展到怎样糟糕的地步，王努都愿意承认，这是他迄今为止最酣畅淋漓的一次性事。那个时候，他当然想到了杜颖，甚至都想到了贵妃杨玉环。王努想，最灿烂的那个瞬间，自己感受到的那种巨大的滋味，就是“怀抱有时”吧。

王努起来整理自己的裤子时，那种被阳光普照着的感觉依然没有消退，以至于那个女人在身后发出疑问时，他居然快乐地笑了起来。女人问，哎！你刚刚戴套了没？这句话王努听清楚了，但是巨大的满足令他忽略了其中蕴含的危险。王努笑了，说，什么话？你不怕得病，我还怕呢！女人的脸阴沉下来，用手指了指地面。顺着方向看过去，王努立刻蒙了。地面上扔着一只打开了包装但却没有展开的安全套。怎么会这样？！事后王努判断这完全是个圈套，女人是在他整理衣服时调了包，那只使用过的安全套被她藏了起来。但是当时，王努的确是糊涂了，他不能够确定，自己是否真的在狂乱中忘记了安全。王努甚至不甘心地捡起了地上的那只安全套，把它展开，对着灯光检查起来。没有等到王努得出结论，包厢的门就被人从外面撞开了，三个粗糙的男人走了进来。

4

少君被领进包厢时，王努刚刚看过自己的表，九点差十分。王努想起来，自己今晚十一点钟是要乘飞机离开西安的。当然，被他想起来的还有其他的事情，比如，他出门时没有带手包，钱夹也扔在宾馆里，所以，现在面对讹诈，他没法迅速地摆平。少君显然已经知道了事情的原委，他进来时像一只仓皇的兔子。王努却很镇定，身体刚刚获得的巨大安慰，给了他从容的态度。王努甚至依然向少君愉快地笑了笑，从裤兜里摸出房卡交给他说，你去宾馆，在我的房间里把钱夹拿来，里面有张银行卡，你去提款机里取五千块给他们。少君呆若木鸡地站着不动。王努只好催促他，快去呀！

少君走后，其他人也退出了包厢，只留下王努一个人在里面。王努坐在沙发上，开始反省自己这一天的行为。渐渐地，就有了一个基本的脉络：王努觉得杜颖难脱其咎，那个在乾陵上打进来的第一个电话，唤醒了他“超过三个月”没有解决的欲望，而且，天气，乾陵的地貌，贵妃杨玉环的体态，李经理的乳房，与杜颖神圣的会面，少君的反证法，都起到了推波助澜的作用。这样看来，天下万物都有定时，自己最终毫不犹豫地走进这间包厢似乎就是必然的了。但是，王努觉得这些理由还不足以让自己判若两人。燠热的天气，女人的诱惑，朋友愤愤不平的抱怨，这些几乎是每天都发生着的事情，为什么只有今天才令自己失去理智呢？一定还有其他更重要的因素被忽略了。那么是什么呢？王努绞尽脑汁，也找不到那个理由。想得狠了，恐惧就涌了上来。王努的思路被带向了另一个问题自己究竟戴没戴安全套呢？越想越倾向危险的结论，王努感觉到自己的身体发生了一种黝黯的病变，鼻腔里甚至弥漫上溃败的腐烂气息。

这时候门外突然纷乱起来，有人在跑动，有人在大声呵斥。然后门就被撞开了，两个警察出现在门口。王努一阵眩晕，他不能够相信这一切真的发生了。被警察带出酒吧时，王努看到了少君。他站在闪着警灯的警车旁，脸色煞白。王努苦笑着说，老同学，你毁了我了。少君神经质地抖起来，声音尖厉地说，我觉得还是应该报警。王努伸手搂搂他的肩膀。这一次少君没有躲开，瑟缩着把那张房卡塞在了王努的手里。王努感到自己的这个兄弟是在一瞬间垮了下去，黑夜巨大的阴影在一瞬间淹上了他的脸。那一刻，王努抵达了一天中痛苦的顶峰。他不能相信少君会迂腐到这样的地步，直到坐在警车里后，少君那些郁郁寡欢的反证法还喋喋不休地回响在他耳旁：你有几套房子，你有专车吧，你春风得意的，应该展望才对……

在派出所里，王努唯一可以选择的，就是拨通了李经理的电话。在此之前，王努被做了询问笔录，并且在自己签下的每一个名字上摁上了鲜红的指印。随后李经理就到了，和她一同来的，还有他们公司几位重要的高层。王努一直保持着镇定，用沾着印泥的手分别和他们一一握手。王努的异常只有他自己可以感觉得到，他觉得走出派出所时，自己仿佛是在水面上滑行着的。

坐在车里，一位姓张的老总对王努说，让您受惊了，是我们招待不周，不过您放心，这件事情绝对到此为止，您不需要有什么顾虑，善后工作我们一定处理好。王努点点头说，谢谢。然后王努摸出了一支烟。李经理就坐在王努的身边，王努记得自从他们见面以来，每次只要自己摸出烟，李经理就会准确地把一只点燃的打火机伸过来。但是现在，李经理的头偏向车窗外，只留给他一个冷漠的侧影。这个女人显然是受到了伤害，她不能理解，精英王努的趣味何以会如此低下，从某种意义上想，王努的行为简直是对她的侮辱——难道她不是一个更具诱惑力的安慰？

回到宾馆后，虽然时间紧迫，王努还是坚持进了卫生间冲洗自己。王努把所有的浴液都浇在自己的下身，然后又一遍遍地用香皂去揉搓，但是那股溃败的腐烂气息始终弥漫在鼻腔里。王努惊悚着战栗起来，夺眶而出的眼泪混在汹涌的水流中。抬头间，王努看到了镜子中自己的身体——它孤独地站在花洒下，水淋淋的，像只落汤鸡。王努遽然找到了自己这一天所有异常的根源，那就是，在清晨面对镜子中自己的那一瞬间，他痛心疾首地意识到，自己依然匀称和标准的身体，只用来春风得意和夹昂贵的手包了——它居然没有用来败坏过。

十点钟刚过，王努向机场出发了。王努的身后是一支浩浩荡荡的车队，那家公司所有的高层人员都前来送行。他们提前开始了庆贺，因为那份价值千万的合同几乎已经万无一失地落实了。他们欢迎王努尽快回来补上一场压惊酒。车队快到机场时，王努突然想起些什么，问身边的李经理，你们见到我那本书了吗？李经理不解地问，书，什么书呢？王努对她形容了一下，说，有这么大，黑色的壳，精装。李经理摇摇头说，没有，我们没有见到，要不您告诉我书名吧，我一定替您再买一本。王努说不必了，他始终没有说出那个书名。

那一天，在登机的时候，王努突然感到了自己腋下的异样。在飞机上坐下后，王努缓慢地拉开了自己手包的拉链。它果然在里面，尺寸，厚度，恰到好处地紧贴着柔软的皮革。王努闭起眼睛，用手指抚摸它的书脊，觉得有时，这一天还没有过去，但是已经虚无起来了。

有时候，姓虞的会成为多数

我们租住的地方，理论上应该叫作城乡结合部，但现在很多事情，除了在理论上站得住脚，实践起来都会有些模棱两可，因为实践中的一切，都变得似是而非了，不再像石器时代那么泾渭分明。

这块叫作“雁滩”的地方，二十年前据说还是一片农田，当年兰城的男青年，稍微有些抱负的，如果弄上个“雁滩”姑娘，都会有些气短，被人问起，不禁就要含糊其词，反应快的，随口会将姑娘们的出处说成是“城东的”。雁滩就在兰城的东边，这一点，是不含糊的，就好比东京，理论上也是在兰城的东边一样。可事情说变就变了。今天的雁滩，哪里还见得到农田？全部是楼了。雁滩姑娘们摇身一变，都成了抢手货，因为卖了地，她们都成为有钱人家的闺女。然而在理论上，此地依然是要被冷静地视为城乡结合部的，大批的外来者盘踞在这里，来来去去，就像当年的庄稼，一茬一茬的，等待着被这座城市收割。

像我们这样的寄居者，在兰城的雁滩比比皆是。我们来自五湖四海，可目标却未必是同一个，当然你要笼统地概括一下，五湖四海的目标也能够被你在理论上总结成一条定律什么的。我们的房间在雁滩一栋四层小楼的顶层，四壁连带房顶都没有经过粉刷，预制板直接裸露着，楼面的外墙也没有任何装饰，倒是表里如一，那种水泥特有的灰白格调，让这一带的楼体呈现出一种堪称肃穆的气氛。周边几乎没有什么植物，一切都暴露在白花花的阳光里，到了夜晚，即使万家灯火，也显得是旷野无人。住在这里也有一种别样的好，那就是，尽管周遭甚嚣尘上，但只要你认得几个字，或者不幸有着一颗还算焦虑的心，那么，你就会感受到某种非常突出的宁静之感。

我们一共是四个人，我，小王，小虞和老虞。我姓李，被大家唤作小李。大学毕业后我就在雁滩这个范围内辗转栖身，白天乘车去市里面打工，暮色四合的时候跑回来挤进架子床睡觉。最让我难以释怀的是，我常常需要把自己在夜晚投奔的那个地方叫作“家”。下班的时候，跟同事们打招呼，不免要说“回了”，可是回哪儿了呢？回宿舍了？回出租屋了？都不大合适，好像也不太符合汉语的规范，约定俗成，也只能大大咧咧地吵吵：“回家了回家了。”这么吵吵完，自己的心里不免就会有些发虚，因为毕竟是夸大其词和虚张声势了，其后的归途，就会感到有些凄凉。

小王年纪与我相当，也是大学毕业后混到雁滩来的。

余下的二位，本来也乏善可陈，大家不过是五湖四海，不过是萍水相逢，但好玩的是，他们居然都姓虞。关于姓氏，我们能说些什么呢？你看，我姓李，据说这个姓如今已经是第一大姓了，如果谁当街大叫一声“老李”，估计应者云集，会有不低的回头率。小王也比我差不了许多，我打工的那家公司，就有十数个小王。可是，在我们蜗居的那个二十平方米的狭小空间里，我和小王，居然成为少数。我们的另外两个同屋，都姓虞。为了将他们区别开，只有把年纪稍大的那一个叫作了老虞。老虞其实也不老，只比我们大个三两岁，可是没办法，谁让我们遇到了这种状况呢？——有时候，姓虞的会成为多数。

“对于老虞这个人，你们了解多少呢？”有一天小虞向我们发问。

是啊，对于老虞这个人，我们了解多少呢？这么说吧，最先被压缩进这个二十平方米空间里的人，是我和老虞。我们在一个夏日的午后循着楼外张贴的广告不期而遇，我眼前的这位乍一看还是蛮普通的，就像所有毕业三五年后依然没着没落的青年，整个人的外观，就是一种“城乡结合部”的风貌，但当时，我看着老虞，觉得他有些没来由的别扭。后来我算弄明白了，可谓恍然大悟——原来这个老虞把衣服是统在裤腰里的。这应该是老虞让我别扭的地方。说起来也没有什么充分的理由，衣服统在裤腰里，本来不是个问题，但不知道有谁统计过没有，把毕业三五年依然没有着落这些因素都参考进去，这样的一部分年轻人，有多少会是将衣服统在裤腰里的？老虞栖身雁滩的出租屋，谋生于一家卖汽车配件的小公司，天天骑一辆需要弓背塌肩才能驾驭的自行车，行程都在五十公里上下，这么一个人，却像写字楼里的小开一样，习惯把衣服统在裤腰里，可不是他妈的有型极了？

后来小王加入了我们的队伍，再后来才是小虞。没什么可说的，我们四个年轻人已经将那二十平方米最大化地分摊了。被分摊了的，当然还有我们捉襟见肘的购买力和没有着落的人生。这样你就会明白了，为什么我会在这间出租屋里感受到非常突出的宁静之感。因为我已经极大地分摊了自己，把什么都匀了出去，涣散了，不宁静才怪。

所以从理论上讲，我应该是最了解老虞的人，毕竟是我俩先占领这二十平方米。但我也不能肯定，这个小虞会不会比我和小王掌握更多的材料，谁能忽视这样的事实呢？——在这个狭小的罐头瓶里，两位姓虞的成为多数。他们会由此更亲近一些吧？于是我和小王就自觉地将小虞的发问当作了一个设问句，认为他一定是要自问自答一番的。

果然是这样。以下就是小虞给出的答案：

老虞他其实挺孤独的（妖怪了，我们几个缩在同一罐头瓶里的年轻人，乃至满雁滩的人，乃至全兰城的人，乃至尘世中的所有人，有谁是不孤独的呢？）。尤其被我们老虞老虞地喊着，就更让他和我们有了一些隔阂，他可能会觉得，本来还算年轻的自己，莫名其妙一下子就苍老了吧？就是说，是我们把老虞喊苍老了，是我们把老虞喊孤独了。你们知道的，老虞几乎没有休息日，双休日咱们都还睡着的时候，他照例会扛着他的自行车下楼，出门。起初我也和你们一样，以为老虞的公司业务繁忙，或者这家伙兼了职，打了双份工之类的，可后来我知道了，不是这么回事。谁让我也姓虞呢？我当然要比你们更关心老虞。其实老虞他在周六周日这样的时候，和我们一样，也是无所事事的。他扛着车子下楼，出门，好像是要去上班一样，其实呢，他根本没什么事儿，不过是摆出了这么一副架势。唉，老虞干吗给咱们装神弄鬼呢？让我看，他就是这么个人，孤独呗。当然，我有时候也觉得孤独，你们八成也孤独过（何止八成啊？），可咱们基本上不会在星期天的早晨也把自己弄到街上去。你们要换一种方式来理解老虞。也许换十种方式，该不理解还是不理解，也许你们连半种方式也懒得换，老虞的事儿你们压根儿就不放在心里，谁也不能指责你们。关键是，谁都得承认，理解不理解一个不过是挤在同一间出租屋里的伙计，原则上的确并不重要。谁管谁呀，就像老虞把衣服统进裤子里，即使再怎么让人看了着急，也只是他自己的事儿。

我跟你们说个事儿，你们肯定都没留心过。冬天的时候，有天夜里我上厕所，老虞在里面儿，门没关，他正站起来提裤衩，可把我吓了一跳——他居然把上身穿着的保暖内衣仔仔细细地往裤衩里统。恐怖吧？就是从那一刻，我决心要亲近亲近我的这位老兄。

有些事儿我们没试过，不知道其实远比我们想象的要简单。就比如说，我们住在这二十平方米的空间里，本来算是个挺稀罕的缘分，可大家谁都没有尝试过要彼此亲近。太累了，跟人打交道太累了，大家天天回来的时候都是一副大势已去的狼狈相，谁还打得起精神给别人示好？可是如果有一天你们试着拍下对方的肩膀，没准儿对方也会亲热地捅你一拳。当然，拍下肩膀、捅上一拳也没那么重要，大势照样还是已去。反正老虞就是这样的一个人，我主动接近他，不过就是多点个头，打个招呼什么的，他就有一出没一出跟我讲了些他的事儿。

下面这些事儿，就是老虞说给我的：

有一个周日，老虞出门时咱们照样睡得东倒西歪。把自行车扛到楼下，老虞思考了一下去向，然后骑上车子漫无目的地在街上转起来。谁能想得到呢？周日的清晨照样会形成上班的高峰——我们这个世界，已经没有安息日啦。自行车在街面上会聚成一股洪流——这还是让人有些想不到吧，原来我们依然活在一个自行车的王国里，尤其在每一个含辛茹苦的清晨。老虞裹胁在浩浩荡荡的洪流中，因此也具备了方向感。他和清晨奔波的人们一同前进，一同追赶时间。东走西奔，渐渐地洪流开始消退，最后变得稀稀拉拉。清晨的空寂一下子突现出来，变得有些荒凉。

已经是十点多钟了，老虞仍在大街上骑行。这时大街上又渐渐热闹，但性质迥异，与那股胼手胝足的洪流相比，此时上街游荡的多是些闲散分子了。

骑到雁滩桥头时，老虞看到了那个卖糖炒栗子的家伙。一口大锅支在路边，一堆炒好的栗子上竖插着标价，露出“五元”，不知道下半截隐藏了什么玄机。老虞有一瞬间的踟蹰，他在盘算，买一斤栗子权作午饭是否划算。他也通晓这些小贩们的把戏——在标价上搞鬼，在秤盘上搞鬼，出其不意地讹诈一下没见过世面的人。不料摊主满脸堆笑地招呼他：“哥们儿，来啦！”说着用报纸包上一包栗子塞了过来。老虞没有推辞，自己不是个没见过世面的人，这个他有把握，而且，有时候，我们内心的算盘总是会屈从于一包劈面而来的栗子。老虞坐到自行车的后座上，用两条腿支撑住平衡，一粒一粒剥食。他已经有了主意，待会儿撂下个十块八块的就走人——这正是老虞平常中午吃快餐的标准。

“怎么样？”摊主关切地问。这是个其貌不扬的家伙，长得除了像个卖糖炒栗子的，什么也不像。

“嗯，不错。”老虞不动声色地回答。

“那就好那就好，我真是有点为你担心。”

“什么？你说什么？担什么心？”

老虞一怔，感觉他们说的并不是同一个话题，对方可能并不是在问他栗子的滋味。

“酒精中毒啊！”卖栗子的顿足说，“那天你喝太多了，要不怎么会直接送到医院去呢。”

“你记错了吧，”老虞说，“认错人了？”

“别逗了，要不你就真的是喝傻了。”卖栗子的忧心忡忡地揉着自己的下巴，“老吴是怎么说的？小五你迟早有一天会喝废的，可不是吗，我看你就快被他说中了。”

尽管捧着一包栗子的老虞表情看起来是在说：嗨，伙计，你他妈的认错人了，不过没关系，谁都有走眼的时候。但有那么恍惚的一瞬间，他真的感到自己被一股神秘的风卷走了，落在一个昏暗的小酒馆里，以“小五”的名义与这个卖栗子的还有一个什么老吴推杯换盏，斯时，劣质白酒哽咽在喉头，但依然无法阻挡内心那种卑微的、粗糙的、患难与共的温暖。

这时候两个打扮得很时髦的女孩走过来。她们都穿着那种底子很厚的鞋，窄小的短裙把屁股勒得紧绷绷的，上身是颜色漂亮的短风衣，两只背包背在各自娇小的肩膀上。她们从糖炒栗子面前走过去，又走回来。

其中一个说：“怎么卖啊？”

卖栗子的大概认为这样的顾客不适宜他的买卖方式，因此表现得不是很热情，指指那块韬光养晦的标价牌，眼睛向天上翻着。

“你没长嘴吗？”另一个女孩厉声喝问。

卖栗子的被吓了一跳，咕哝道：“你们没长眼睛吗，自己不会看？”

两个女孩对视了一下，让人以为她们会共同喊出两个字：扁他！

但她们只是对视了一下，然后异口同声道：“来一斤。”

卖栗子的伸手去包炒好的栗子，不料一个女孩尖声细气地说：“我们要吃现炒的。”

卖栗子的说：“这就是现炒的。”

女孩纠正他：“这是炒好的，不是现炒的，我们要吃那种边炒边卖的，你炒给我们。”

卖栗子的愣了片刻，大概觉得挺有意思，嘿地笑出声，然后就挥舞起一把铁锹，在那口大锅里翻炒起来。两个女孩不屑地撇撇嘴，她们不计较这个伙计的傻笑，她们要吃现炒的栗子。等待的时候，两个女孩开始议论起某件衣服的优劣，不好，太长，穿上像个嬷嬷。挺好啊，嬷嬷才好哪，性感。

而此刻的老虞，不可自拔地滞留在了那个昏暗的小酒馆里。这里面有污秽凄苦，也着实有一种很温暖的东西让他流连忘返，只是梦幻酒馆里现在多出了两个时髦的女孩，她们坐在另一张桌子，内容混乱地交谈着，正在说嬷嬷，突然一拐，就说起了某个明星。不喜欢，鼻子太短，还翘起来，像猪八戒。自己养的狗还不了解什么毛病，他就是想搞我，滚他奶奶的蛋吧，我有那么好搞？好像又是说某个男朋友了。

“现炒”的栗子炒好了，卖栗子的伙计鼻头累出汗珠来。

两个女孩接过她们的栗子，先各自剥一粒，其中一粒热气内聚，“砰”地炸开，惹得两人夸张地一阵尖叫。该付钱了，老虞很紧张，他想象不出卖栗子的恶劣把戏会在这两个女孩面前遇到什么打击。卖栗子的心里显然也没底，指向那块牌子的手指在颤抖，它已经露出了真面目：二十五元。两个女孩自顾自小心地剥食着热栗子，你十元，我十元，其中一个再多翻出五元，全部扔在那口大锅里。这太令人失望了，好像憋足了劲一拳打出去，却打在一团空气里。卖栗子的又是半天回不过神，用不可思议的眼神瞅瞅老虞，随后他气愤地骂一句：“臭鸡！”

已经走出几步远的两个女孩同时回头，凶恶地齐声断喝：“呔！”

这“呔”是兰城的用法，断喝出来让人显得很够劲儿。

卖栗子的伙计不由自主缩了一下脖子，换上了一脸的无辜相。时间一下子凝固啦，是一个对峙的局面。两个女孩将信将疑地瞪了他半天才扭脸而去，叽叽咕咕地评价：“这货，长得像某某某一样。”

老虞终于将自己从那个小酒馆拖曳出来了，骑上车子准备离开。刚才他几乎要忘乎所以地陷入到一场纠纷中去。没人知道老虞的内心经历了一场什么风暴。他诧异地发现，如果那两个姑娘和卖栗子的发生冲突，那么毫无疑问，他会坚定地站在卖栗子的一边，并且拔拳相助也是说不定的。这也说得过去，喏，这个卖栗子的才对我们的老虞嘘寒问暖过，让他从满街的无良小贩中脱颖而出，成了一个与老虞貌似相识的人。但这个发现仍然让老虞不禁有些发抖，他基本上是个温顺的人，从来没有滋生过什么豪情，可刚才内心那股片刻的、气势汹汹的波澜，又是多么接近一种“豪情”的指标。老虞觉得他在那一个片刻热烈地介入到了世界之中。

卖栗子的伙计在身后喊他：“这就走啦？少喝点，你少喝点啊小五。”

老虞做出了鉴定，这个家伙张冠李戴，里面并没有什么阴谋——他压根就没跟老虞要什么十块八块。老虞并不想纠正他，相反，他现在非常渴望自己就是那个被朋友担心着的、义薄云天的小五。

“老虞说他那天骑着车子在兰城打了个来回，”小虞惆怅地对我们复述，“有一股没法儿跟人说明的情绪让他一路迎风流泪，他不得不停下了几次，掏出手帕来擦眼睛——见鬼，你们没听错，我说的就是手帕，老虞他还是个裤兜里随时塞着手帕的人。他就是这么一个人！”

可是小虞啊小虞，你跟我们扯这些干吗呢？我，小王，作为两个听众，不禁都觉得有些尴尬，好像突然被人强迫了什么似的，情形类似于坐在公交车上陡然遇到了一个你不得不起身让座的老家伙。何况小王这时刚丢了差事，正操心如何再就业。我们都有些拿不准，这个小虞一反常态地跟我们絮叨起来，是基于怎样的一种心情？

小虞好像是铁了心，有种要砸烂什么的狠劲儿，他自顾喋喋不休地往下说：

有些事儿说出来不像是真的，因为这些事儿会让人觉得难以理解。可生活里还是需要有些真实感吧？否则咱们可不是都活到梦里面了吗？——还他妈的是个噩梦。好比，咱们现在待的这间屋子，总是真的吧？月租四百，每个人摸出的那张红票子总是真的吧？还好比雁滩桥头总是真的吧？咱们天天从那儿至少打一个来回，这一点没谁怀疑过吧？好了，老虞就此每当途经雁滩桥头的时候，都要逗留一下，跟那个卖栗子的伙计点下头，也没到拍肩膀捅拳头的地步，他不过是格外看重这家伙的那声叮咛——少喝点，你少喝点啊小五。

有那么一个阶段，老虞身不由己地活成了一个莫须有的“小五”。就是说，他觉得自己在被人牵挂，那感觉，就好像一个人在夜里，自己抱着自己，管自己叫：亲爱的。老虞他对这种感觉着迷啦，像是被一个命令部署进了这个角色。这个卖栗子的家伙是什么人？一定和咱们不是一路人。比如，他能把标价五元的招牌换成二十五元，比如人家一定住得比咱们好，挣得比咱们多，比如好歹咱们都有一张大学的文凭。可这些都构不成差别，我们之间的不同只在于，无论这个家伙是看走了眼还是犯了癔症，总之他能指鹿为马，热烘烘地牵挂自己的同类。这可能就是打动老虞的地方了。

我们读了大学，人生不过是一个人均五平方米的格局，这么戏剧性地、徒劳般地空忙活，也许谁都会在途经雁滩桥头那种地方的时刻，灵机一动，望着桥，望着河，陡然生出些别致的念头。这不，那一天，老虞在周日又骑车来到了这个卖栗子的伙计面前，他们交头接耳了一番。可能这一天的老虞出门时并没有什么打算，那时候我醒了，他不过是看了我一眼，什么都没说，更没打什么招呼，可是我在心里跟自己说：老虞他这是要出去吃苦头啊。

然后你们都知道了，咱们的老虞就此不告而别。至于他干吗去了，遗憾得很，我也无从知晓，我只知道他是跟卖栗子的伙计去了趟河南。半年后，他又回来了。

——老虞是在一个黄昏回来的。那时我们三个人刚刚挨过了一天，也是次第进屋不久，个个人仰马翻，无外乎是大势已去的架势。看到老虞，大家当然有些吃惊，但也只是面面相觑了一番，就好像他还和半年前一样，不过是推销了一天的汽车配件归来。大家眼睁睁地看着老虞爬上了自己的那张架子床。让我们觉得心头一紧的是，我们都发现了，老虞衬衫的下摆令人心碎地垂挂在裤腰的外面。于是谁都知道了，这个老虞在半年的时光里，便已历尽了沧桑。

交代一下雁滩桥头吧。兰城是被一条大河拦腰截断的城市，我们委身的雁滩，靠着一座雁滩大桥和城市的主体连接在一起。雁滩桥是我们每日必过的一条通道。曾几何时，我每次跨越这条通道，都觉得自己是蠕动在一根笔直的肠子里，清早被输送进去，黄昏被排泄出来。这种感觉使得我每次靠近雁滩桥头之际，都会觉得腹胀如鼓。

如今从小虞的嘴里，我们知道了老虞失踪的前传，那不能算作一个确凿的前因，也不是太有说服力，但是不知怎么搞的，从此每当我路过雁滩桥头，遥望这截城市的肠子，心里都会多少生出些巴望。我也渴望有一个随便什么破人，将我就地拦下，宛如一个奇迹，以一种我从未感受过的热情招呼我，然后平地起妖风，将我也裹挟到一种卑微的、粗糙的、患难与共的温暖里。这种事儿没什么好说的，我们这个被理论说明着的世界，在实践中，总是会时不时出些故障，事情通常就是这样达到平衡的，就好比，有时候，姓虞的会成为多数。

鹊桥会

作为一个写作的细胞，他或者她日复一日地在词语的房间里做梦或者击打现实。

——《天南》约稿函

假如我没有弄错，吾国民间信仰中的神祇领袖大都道德感贝足，不像西方，譬如宙斯可以摇身变成牛或者别的什么，去诱奸欧罗巴那样的好姑娘。诚然，吾国神祇也有性别之分，有天帝也有王母，好比西方的宙斯与赫拉两口子。不同的是，宙斯常常有失体统，以他主神的诡谲与神通，想尽办法满足自己膨胀的欲望，对象又常常不是老婆，故而弄得赫拉经常吃醋。赫拉是嫉妒成性且心狠手辣的女神，为了报复自己无辜的情敌，做出很多凶残的事。我们的天帝从无绯闻传世，所有的典籍都没有记录过他在这方面有任何瑕疵；王母的德性也好，不吃醋，唯一有记载的食品爱好也仅限于蟠桃（尽管《汉书》中说她曾以玄女之名指导过黄帝兵法，以及房中术，但这不足以妨碍她的清誉）。宙斯通过具体的性行为（婚生、非婚生）繁殖了很多子女，谱系清晰，脉络分明。西方神话的呆板造成的后果即是：某些男女神祇之间的结合让人一目了然地看出乱伦的阴影。我们的神话比较文明，天蓬元帅调戏嫦娥，顶多是个作风问题，尽管嘴里也姐姐妹妹的乱叫，但那只是华夏式的情调，无涉伦常。

天帝也有后嗣，譬如这个神话中的七位外孙女。但这七位外孙女与天帝血缘之间相隔的那一辈神，却没有着落，这辈神消失在神话气氛的雾霭之后，有效地淡化了具体的繁殖行为。七位仙女以自己血统纽带的暧昧，使得外公的形象更加符合神性。

东西方的神祇们在常态时具备和人一样的肉体。不同的是宙斯之流常常裸奔，而天帝总穿着合乎身份的衣裳，华丽威仪，体面得很。被锦衣包裹着的天帝，令人油然起敬之余，又陡生伤感，因为凡俗如我们，总是对华服之内的实体感到不安。

劳作的意义

西方诸神个个有名有姓。吾国神祇普遍具有谦逊的美德，往往隐藏在角色的背面，只以所司之职示人，譬如雷公，譬如电母，那位大名鼎鼎的弼马瘟倒是个难得的特例。天帝的七位外孙女一律查无实名，最小的一位被冠以“织女”之名，因为她的日常工作就是纺织。宙斯的子嗣们也各司其职，但对于具体的生产工作，他们显然是太自由散漫了，你怎么能通过“巴克斯”这个名字便猜到他是位专司狂欢与放荡的酒神呢？所以说，天帝对于自己的后代，要求还是很严格的。关于织女的工作状态，这个传说的最早成形版本《古诗十九首》描绘道：

纤纤擢素手，
札札弄机杼。

这是一个多么美好的女性生产者的形象啊。

织女经年机杼劳作，织成云锦天衣。我们知道，天庭里无论寒暑，不分冬夏，天衣首先不会用作保暖；其次，神祇们道德感强，衣物的遮羞功能一般不在考虑范围之内。于是，某一个时刻，织女经过一天的工作，面对自己出色的劳动成果，陡然产生了瞬间的恍惚——她前所未有地对自己劳动的意义产生出疑问：这些美如霞光、薄如纤云的天衣，有什么用啊？织女绞尽脑汁，人也因此变得忧郁，容貌都不暇整理。最后，“美”成为比较可以说得过去的答案。织女为此平静了几天。然而一个新的发现又令她百思莫解了。通过观察，织女发现自己的身体居然比华美的天衣更加令人怦然心动——难道这样的身体还需要什么天衣来修饰吗？

织女的情绪空前紊乱。她开始面对自己的身体，一度荒废了纺织。满脸胡子的天帝为此发了几次脾气，传下圣谕提出批评。

分　家

故事里织女的潜意识觉醒之时，与之合乎诗意地对应，人间一位少年刚刚同兄嫂分了家。

千百年来，传说者将这次分家的原因归咎于嫂子的品德：她容不下小叔子，迫不及待地将其赶走自立门户（这种作风只适合西方人的观念，不合华夏国情）。然而传说毕竟是传说，它只服从于传说者的情感动机。事实上牛郎的嫂子是一位虽谈不上贤惠、也绝算不上恶毒的普通女性。

历史经验告诉我们，古代人民的生活都是贫困潦倒的，这一点似乎不分东方西方。牛郎一家当然也不例外，甚至更惨，穷到有没有名字都无甚所谓，所以只叫作“牛郎”。保尔·策兰用“在那里你才以你自己的名义走路”的句子，说明了存在与命名之间的关系——喏，你全部进入的名字才是你的。牛郎即是全部进入了“牛郎”这个名字里的少年，他用自己的全部存在获得了传说的命名。少年牛郎其貌不扬，是孱弱与健硕混合在一起的别扭形象（孱弱是因为营养不良，健硕是因为青春年少使然）。可以设想，这副模样不会给人好感。当然，模样不好不会闹到分家的地步，分家的真实原因无外乎哥哥和嫂嫂正当壮年，三个一般年轻的身体成为彼此的障碍——“二八精成”的牛郎热衷于偷窥兄嫂的房事。嫂子总能在激情四溢的黑暗中看到两朵闪烁的火花，就很败兴，常常粗鲁地把丈夫掀下床去。

某一天，嫂子不期然间在田头目击了这样的一幕：小叔子牛郎裸着下身，趴伏在自家那头行将就木的牯牛身上，猛烈地抽搐。为了更有情调，牛头上还蒙一块花布。由此，嫂子嗅出小叔子的状态已经散发出危险的味道，只有敬而远之（西方人可能会有另外的立场）。这就是贫困造成的诸多麻烦之一。因为除了身体、器官、青春和葳蕤的欲望之外，穷人一无所有。

牛郎的嫂子并不缺少一个普通劳动女性所应具备的平均善良，牛郎分到了那头牛。牛是家里最值钱的东西，嫂子明白牛对牛郎的特殊价值。牛郎无话可说，只有牵牛走人。

牛 精

牛在故事里的价值一点不亚于它的主人。这头牛躯体庞大但枯瘦如柴，绝对活过了一头牛应该活的岁数（不如此，不足以解释它的特异）。人活过同类寿命太多即可称为人瑞，显然称一头高龄老牛为“牛瑞”不太恰当，权且称其为“牛精”吧。人瑞一般会被供奉起来。但这头牛精却还要耕田，尽管它已经老到举步维艰的地步了。传说中这头牛精献计给牛郎是为了报答牛郎的关爱，事实上还有一个被有意忽略的原因。这头牛精是一头公牛。只有身为公牛的牛精清楚主人最需要什么。我们从故事的发展可以看到，这头牛精的手段绝对不会只限于指导牛郎搞到一位仙女，它之所以不去指导主人如何发财、升官，分明是希望给予主子报答的同时，最终也一劳永逸地解放自己。于是有一天牛郎赤裸着趴上牛背时，突然听到一个垂头丧气的声音：“不要再搞了，你可以去河边，那里将有仙女洗澡，你抱走她们的衣裙就会得到一个比我细嫩得多的身子。”正处在急躁中的牛郎当然会大吃一惊，直挺挺地从牛背上翻下来，四处寻找声音的来源。牛精无可奈何，只有将话重复了一遍，只是腔调里有了悲音。

我们知道，一般成“瑞”、成“精”者，随着寿命的增长，道德品质也会随之增长到某个高度，品格高尚的牛精意识到自己为了一己之私而有诲淫诲盗之嫌，不禁呜咽。

金风玉露一相逢

就在牛郎受到牛精点拨，并且准备实施行动的这一天，七位仙女如约降临在河中。作为天帝的仙眷，七位仙女为何要下到人间沐浴，需要作一番推理。显然天庭是一个绝对优于人间的场所，沐浴条件应当比人间的一条河（污泥、死鱼散发着特殊的恶臭）优越干净。仙女们之所以趋臭避香，唯一合乎逻辑的答案是：洗浴针对的是肉体。肉体在天堂总是处于虚妄的悬浮状态，唯有在人间才能够落实，成为具体的可洗对象。在凡间洗澡时产生的对于肉体的强烈认知，令仙女们得到了与天庭生活大异其趣的快感，故而她们乐此不疲。

关于仙女们的风姿，只有借助最古老的诗歌才可以描述：手如柔荑，肤如凝脂，领如蝤蛴，齿如瓠犀……如此佳丽，彼此之间几乎都能够产生出爱欲。她们裸露在人间的一条河中，洗浴过程相互的触摸与凝望，造成渴求、迷乱等心理上的变化。

躲在芦苇后的牛郎面对这一幕时的冲动不难想象。抱走仙女那堆薄如蝉翼的天衣时，意淫中的牛郎禁不住浑身战栗。仙女们发现了这个受到情欲支配而呈现出一脸醉态的凡间少年，宛如挨了一枪，刹那间七个飞走了六个。剩下的那个，便是中弹子的织女。她没有勇气在失去遮蔽后像姐姐们那样裸奔而去，因为她已经产生过对于身体的思辨——她具有了羞耻感。与此同时，织女终于明白了自己日常工作的意义：那些天衣披在身上时是何等的安全啊，其意义在于，以华美的形式确立秩序——如果天衣在身，眼前这个捉襟见肘的凡人绝对不会如此胆大包天。

但现在，当牛郎涉水而来，一步步逼近孤零零的织女时，她只有在水中认栽了。赞美他们结合的诗句不胜枚举，其中淮海先生《鹊桥仙》中的两句最有名气：金风玉露一相逢（中国古典文献中习惯用这类词语形容性行为，既含蓄，又雅致），便胜却人间无数。

星 星

生活在人间，日子一久，肉体创造出的欢愉趋淡，织女必然（也应该）感到越来越不适应。人间贫困生活的可怕，绝对超出了一位仙女的经验。你耕田来我织布，我挑水来你浇园。未几，她手脚粗糙，皮肤黑黄，牙齿因不适应人间烟火竟然歪七扭八起来。这样的妇女在乡间比比皆是，但织女不懂得使一切面目全非是大地的基本属性，她为之悲伤。毕竟，她来自天上。织女思念从前的日子，常常在夜晚牛郎满足地酣睡之后，以泪洗面。牛郎是率直而颟顸的乡村少年，他体察不到伴侣的惆怅，性爱的狂热在他身上持久不衰，他感到如在天堂。

终于，人神之间结出了生命的果实。生产之夜，在破屋外忧心如焚的牛郎无意间抬头仰望苍穹，无以数计的万千繁星悬于天际。牛郎迷惘地看着这幕寂寞天象，从中隐隐约约地看到了宿命的意味。少年牛郎一贯憨直的心里浮现出从未有过的柔软情怀——这就是艺术的起源。几声婴儿的啼哭从草屋里传出。织女生下一双儿女。

天上的同一时刻，蓄着长胡须的天帝在睡眠中梦到（如果他有梦的话）：两团不明吉凶的血肉之物划破阒寂的天际。天帝梦呓道："原来织女犯了天条哇。"说完，他翻个身子接着睡了。

牛　皮

天帝通过梦境才洞察到外孙女的离经叛道，说明天庭是一个疏于管理的散漫之地，不像人间的老爷明察秋毫，把一切搞得井井有条。

七月七日黄昏，织女立在自家破败的草屋前，双手插在腰间，与同村的某个乡妇对骂（生育后的织女，心态得以调整，死心塌地地干好自己的人间角色）。突然乌云袭来。牛郎正坐在田头有滋有味地欣赏着妻子的英姿，看到织女随着一团乌云飞到了天上，不由大惊失色。牛郎拔足欲追，但作为凡人，他离地的愿望只能实现在双脚跳起那样的一个高度。牛郎眼睁睁地看着织女消失，坐在田里放声大哭。这时身旁那头特异的牛精发话了（其声调消极得令人不忍聆听。一想到要重新回到头顶花布的日子，这头牛精决心：毋宁死）。牛精沉痛地说："宰了我吧，用我的皮当作披风，你就可以飞上天去。"牛郎闻听毫不迟疑，进屋捉刀。手起刀落之际，牛血喷溅了他一头一脸。牛精死得相当干净利索，没有给牛郎制造什么麻烦。

一翻杂耍般的技术操作后，牛皮褪去，牛郎顾不得洗涤血污，热气腾腾地直接披在身上（相悖的是，在一些西方的古老传统中，牛皮是用来绑死囚的）。然后，牛郎用一根扁担，两只大箩筐，挑起一双嗷嗷待哺的儿女。这样，牛郎不但显得铁血豪迈，而且具有了侠骨柔情。如此形象，绝对足以飞翔。离地而起的瞬间，牛郎瞥见倒毙在地的牛精没皮少肉，睁着一双不肯瞑目的大眼睛。

牛精在故事中的地位不可动摇，它在生前扮演了导师的身份，死后，其皮可供飞翔。

天帝的仁慈

没有人注意到天帝的仁慈。人们对于神祇的德行总是寄予太高的期望。其实，作为众神的统治者，在洞察了外孙女的天外之恋后，天帝只是捉回织女，而未惩罚牛郎——如果不把分离算作惩罚的话（这对于牛郎亦不过分，因为爱上一个仙女的代价就是承受分离）——已经是格外的仁慈之举了。偏偏牛郎无知亦无畏，坚持一个追赶不动摇，竟然一身牛血地追上天来闹事。牛皮披风神奇无比，眼看就要赶上织女了。正在希望将要达成之际，一道天河横空出世，挡住了追赶者的步伐。那是王母用头上的金簪（首饰即武器）划出了一道不可逾越的分界。牛郎绝望地跪伏在天河岸边，意气风发的神采荡然无存。他的身边缺少了一头英明的导师。织女在天河另一边捶胸顿足，号啕恸哭，大牙都露了出来，完全是人间妇女悲痛至极时的表现。

故事在这里有了戏剧性的发展。坐在箩筐里的那对小儿女令人不可思议地行动起来，他们用水瓢（可能是箩筐中的旧物，或者是凭空而来）煞有介事地舀向滔滔而过的天河之水。

天帝再一次显示了他的仁慈。他暂时忘却了这两个重孙血统上的羼杂，将这双小人（神）的游戏之举赋予了可贵的情感含义，从而感动了自己。即时，万千乌鹊飞临，密密匝匝地挤作一团，用身体在天河上搭起一座桥梁——软乎乎的，难看的通道。

宋人罗愿《尔雅翼》卷十三记载：“涉秋七日，鹊首无辜皆秃，相传以为是牛郎与织女会于汉（天河）东，役乌为梁以度，故毛皆脱去。”我等完全可以将这些鹊儿当作一群阿谀谗佞的精灵。它们乖巧地揣摩到了天帝瞬间的柔情，于是奋不顾身地献媚来了，甚至不惜被踩得毛秃羽落。

习　俗

南朝《荆楚岁时记》记载道：“七月七日，世谓织女牵牛聚会之日，是夕，陈瓜果于庭中以乞巧。”

牛郎织女一年一度，踩着万千乌鹊于迢迢银河之上会面。人间编织出有关他们的传说，所有的溢美之词，都只是为了：乞巧。

这就是习俗的由来。

后　记

正如题记所示，此文受到一封约稿函的策动——作为一个写作的细胞，他或者她日复一日地在词语的房间里做梦或者击打现实。

这个宗旨颇有些博尔赫斯的味道，在词语的房间里做梦或者击打现实——将散文、随笔甚至评论都写得具有小说的意味，以及讲故事时的跳跃性和兴致勃勃的臆造。但是写完一读，却发现更像是对鲁迅先生《故事新编》的拙劣模仿。《故事新编》绝对是经典，而所有东西一旦成为经典，就必须敬而远之了。

由此，注意到因原书已佚故鲁迅辑本不载的、南朝梁殷芸《小说》中关于这个故事的另一个版本：“帝怜其（织女）独处，许嫁河西牵牛郎。嫁后遂废织丝，天帝怒，责令归河东，许一年一度相会。”这个版本最大的出入在于：织女与牛郎的婚姻是天帝首肯的，只是因为织女因私废公，才受到两地分居的惩罚。这样看来，天帝还是堪称道德模范：织丝事业第一，儿女私情靠边——亲眷也不例外！

如此，又将宙斯之流比下去了。

赋　格

在这个短篇开始的时候，首先让我们重温这首伟大的《死亡赋格》，尽管它和这个短篇风马牛不相及，但你要知道，我是通过抓阄的方式，才最终放弃了以这首诗的名字来命名这个短篇——

清晨的黑牛奶我们傍晚喝
我们中午早上喝我们夜里喝
我们喝呀喝
我们在空中掘墓躺着挺宽敞
那房子里的人他玩蛇他写信
他写信当暮色降临德国你金发的马格丽特
他写信走出屋星光闪烁他吹口哨召回猎犬
他吹口哨召来他的犹太人掘墓
他命令我们奏舞曲

清晨的黑牛奶我们夜里喝
我们早上中午喝我们傍晚喝
我们喝呀喝
那房子里的人他玩蛇他写信
他写信当暮色降临德国你金发的马格丽特
你灰发的舒拉密兹我们在空中掘墓躺着挺宽敞

他高叫把地挖深些你们这伙你们那帮演唱
他抓住腰中手枪他挥舞他眼睛是蓝的
挖得深些你们这伙你们那帮继续奏舞曲

清晨的黑牛奶我们夜里喝
我们中午早上喝我们傍晚喝
我们喝呀喝
那房子里的人你金发的马格丽特
你灰发的舒拉密兹他玩蛇

他高叫把死亡奏得美妙些死亡是来自德国的大师
他高叫你们把琴拉得更暗些你们就像烟升向天空
你们就在云中有个坟墓躺着挺宽敞

清晨的黑牛奶我们夜里喝
我们中午喝死亡是来自德国的大师
我们傍晚早上喝我们喝呀喝
死亡是来自德国的大师他眼睛是蓝的

他用铅弹射你他瞄得很准
那房子里的人你金发的马格丽特
他放出猎犬扑向我们许给我们空中的坟墓
他玩蛇做梦死亡是来自德国的大师
你金发的马格丽特
你灰发的舒拉密兹

——策兰 《死亡赋格》

死 亡

夏天里我从监狱中出来，回到自己并不比坐牢愉快多少的生活。康颐趿着双蓝颜色的拖鞋，站在监狱门口的大树下等我。他向我走过来，眼睛极不耐烦地眯着，看天上炽热的太阳，手腕上扎着条已经晒干了的毛巾。他递给我一支烟，替我点上火，脸上流露着一些歉疚之类的表情。我认为，这类表情是康颐应该镌刻在脸上的。但很短暂，康颐为自己点着烟再仰起脸来时，表情已经恢复了对于夏天的愤懑。他不自量力地瞪了眼天。太阳刺眼，他眼睛眯成一条缝。两年前，作为一起贩毒案的元凶，康颐逃之夭夭，这件事情，他曾以朋友的名义，信誓旦旦地向我保证过万无一失。这个朋友的罪行不止于此，我就掌握很多。在看守所里我守口如瓶，以朋友的名义包庇了他，心甘情愿地接受了加之于己的冤狱。夏天里康颐在监狱门口接我时，脸上流露过一些歉疚之类的表情。康颐打开出租车的门，让我上去。一路上我们没说什么话。夏天让我们都有些昏昏欲睡。红灯停车的时候，我观察了一下车外的世界。烈日炎炎下的街景，没有多少改变，至少没有让一个刑满释放人员惊讶。华侨商店顶层的巨型广告换了，红牛饮料，两年前好像是神州热水器。康颐没有征得同意，拿过司机身边的一瓶矿泉水，两只胳膊一同伸出车窗，把矿泉水统统淋在他扎在手腕上的毛巾上面。空瓶子很不讲理地甩出去，击在一辆自行车的前轮上。司机无动于衷。自行车的主人，一个韶华已逝的女人，转头看了一眼，然后安静地等待红灯过去，无动于衷。康颐叫了辆出租车接我出狱，在车上他的脚一直蹬在司机的椅背上。一双蓝颜色的拖鞋。

某种利器飞割而来，譬如剃须刀片，譬如碎玻璃，尖锐地划破了面部，在眼角，在眉梢，在眉眼的角梢，造成皮开肉绽的后果。想象中的损伤总是集中在脸部这个范围，因为脸何其脆弱，容易被打击、被毁坏。脸，我们的脸。身体中暴露面积最多的一块地方。赤身裸体丢人，赤脸裸面呢？当我们的祖先在伊甸园里用一片叶子遮住胯下的时候，却不知道是上帝安排了他们在张冠李戴。招摇，危险，又是这样的突出——脸的差别绝对大于生殖器的差别，这会有疑问吗？对人进行辨认，构成你之于你的，脸。对于脸部的担忧常常发生于阅读的时刻，往往是毫无理由地突然闪现。我习惯于大量地阅读，于是血淋淋的幻象也随之大量地涌现。这个时候我一目十行地读着文字，同时阅读与自我惊吓两不耽误。这与文字的内容毫无关系，也不能归咎于阅读这个行为。我因此无端地具备了一种忧悒的气质。服刑的日子里，当我可以不受任何干扰地想入非非时，我想入非非地想——也许是我太在乎自己的脸了？每当这个时刻，总有一个疲惫的声音在我心里叹息：唉，我的天，唉，我的天。

夏天里我从监狱中出来。既然外面的世界并没有天翻地覆，那么我就不应该为了两年的牢狱生活而沮丧。泡在澡堂里的大池中，我跟康颐随便开了几个玩笑。其实我并不肮脏，洗澡只是作为一种回归的仪式。我泡在水里了，说明我自由了。喝了一杯茶后，我换上了康颐替我买的新衣服：一条有好几种颜色的沙滩短裤，一件进口的白色T恤，外加一双蓝颜色的拖鞋。这样，我就只比康颐少了一条扎在手腕上的毛巾了。这个缺少是必要的，否则你们难免将会把我们混同一人。康颐让服务生把他的毛巾拿去消毒，依旧扎回到手腕上。走在街上，我发现我和康颐的拖鞋穿混了。我们都是一只脚旧一只脚新。我对他指了出来。这时，康颐在一天内第二次流露出了一些歉疚之色。同样很短暂，在低头和我换鞋之后，康颐又恢复了夏天里的愤懑。在一家餐厅里，我和康颐喝了很多啤酒。他要了一桌比较丰盛的菜肴来款待我。但我缺乏一个刑满释放人员的客观心态，于是不能配合地给康颐表演一番戏剧性的吞咽。我们喝酒、抽烟，如果允许，我们还愿意玩蛇、写信、吹口哨召回猎犬、高叫把死亡奏得美妙些。中间康颐接了一个电话。从餐厅出来，康颐很有目的性地朝南面走。我问他去哪里，他说去等一个人。我和康颐一人拿着一瓶矿泉水，蹲在省博物馆前的广场上等一个人。博物馆白墙黑瓦的仿唐建筑，是我的注视方向。康颐目光游离，四处张望，缺少方向。十几分钟后，康颐放弃了蹲姿，脱下一只蓝色的拖鞋，垫在屁股下面坐下。又一个十几分钟后，康颐站起来，解下手腕上的毛巾胡乱抽击，有几下分明是朝向身边的过路人。受到挑衅的人绕道行走，致使康颐无事生非的目的落空。康颐说了句不等了。为了加强这句话的语气，他想疾走两步。结果是，一只蓝色的拖鞋甩了出去。康颐一条腿蹦到蓝色拖鞋的面前。婊子，他骂了一句。我想康颐不会是在骂一只拖鞋，他要等的人恐怕是一个女人。

我和赵玫的恋情碰到过很多难以克服的障碍。作为两个成年人，我们都没有自食其力。但我们又都有着朝夕不离的愿望。这不表示我们如何的情意缱绻，按照赵玫的话说：只是希望可以搂着一样东西入睡。在设法满足这个愿望的过程中，我表现出了自私的一面。我不愿意将一个无业女青年领回家中，给我年迈多病的母亲以刺激。赵玫的行动令我刮目相看，她勇敢地将同是无业游民的我带到了她的家里。我和赵玫挤在她们家自己搭建的小厨房里，忍受着那个大杂院里经常性的窥视。赵玫的妈妈因为我的到来，一度拒绝进入厨房行使主妇的职责。我和她的女儿习惯于昼夜不分，有几次赵玫妈妈进到厨房内，目睹了我们在日上三竿的时候，依然交颈而眠。我们的睡姿令更年期的妇女怒不可遏，看到我们的裸露，她像上帝看到始祖的遮蔽一样震惊，她用十分恶劣的语言辱骂自己的女儿。我们实现了“搂着一样东西入睡”的愿望。我们成为彼此的安慰。赵玫付出的努力感动了我，作为回报，我对她坦白了自己总是忧心忡忡的原因，向她倾诉了一张脸囊括的那份危机感。我从未向赵玫坦露过心迹。我基本上是属于冷暖自知的一个人。我们之间于是就有了这样一番对话：

小康——不是一种生活状况，是赵玫对我的爱称——你这种幻觉是经常性的？

是的是的，经常性的，很频繁。

甚至多于对我的爱？

我怀疑自己的叙述是否有夸大其词之嫌，将一种幻觉描述得和自己亲密无间，从而引起了赵玫的妒忌。我们之间的感情丧失了一次飞跃的机会，最终仍是滞留在“只是希望可以搂着一样东西入睡”这样的层次上，随时可以无疾而终，自然解除。

夏天里我从监狱中出来。我不能够重新去赵玫家的小厨房落脚，我也不愿意回自己的家。我的怙恶不悛，使自己在亲人面前已经成为一个无可救药的人。他们对我忍无可忍。我跟着康颐从省博物馆前的广场离开。由于没有等到那个人，走在烈日下的康颐成了一只螃蟹。他横着走。我走在他身后，看着他白色T恤、彩色短裤的背影，仿佛面对一面镜子时，看到的却是自己的背影。我希望他撞上一个同样横着走路的人，让两个怒气冲天、极端烦躁的家伙打一架。对于两个几乎一模一样的人，人们只注意到不可一世的他，对于我，则视而不见。我就是一个影子，形同虚设。康颐住一套单居室的房子，在一栋十二层居民楼的七层。电梯坏了，上楼时我数了一下楼梯，每层楼面二十阶，分成两段。我的目光集中在楼梯上。前面康颐趿一双蓝颜色拖鞋的脚拾级而上，鞋面与脚跟发出叭嗒叭嗒的声音。叭嗒叭嗒，谁能看到自己行走的背影。

康颐关掉正在运转的吊扇。吊扇的风叶是绿色的，钻石牌。他靠墙蹲下，掀开白色方格的地板革，从下面摸出一包东西。塑料纸包裹着的是一团白色的固体物。康颐在上面敲下一块，用纸包住，用一只瓷杯子在上面擀，再打开，里面的固体已经成为粉末状。他从一本杂志里取出一张锡箔和一根类似电视天线的铁管。我拿过杂志，是当月的《女友》。白色粉末在锡箔上抹出一条白色的痕迹。一只打火机在锡箔的背面烘烤。淡青色的烟飘起来，被铁管捕捉住。清晨的白尘埃我们傍晚吸/我们早上吸我们夜里吸/我们吸呀吸/他把锡箔向我递过来。我通过墙壁上一面巨大的镜子不时观察一下他就好像是顾镜自怜。有人敲门，康颐没有好气地喝问是谁。罗小佩，门外是一个女人的声音。开门后，一个面目姣好的姑娘走进来。白上衣，白裙裤，一双粉红色的夹脚拖鞋。傻逼。康颐劈头盖脸地发起火来，吓了我一跳。是你求我还是我求你？他造谣道，老子在博物馆前等了你两个小时！我不知道他是什么用意，实际上我们在博物馆前最多等了半个小时。这多出的一个半是为哪般？罗小佩哑口无言，用手抿了抿头发。她留着很短的发型，很俏皮。我想如果真是等了两个小时的话，康颐现在会丧心病狂地动手殴打这个俏皮女人。她凑过来，一边很自然地脱去了外衣裤，只穿着胸罩和底裤蹲在康颐的旁边。她一下一下地吸着鼻子。她对我视若无睹。我从镜子里观察着他们。男人的体形只能够用“骨瘦如柴”来形容；女人却由于蹲姿平添了几分女性的妩媚，腰臀间的曲线被加强，背部肌肤也显得紧凑。我从镜子里看不到自己。她对他说，先让我吸一口啰。他不搭理她。她进一步低声下气地央求道，我求求你啰。滚走。他毫不通融。我像是一个人坐在偌大的剧院里观看着一幕话剧。周围很黑。我很孤独。康颐穿上白T恤，他又穿混了，我没有指出来。他交给我一团包好的固体物，暗示我今晚他不回来了。罗小佩仍然蹲在墙边，两只手夹在两个腿弯处。她转过头，目光一直追随着康颐。康颐一边往手腕上扎毛巾，一边对她说，你向我哥们儿要吧。他出门前打开了吊扇的开关。绿颜色的风叶旋转起来，很快变成一团颜色难辨的旋涡。罗小佩仍然蹲在墙边，看着我，面无表情。这是康颐今天第三次向我表示出歉疚。不同的是，前两次他用的是短暂的面部表情，而这一次，他很实惠的给我提供了一个女人。她就是他给予我的一个补偿。她与那两个短暂的面部表情本质相同。她耻骨下柔软的阴毛和胸前褐色的乳房对于任何被禁锢了七百多个日夜的男人无疑都是一个难以逾越的陷阱。但我有障碍。我没有过这样的经历——与一个素不相识的女人如此直接地进入实质。那只出现于我的臆造之中。我的欲望葳蕤，但一把与生俱来的大剪刀咔嚓咔嚓地剪裁着它们。她躺在我的身边。她说，快一些，还等什么呢？两年了，我是那么想你。她的话令我迷惘，同时她的催促令我陡然愤怒。我说，滚走！她显然被我吓了一跳。她坐起来看我，同时伸手来抚摸我。抚摸我的脸。我当然被恐惧攫住。我害怕自己被人摸在脸上。那样我就没有办法再这样像煞有介事地讲下去了。你走吧，我跳到床下，把那团宝贝扔给她。她背对着我穿衣服。她的背影令我刚刚折断的欲望再次疯长，几乎要为之放弃这番语言的冒险。她转过身来面对着我。沙滩短裤无法遮挡我的冲动，这点你们也许都看出来了。你们犀利的目光完全和她的一样，毫不避讳地盯在那里。我有些无地自容，于是有些气急败坏。她吮了吮嘴唇，从我身边经过时在我脸上轻轻啄了一下。我觉得她啄得颇为温柔，也许这只是一个刑满释放人员的主观感受。她出门时说，他走后，你就可以回来了。我看着自己的脚，是一双粉红色的夹脚拖鞋。我的蓝颜色的拖鞋不见了。罗小佩和我穿混了鞋。

这段文字动用了一个不加思考的意象。不加思考是因为它不是叙述的目的。我从来没有真正的旅行过。这不是说我没有出过远门。我难以对自己认为的“旅行”定义。我没有这个能力。同时我也知道周密的定义只能制造出更多的歧义——一个简单的故事往往都难以不陷入混乱。旅行时，脸混入更多陌生的脸中，于是，就只是脸，仿佛浴室里诸多的生殖器混在一起。旅行对于现实的脸有着无法估量的颠覆性，好比一次整容。许多经验以外的可能随之涌现，犹如一次完全由自己操纵的叙述。旅行！旅行！旅行！对于“旅行”的渴望，致使有人向我发出旅行的邀请时，我几乎没有别的选择。罗小佩邀请我陪她同去广州一趟，我没有考虑这个邀请是否合乎情理。我首先考虑的是：这是否能够导致一次真正意义上的“旅行”。罗小佩再次出现的时候，我基本上已经忘记了她。当她在门外自我介绍道“是我”时，我问她，你是谁？她说，嘁。她挤进来，手中捏着两张火车票。她向我邀请道，陪我去趟广州吧。我问她，为什么让我陪你呢？她说，我在火车站买票时下起了雨，就突然想到了你。我说，你去广州干吗？是一次旅行吗？罗小佩想一下说，是的，是一次旅行。来一次旅行的念头鼓舞了我。我唯一的疑虑是，我想人在身无分文的情况下远行是否理智。罗小佩打消了我的疑虑。她似乎能够看到我在为什么优柔寡断。她亮出厚厚的一沓百元钞票。这些钱使我充实，这些钱使我警惕。我问她，你到底要干吗？我要去旅行！她斩钉截铁地回答。带上你的身份证，她提醒我。然而我的身份证早丢了。她从包里拿出了三四张身份证来，从中挑了张递给我：**苏领　男　1970年4月23日**……火车启动的时候，罗小佩交代了她此行的真正目的。她说，我出门是为了戒毒。我更正道，你旅行是为了戒毒。她心不在焉地问我，你怎么样，还常常幻想有刀片在割你的脸吗？我吃了一惊，感觉到一种线索出现后带给人的震动与紧张。我试探着问她，你们家的小厨房拆了吗？她正在向硬卧的上铺爬去，所以给我的感觉是，她是用自己的屁股模棱两可地回答我：许多人家都有小厨房。我感觉她的屁股回答得很好，就像戒毒和贩毒虽然是两个概念，但是都很**非常**。她蜷在列车的上铺吸毒，一会儿让我给她递饮料，一会儿又要吃水果。上车前她买了很多小食品。清晨的白尘埃我们夜里吸/我们早上中午吸我们傍晚吸/我们吸呀吸/她在上面干违法的勾当，坐在下面的我为她提心吊胆。乘警和列车员过来过去，令我心惊胆战。我指责她说，你不是要戒毒吗，怎么还在吸？她的解释是，起码在路上不要犯瘾吧。她一路上都在吸毒，因此我这一路上始终神经紧张。到达广州的当天，她所带的毒品正好告罄。找宾馆住下后她拉我上街，从街上回来时她买了两瓶叫“三唑仑”的镇静药，还有几盒“安定”针剂以及十几支一次性注射器。她对这家宾馆似乎很熟，在餐厅吃晚饭时，一名男领班微笑着对她说，娜娜小姐，您好。她对这里的熟稔程度以及“娜娜小姐”这个称呼，都使我对她从前的某些经历做了一番猜测。在餐桌上我了解到，她是一个一点肉都不吃的人，唯一的一份荤菜是叫给我的。回到房间，她渐渐烦躁不安。她冲了一大杯黑色的药汁喝下去。这种黑色的中药是兰城声誉很高的一个民间药方，许多戒毒者都曾经服用过，据说对于缓释毒瘾有一定效果。康颐就有不少这种药。康颐既卖毒品也卖戒毒药品。喝下药后，她双手抱膝蹲在床上，头埋在怀里，一支接一支地吸烟。我坐在沙发上，偶尔她抬头看我一眼，如果发现我也在看她，她就会笑一下。后来她从床上下来绕到我的背后。她用胳膊从后面环绕住我，双手交叉着伸进我的衬衣里。我觉得自己衣服里像是钻进了一只蚂蚱。这只蚂蚱让我一点点地焦灼，让我的身体渐渐地绷紧。她吻着我的脖梗，吻向我的耳朵，最后含住了我的耳垂，用牙齿极其克制地摩擦。一下，一下。这种方式令我霎时充满了被啃啮的恐惧。我听到她极其压抑的一声呻吟近在耳畔，带着痉挛的颤音直抵我的心脏，使我在感到诱惑之前最先被一种本能的逃遁欲望所占领。唉，我的天，唉，我的天。我像一只蚂蚱跳开，回身看到的是一张极端痛苦的脸。我再一次熄灭了对于这个女人的欲望。我不愿意成为和那种黑色民间中药一样的东西，不愿意像只鸡般地被人吸去骨髓。

我去看阿龙。阿龙是几年前一起写过诗的老朋友，人很抑郁。阿龙开了几家精品鞋店，见面后他抑郁地对我说，他的鞋店里没有千元以下的鞋。这好像不该抑郁，但不抑郁了，就不是阿龙了。阿龙邀我留在广州和他一起卖鞋。阿龙的妻子附和他说，留在广州吧，我们把阿珠嫁给你。阿珠是阿龙雇的打工妹，几年前就为了阿龙反复堕胎。我拒绝了，不是因为这里面昭然若揭的阴谋。实际上阿龙的建议已经触动了我。我希望过一种新的生活，希望能够有一张新的脸。但我突然产生了这样的想法，我想即使我留在广州，也总会有一天渴望逃离这里，再一次萌生向别处旅行的愿望。我坚持要回宾馆住，阿龙开车送我。他问我，是和赵玫一起来的吧？我似是而非地点头。阿龙说，反正最后一次，以后别再干啦。我说，什么事呢？阿龙说，贩毒喽，要枪毙的。我说，干那些事的是康颐，不是我。

我们谁都不再说话，被一些问题困扰着。

我从她的怀抱中逃开，拒绝成为她的药品。我去看了老朋友阿龙。回到宾馆时她正在唱京剧，从穆桂英唱到苏三。苏三离了洪洞县——她披着一张黄颜色的床罩向我扑过来。我几乎被她撞倒。小康小康我求求你，给我一口吧，给一口……她用京剧的唱腔祈求我，揪着我的衣领左右撕扯。我掰开她手指，我说我不是小康。你是小康，我认识你的衣服。她认定我是小康，苦苦向我哀求、索要。我被她的不可理喻激怒。我想你不应该仅凭我和康颐穿一样的衣服就把我认作是康颐。我用力地甩开她。我没有想到她连站都站不稳。她向外跌出去，额头重重地磕在矮柜的棱角上。她的额头流出许多血。她摔倒在那里，身上披着的黄色床罩敞开，里面一丝不挂。在我的厌倦中，她咿咿呀呀唱起来，唱得有板有眼：垒起七星灶，铜壶煮三江，来的都是客，全凭嘴一张……*挖得深些你们这伙你们那帮继续奏舞曲/*——她搞出这副模样，是由于超剂量服用了“三唑仑”。康颐有次吃过“三唑仑”后，居然跑到大街上去抢夺巡警的警棍，他想圆一个梦：站在十字路口的中央，指挥一下。醒来后他发现自己被吊在刑警队院子里的单杠上。他们是由于滥用药物而引起了短时间的精神错乱，就是谵妄。我用一件衬衫替她包扎额头。这种医治行为可能使她意识到自己蒙受了伤害。她停止了吟唱，用一只手摸住伤口，抽抽搭搭地哭了。你给我打一针，她抓住我的手要求道，眼泪一串一串地往下流。那盒“安定”已经少了四支，说明她已经注射过。我不会考虑这样胡乱用药将产生什么后果，我只是觉得兴奋。给人打针是一件有趣的事，譬如角色的自由转换。我用牙刷柄敲开两支针剂，用一次性注射器将药水抽出，然后排光空气，一串细雾般的水珠从针头滋出。整个程序我都是严格模仿医生来操作的。我想我现在，有着一张医生的脸。她把屁股撅向我，头埋在两条胳膊中间依旧呜呜噜噜地哭得很委屈。我用手指选一块比较丰满的部位揉一揉，果断地将针尖扎入，缓慢、稳定地将药水推射到她的肌肉里。针头扎入时她哼了一声。药水完全推入，我快速地将针头拔出。一滴血珠从针孔渗了出来，我用手压了片刻就止住了血。她似乎安静了下来。我看到她在无意识中不断地攥着拳头，表达着她意识以外但真实存在着的生理上的痛苦。我看着她，一个赤身裸体，头上裹着一件衬衫并且不时举起双手在空中呼口号般地攥紧双拳的女人。我害怕起来。我怕她会死掉。我绝非麻木不仁，我做不到不去观察自己的脸。可怕的是，每次审视自己的时候，我都无端地陷入某种恍惚。我需要对付的，是这种恍惚导致的令自己都莫辨真伪的谜局。我被生活永远地防备着，它杜绝着我的进入。这当然也有我自身的责任。我的朋友阿龙曾经劝我留在广州，他能够提供给我一个新生活的开端。我拒绝了，因为一些稀奇古怪的想法。我就是这样的矛盾，一方面渴望世界，一方面又在世界面前用一些不三不四的借口抵抗它。就像所有吸毒者都经历过的那样——一面吸，一面戒。矛盾不可调和，于是拆解自己成为我唯一的手段。我的脸将变幻莫测，对世界进行反复地突破，用一种阴谋式的机智来稀释它，克服它。我想，一颗尚能这样努力的心，至少不会是完全颓废的。

夏天里我从梦中醒来，意识到自己身在异乡。我为自己轻率地跟一个女人出门远行而懊丧。我决定离开她。昨天夜里我对这个女人可能会带给我的麻烦做了充分的估计。我之所以没有当时就逃之夭吉，是因为我怕她在意识丧失的情况下把自己干掉。我要等到她清醒时离开，人在清醒时是无论如何也干不掉自己的。她紧紧地裹着一条黄颜色的床罩，头上缠着血污斑斑的白衬衫，很像一个流浪的吉卜赛女人，性感，神秘，没有科学的卫生习惯。她无神地注视着天花板，失血的嘴唇大张着，鼻涕吊得很长。她已经痛苦到在脸上找不到痛苦的地步——这就是神秘。我走了。她没有反应，一往情深地只顾着与天花板对视。我在广州火车站向一个票贩子买当天的车票。天上下起了雨，不是很大。但也足以让我突然想起了她。于是我相信了，一场雨真的可以使你突然想起一个人。世界就是这样互不相干地作用着，成为一个逻辑。票贩子卖给我一张卧铺票后低声问我，要人民币吗？——要人民币吗？我怀疑他说错了，他可能是问我要不要美元或者英镑。结果他从兜里摸出一张钞票，的确是一张一百元的人民币。四位老人家满脸忧患，极目远眺。我明白过来，他是在向我兜售假币。我摇了摇头，同时伸出四根指头，鬼鬼祟祟地向他问道，这个有吗？票贩子向我发出一个哀伤的微笑，说，跟我来。我们来到一栋正在施工的大楼内部，在三楼的一间房子里蹲下。我掏出身上所有的钱。他从一面未完工的墙体上抽下一块砖，手伸进去拿出了一只鞋盒。一瞬间我想跳起来厉声喝道：不许动，我是便衣警察。但我缺少一张警察的脸，就像我缺少道具，一把枪。对方拿出一块口香糖，把糖吃掉，用火烧掉糖纸背面的衬纸，只留下锡箔。他在锡箔上替我抹下一道粉末。清晨的白尘埃我们夜里吸/我们中午吸死亡是来自广州的票贩子/我们傍晚早上吸我们吸呀吸/足足吸进一口，我感觉自己要死掉了。它们被强行吞进肺腑，立刻向头顶冲去，我百结的愁肠涌向咽喉，那股体内作乱的力量让人惊骇。我强作镇静地给他付了款。付款时我想到这些钱是罗小佩给我的。我把那张卧铺票退给了票贩子，好像把接头的暗号还给了他。交易的整个过程我们一言未发。我们看起来实在是默契。回宾馆的路上我脸色苍白，大汗淋漓。我宁愿我不是我。出租车司机不无关怀地从倒车镜中打量我。我只得捂住自己的脸，并且提醒他集中精力，祝福他，同时也是祝福自己，注意安全，高高兴兴出门来，平平安安回家去。服务生为我开房门时对我说，娜娜小姐在里面发疯啦。我揪住他的领子凶恶地问他，娜娜小姐究竟是谁？他被吓跑。进到房间里，我顾不上里面的那个人是否真的在发疯，冲进卫生间呕吐起来。我感到我的肠子已经被自己吐掉了，只留下一小截塞在牙缝里。她蜷缩成一团。我吃惊一个人可以缩小到这种程度。一只台灯的瓷底座打碎在地上，咖啡色的瓷片溅得很远。她不认识一样地看我，突然放声大哭。你回来干吗？你走呀你是谁呀……她用脚把我扔在她面前的鞋盒踢开。我告诉她那是什么，她以令人难以置信的迅速爬起来，喜气洋洋地说，你去找阿龙了，你终于去找阿龙了。我否认这与阿龙有什么关系。吸足后的她不但安静了下来，而且甚至还美丽了起来。她洗了澡，裹着浴巾坐在镜子前察看额头的伤口。伤口周围乌青，反而将她的脸庞衬托出一种瓷质的光洁。我羸顿地趴在床上，太阳穴在突突地跳。她看着镜中的自己，自言自语道：我九岁进艺校学戏，一直到十九岁，我练了十年的功，唱了十年的戏……叙述的脉络在这里发生了严重的危机，一种新的可能，可能会走进情节。我不知道她的目的是什么，不会是简单地自我介绍，或者是这个女人在有预谋地制造混乱。后来我们上街去闲逛，她买了上万元的服装，还花五千元买了一对手表，其中一只是送给我的。那房子里的人你金发的马格丽特/你灰发的舒拉密兹他玩蛇/一个机会出现了，使我能够将两条岔道重新并轨。我想，她或者不是她，但她们的禀赋是一致的，别的都将不重要，将被刻意地淡化。所有的事情都发生了。她戗直的身体与结实的肌肤充分展示着一个受过多年训练的女人所特有的专业魅力。她能够以专业的技巧毫无困难地与我做到惊人的契合。她以双手双脚紧扣着我，一次比一次更猛烈地向我撞击。当我精疲力竭无法再继续下去，她跳到床下，双腿打开，腰胸向后大幅度弯曲直至双手从后面抓住了自己的脚腕。她用这样的高难度体态蛊惑着我，口中向我发出急促的召唤，来呀，快。清晨，我从短暂的睡眠中被她吻醒。灰色的晨曦中她是一个朦胧的影子。她吻我吻得多情而专注，迷乱又凄凉。我，好吗？她在我耳边轻轻地问。这个时候我无法回答她这样的问题。说一些色情的话我会在黎明的感动中脸红，而且也不是我的强项，但我又无法对身边的这个她诉说衷肠，一次失败的倾诉的阴影至今仍旧笼罩着我。渐渐适应了光线后，我可以看到她的一些表情。她仍在缠绵地亲吻着我，不时仰一下头，吮吮嘴唇，然后重新吻下来。亲吻之前吮一下嘴唇，这种似曾相识的女人的习惯动作。

夏天里我从监狱中出来，在一家旅行社找了份导游的工作。我按照报纸上的广告找到这家旅行社，一位姓刘的老总接待了我。刘总向我提出了一系列的问题。我国的四大佛教名山是什么？本省有多少条航线连接着外面的世界？等等。这些问题我回答得磕磕碰碰。当他问我本市的年平均温度及日平均湿度是多少时，我被自己的无知刺激得勃然大怒了。忘记了我都说了些什么，以及我的出言不逊何以得到了这样的结果：你，被录用了。我有些受宠若惊。我知道我的表现完全是由于惧怕被拒绝而激发出的狗急跳墙式的反应。我能够怀揣一份报纸去谋求生活的原谅，说明了此刻我有多么的迫切。广告要求应聘者持有效证件，而我什么证件都没有。我用的是一张假的身份证：**苏领　男　1970年4月23日**……我摇身一变，于是世界在我面前裂开一道缝隙。我以苏领的脸就职于这家旅行社。旅行团的成员们常常亲热地叫我小苏，小苏。每次见到刘总时，我都猜想他一定有一件很大的毛巾睡衣，可以同时裹进两个人去……

夏天里我冷静地终止了一次旅行带给我的某种可能。我理智地觉悟到，和任何事物一样，旅行所能给予人的，同样具有正反两种性质，一种是建设性的，而另一种则是毁灭性的。我如果真的和罗小佩发生某种可能的话，那么这种可能只会导致灾难。一种关系的确定将令我丧失叙述的主动性。比较现成的理由是，与一个吸毒成瘾也许还兼做皮肉生意的女人搅在一起，其后果是不言而喻的。回程我们没有买到上铺的硬卧票，票贩子们手里掌握的居然统统是下铺的车票。上车后我们与上铺的人调换了一下，我们的行为引起普遍的好奇。和我们换票的一个中年阿姨喜形于色地问罗小佩，你们是蜜月旅行吧？罗小佩点了点头。阿姨理解地说，睡上铺好，睡上铺好，安静，可以好好休息。真不知道这个阿姨如何会将我们看成了一对新人，我自省我和罗小佩都没有那种幸福、健康的生机。我们在空中掘墓躺着挺宽敞/她照样在上面吸毒。我由于不安而恼火起来，向中年阿姨低声说，我们是私奔。中年阿姨一下和我亲热起来，大概认为我对她开诚布公地透露了隐私。第二天我在铺下为罗小佩望风时，中年阿姨友好地请我吃了一只橘子。她对我说，你夜里睡得好香，小呼噜打个不停。我说，有吗？她说有的呀。我没有指出她的错误，她说的那个小呼噜打个不停的人，是他妈的那个女人。就是这个热情的中年阿姨偷了罗小佩的手表，这使得我以后少了一件辨认她的凭证。罗小佩是下车后发现的。她没有大惊小怪，当时她忙于和我分手了。我们到站后就各奔东西。上出租车前她吮了吮嘴唇，我知道她企图干什么，急忙退开了。我不愿意在众目睽睽之下让她亲吻我的脸。拜拜，小康。哦，灰发的舒拉密兹他玩蛇/

雅荷花园E－18栋三〇二室。我按照这个地址找到了以前的女朋友赵玫。这里当然不是那个有着小厨房的大杂院。拿到这个地址时我一点都没有惊讶。我了解自己以前的女朋友。她能够在我对她谈一些内心感受时，敏锐地联系到我们卑微的爱情，足以证明她是一个聪慧的女人。我毫不怀疑她有能力在短时间内从小厨房挺进到雅荷花园E－18栋三〇二室。她穿着一件男式的毛巾睡衣迎接了我。她松开了睡衣前结着的带子。她的身体是全裸的。她染了发，就是一个金发的马格丽特。她将我抵在门上，敞开睡衣把我拥到她怀中，睡衣的带子在我的身后结住。一件男式的毛巾睡衣包裹了两个从前的恋人。我总担心这件睡衣的主人会破门而入。

夏天我从监狱中出来，一直住在康颐那里。康颐常常行踪诡异。我则常常躺在床上看一只钻石牌的绿色吊扇，偶尔也从一面镜子里审视一下自己的脸。康颐对我还算过得去，买什么东西都是我们一人一份。我们成了两个一模一样的人，以至经常有人因为我们穿同样的衣服而把我错认成康颐。我向康颐打听罗小佩的下落。康颐递给我一张名片：**康大国际旅行社外联部经理　赵玫小姐**……我看了一眼就丢在一边，我还是想知道罗小佩的消息。康颐说，小伙子，别搞得太复杂噢。他捡起那张名片，读出了一个地址：雅荷花园E—18栋三〇二室。康颐说，赵玫会唱京剧。我说，这没有什么奇怪的，赵玫必须会唱京剧。康颐经常对那些吸毒者大发淫威，那些人因为毒资不足，只能在他面前像狗一样地摇尾乞怜。有一天，两个吸毒女留下过夜。我对自己的认识原来总是那么主观。实际上条件成熟时，我无法不加入到一场淫乱的群交中去。我在黎明中醒来，进入我眼中的，首先是一个女人的性器官。它正对着我，近在咫尺，咄咄逼人。黎明灰白的光附着在它上面，让一切显得那么的衰败。我吃惊于人会具有这样死心塌地的组织，紧张得紧紧闭上了眼睛。但又分明地看到，我发誓，我要用你们能够轻松听懂的方式说出，这间屋内只躺着三个家伙！甚至，甚至他们之间也渐渐地相互重叠，合而为一。这个距离地面一百四十级台阶的空间里，充斥着末日的气息，那种分泌物的气味完全没有应有的青春的无辜特质。我想起了自己从前的女友，想起了我们挤在那间小厨房里的日日夜夜。那时我们不能算作幸福，甚至忧戚，但至少我们没有憎恶过对方，至少在我们相拥着入睡时体会到的是一份另一个生命所给予自己的安慰，以及安慰过后的抒情的凄凉。

我与女朋友赵玫住在一套设施豪华的公寓里。赵玫从一个大杂院里出来的无业女游民摇身一变，成为拥有眼前这番天地的白领丽人，其中的逻辑不言而喻。为了不使她难堪，我一直谨慎地注意自己的言行，尽量回避涉及个中故事的话题。我没有想到的是，我的谨小慎微实质上是杞人忧天，就像一个机关算尽的叙述遇到的却是一个没有丝毫反动目的的阅读。她找机会主动向我坦白了一切，她的坦率令我一时手足无措。她不无得意地对我说，反正吃亏的不是你，咱们吃他的，用他的，何乐而不为呢？她说，你可以来我们公司就职，甚至可以变成另一个人，一个他信任的人，还可以得到高薪。她说，你只需要在每次他来的时候到外面住几天而已。说着她递给我一张登着这家公司广告的报纸。我知道，她的主意未必不是一种既实际又易于操作的生活技巧，就像文学中的**现实主义**，但在向这个技巧靠近的过程中，我缺乏足够的智慧来为自己设计出另外一个自己，让那个我去克服许多这个我无法克服的东西。她背后的故事本来是可以与我心照不宣的，但她却侃侃道来，为我挖掘出一条无法跨越的壕沟。她松弛、颓败的表情令我想起了某个清晨自己看到的一个女人的性器，它也是这样向我展示着的。她吮着嘴唇。如果我能够使另一个女人额头留下一块疤痕，那么我也能够留给她一块，或者这块疤已经印在赵玫的额头上。我知道我已无法再住在雅荷花园E－18栋三〇二室里了。赵玫我宁愿把你当作另一个人。我认识到生活中总有一些东西是我永远无法克服的。如果我是一名士兵，而生活如现实主义所说的那样，是一个战场，那么这个战场总会有一条他妈的壕沟会让我四脚朝天地跌进去。而对于生活内在的克服往往是从认识生活开始的。在找到一份导游的差使后，我和赵玫的恋情再一次无疾而终，自然解除。

夏天里，我从雅荷花园E—18栋的门栋里出来遇到了也从门洞出来的罗小佩。她向我走过来，眉毛向上灵活地挑一挑，我的理解是她在问我还记不记得她。她穿一条绿色的窄裤，上面穿一件绣花的套头夏衫。她挑动的眉毛吸引了我的注意，我在她的额头上面看到一块不很明显的伤疤。我陪着她逛了几个小时的街，她买了两双鞋，一双送给我，还替我买了几件衬衫。在出租车里我们热烈地接吻，逐渐地情不自禁。她的手抚摸着我坚硬起来的地方。她动情的呼吸让我突然感到了我和她是这样的亲。我深深地感到我们都是被生活毁损着的人。在雅荷花园门口她让司机停下车，她吮吮嘴唇后再一次长时间亲吻了我。我提着一大包东西回来，那房子里的人你金发的马格丽特她没有对我进行任何盘问。以她的聪明与机智，不应该看不出这些东西是出自一个女人的馈赠。其实她一直是在等待着这个机会。吃晚饭的时候她对我说，其实有一些事不说你也猜得到。她说，反正吃亏的不是你，咱们吃他的，用他的，何乐而不为呢？你可以来我们公司就职，甚至可以变成另一个人，一个他信任的人，你可以得到高薪。你只需要在每次他来的时候到外面住几天而已。她向我暧昧地笑一笑，吮吮唇说，反正你也不会没地方可去。她说，下礼拜三他要来。今天是礼拜一，还有九天。我要在这个期限内决定我的去向。我想我应该找一份工作。如果这一次生活又将这个人弄到沟里去，我知道这个人就将要面对一次质的投降。我在一整版广告的报纸上面，挑选了一则旅行社的招聘广告。“旅行”两个字引起了我天然的向往。我说，赵玫，他也和你一样吃素吗？

夏天里我从监狱中出来，住在旅行社的宿舍里。那是一栋居民楼的七层，房间里有一面大镜子，我常常对着镜子和自己说话，有时候也演戏，镜子里的人是警察，我是罪犯，有时候也反过来。我的工作就是以导游的身份作终日的旅行。我的工作得到了大家的肯定，旅客们亲热地叫我小苏小苏。在导游的途中，一只鞋盒总是与我形影不离。我不知道是否真的有着一种改变自己生活的可能性，也许生活之所以成为生活正在于它的不可以被改变，它必须是这样的，今天这样的。但我有这样的要求，在无可奈何中迫切着，于是导致了我只能够像今天这样活着，沉默不语，一言不发，让见到我的人感到莫测高深。

夏天里我去近郊的公安局戒毒所看一个朋友。这个人在警方的一次扫毒行动中被抓获，但是他善于隐藏。他更大的罪行并没有败露，只是被当作吸毒人员送到戒毒所里强制戒毒。我的朋友再一次逍遥于法外。我坐了一个小时的车到达戒毒所，进入大门时被人在身后“嗨”地一声叫住。我看到几个女戒毒人员正在擦洗戒毒所的大铁门。其中有一个穿着件男式的军用夏装短袖衫，手里拿着一块红颜色的抹布，她问我，你记得我吗？我点点头，说你是——，她说，不要叫名字，这里使用编号，那样不会产生混乱，你只能是你，也必须是你。这是规矩，我明白的。她动手翻我提着的食品袋。我说，你需要什么可以自己拿。她撇了撇嘴，说，都是些饲料。我想起她是不吃肉的，而我给朋友买的都是些熟肉制品。她说，你可以给我一些钱。她又说，没有人来看我。我把身上的钱都掏给了她。我被人从身后推了一把，有个声音很严厉地催我快走。我走出两步又停下了，对她说，你给我十块钱。我想到我还得乘车回去。她笑了，给了我十块钱。我回去嫁给你吧。我向里走去，听到她在身后大声对我说。我回过头去，她用一根手指旋转着红色的抹布，我看清那原来是一条红色的三角裤。一瞬间我明白了，这就是生活，既可以是一块抹布，也可以是一条红色的三角裤。明白了这点，许多问题都将迎刃而解。她旋转着红色的三角裤对我说，回去我嫁给你吧。我说，到时候再说吧。她吮一下嘴唇，我想迅速离开。就在这个时候，那条巨大的壕沟在我面前裂开，我只能被它疏而不漏地弄了下去。唉，我的天，我的天。现在你们明白了，有一个人终于落入法网啦。他将决定：这一次要用谁的名义克服困境。不知你们对此做何感想，反正每当我被这个巨大的问题困扰住时，我就难免泪如雨下——哦，我广州的鞋盒子/我兰城的蓝拖鞋/

赋　格

这篇小说本来在上面一段就戛然而止了，但一位令人尊敬的前辈打电话给我，提出了一些非常中肯的意见，其中最重要的一条是：既然这篇小说写了吸毒这样一件事情，那么结尾还是应当有些以儆效尤的意思在里面才好。他是正确的。不是吗？如果只有死亡，没有赋格，那么开头我们重温的那首伟大的诗篇便会逊色万分。是赋格赋予了死亡以沉痛——如果允许的话，我还会将其称为**迷人的沉痛**。感谢这位前辈。

所以，就有了下面这些：

【警讯】近日，警方在一次行动中抓获一名吸毒人员。

该人在戒毒所被其女友指认出具有重大贩毒嫌疑。据查，该人曾因贩毒被判刑两年，出狱后再次以导游的身份为掩护，长期从广州购得毒品来我市贩卖，该人辩称，真正的贩毒者另有其人，并供认另一名康姓男子为幕后元凶，警方经过艰苦地侦查，证实此说纯属无稽之谈，并且从广东抓获了这起贩毒案的上线。

【谵妄】（delirium，精神病理学名词）一种非特异性脑器质性综合征，特征是意识障碍与注意、知觉、思维、记忆、情感、精神运动和睡眠——觉醒节律紊乱并存。谵妄是暂时的，其程度呈波动性。大多数病例在四周内恢复；但持续到六个月的也不罕见。同：急性器质性意识模糊。见：戒断状态；伴有谵妄的戒断状态。

【神经截断】一种尚未成熟的戒毒方法，有助于我们了解吸毒者的精神特征，似乎也有助于我们了解自己。为此，我请教了一位从医的朋友，他说："成瘾"问题在很大程度上是一种精神活动，因此，该方法主要是破坏大脑中某些与精神活动有关的区域。该方法以吸毒者大脑中的某些边缘系统为靶点动刀。边缘系统控制情感，如果它活动太低就抑郁，如果太高就狂躁。把边缘系统比作电视的亮度，你把它调低了，所有频道的亮度肯定都变低。同理，对边缘系统动刀，切除其对毒品的依赖，同样就切断了它对其他事物的依赖，比如性、情感。人类的精神活动非常复杂，科学家曾认为抑郁、幻觉等精神症状，能在脑内找到特定的结构部位，从而进行治疗。说到这里，这位从医的朋友喟叹道：但一百多年过去了，我们仍然没搞明白，大脑的功能实在太复杂啦，目前我们无法定位脑内特定的区域对人类精神疾病的影响。唉，我的天，唉，我的天。

【戒毒三个阶段】脱毒——康复——**重新步入社会的辅导**。

【赋格】（Fuga）赋格是盛行于巴洛克时期的一种复调音乐体裁，又称“遁走曲”，意为追逐、遁走。赋格的结构与写法比较规范。乐曲开始时，以单声部形式贯穿全曲的主要音乐素材称为“主题”，与主题形成对位关系的称为“对题”。之后该主题及对题可以在不同声部中轮流出现，主题与主题之间也常有过渡性的乐句作音乐的对比。赋格是复调音乐中最为复杂而严谨的曲体形式。其基本特点是运用模仿对位法，使一个简单的而富有特性的主题在乐曲的各声部轮流出现一次（呈示部）；然后进入以主题中部分动机发展而成的插段，此后主题及插段又在各个不同的新调上一再出现（展开部）；直至最后主题再度回到原调（再现部），并常以尾声结束。作曲家运用各种复调手法，将主题加以各种不同的调性与节奏的变化，形成高度统一的音乐形象。赋格曲的弹奏，对于训练钢琴学员的复调音乐思维有很大的助益。

把我们挂在单杠上

司马教授把自己挂在单杠上。他用两个膝弯夹着横杆，身体倒垂着，晃晃悠悠，远看起来，好像晾在风里的一块床单什么的。这个姿势并不是他要追求的效果，他说，他力图达到的水准是——要像一只马扎似的把自己折叠起来。大家跟着他联想马扎的样子，有人恰好屁股下面就坐着马扎，于是拿出来示范，“啪”地一声，拦腰合住。人们惊呼：

是这样子的啊！

不错，正是这样子——拦腰折叠，这就是司马教授正在孜孜以求的境界，他幻想着以自己的腰部为基点，“咔嚓”一下，将整个身体悬挂在单杠上面。这“咔嚓”一下，也是出自大家的联想，人们似乎都听到了有这么一声，要响亮地从司马教授的腰际发出。

单杠其实很低，是生活区里安装的那种玩具似的健身器械，并不具备正规单杠的高度，所以老弱病残都有条件在上面腾挪一番。平时大家在上面施展，最好的动作无外如此：两臂用力，把自己支撑起来，厉害一些的，能多坚持一会儿。大多时候，是一些小孩手握横杆，然后双腿蜷曲，两脚离地，很无赖地吊在上面晃荡。两相比较，司马教授目前完成的姿势已经属于高难度动作了，可他居然并不满足。

这天黄昏，司马教授倒挂在单杠上，满头巍峨的银发离开头皮，像一顶冠冕堂皇的皇冠，直冲冲地指向大地，由于拉力的作用，本来就很干瘪的肚皮现在完全凹了进去，上身的衣服堆到胸口，于是让胸部显得很臃肿、很发达，好像女人的体型，又好像蕴藏着结实的胸大肌，如一个大力士一样。对于司马教授的别出心裁，人们普遍不看好。大家围在单杠边，规劝司马教授：

下来吧下来吧，这么大年纪了，有个闪失可怎么得了？

司马教授挂得时间不短了，血都涌在头上，脸色红彤彤的。他看大家的眼神也不对，向下翻着白眼。如果把他的身子翻转过来，白眼当然就是向上翻的，但不管向上还是向下，既然是白眼，就都有股目中无人的轻蔑在里面。然而大家能够原谅司马教授，认为他此刻的白眼和态度毫无关系，完全是地心引力使然。目睹一位年近七旬的老人在单杠上一意孤行，人们变得都很客观了，变得很有科学精神。

司马教授翻着白眼在围观者里睃寻，睃来睃去，好像上帝在严格地遴选他的子民。大家碰到他的目光，都有些害羞，并且不由自主地严肃一下。司马教授的白眼后来落在了林教授的脸上。林教授是数学系退下来的，但身体像个在职的体育系教授一样健壮有力。所以他被遴选出来了，司马教授对他说：

老林老林，你过来帮我一把。

人们挤在单杠周围，本来有一道无形的圈，尽管兴致勃勃，但大家都自发地停在那道圈外，和倒置的司马教授保持三步以上的距离。这三步以上的距离被许多复杂的情绪填充着，有惊讶，有兴奋，还有种莫可名状的恭顺在里面，雷池一样的，似乎谁迈了进去，谁就妨碍了伟大的事物。林教授得到了召唤，谨小慎微地走进了那道圈里，现在，他和司马教授只有一步之遥。

司马教授说，老林你过来扶我一把。

林教授蹲下去，头和他的头一正一反地对上，好像一组双引号。

林教授说，司马你是要下来吧？

司马教授说，我不要下来，我是让你过来托一下我，好让我的腰担在杠头上。

林教授说，把腰担在杠头上？你这个老东西要什么把戏？

司马教授腰一挺，两只手捉住横杆了，这样一来，他的上身就像只虾米一样地躬着。考虑到司马教授的年纪，这个姿势就可谓矫健了。他说：

老林你给我点支烟抽抽。

林教授摸出自己的烟，嘴角一边一支，同时点着了，很周到地塞一支在司马教授嘴里。司马教授腾不出双手，只好吧嗒着嘴控制抽烟的频率，烟雾把他的眼睛熏得够呛。他嘴上叼着烟，眼睛一只开一只阖，好像中风那样，半边脸抽搐着。把身体像只马扎似的折叠在单杠上的这个愿望，司马教授就是用这副表情向大家宣布的。

那个时候我正放学归来。时值阳春，空气暖酥酥地让人很舒畅，我这个小学五年级的男生胸中洋溢着一股诗意，当时我在心里吟哦着的，是这样一首诗：

草长莺飞二月天，
拂堤杨柳醉春烟。
儿童散学归来早，
忙趁东风放纸鸢。

不是吗？很贴切的。唯一和事实有出入的是，散学归来的我，没有条件去“忙趁东风放纸鸢”。一般情况下，散学归来后我首先要回家报到，然后赶在晚饭前把作业搞完，晚饭后呢？就要去学习古典诗歌了。当我还是个学龄前儿童的时候，我的母亲就把我送到了司马教授面前，对他说：

司马先生，我儿子的古典诗歌就交给您啦。

我母亲是这所师范大学的物理讲师，但她认为，对于一个儿童来讲，古典诗歌比物理定律更具滋养心灵的功效。所以她就把我交给了司马教授。司马教授已经退休多年，但名头依然是响当当的，他一生主攻楚辞，尤其对于宋玉的研究，堪称学界翘楚，于是我的古典诗歌启蒙就是以此为发端的——悲哉秋之为气也！萧瑟兮草木摇落而变衰。学龄前儿童，算得上是“自幼”了吧？那么，我就是自幼在司马教授那里受到了古典诗歌的熏陶。因此，我觉得我对古典诗歌还是有一些心得体会的。被司马教授带了几年，我发现，我们的古典诗歌在总体上，是很忧伤的，见春悲春，遇秋伤秋，好像一年到头没有个让人高兴的时候，即使“一枝红杏出墙来”这样的句子，也让人心里酸酸地提不起精神。我这个小学五年级的男生，灌着一肚子这样的古典诗歌，整个人都有些心事憷憷的模样。这让我和同龄的孩子们形成了差别，他们红光满面，我小脸惨白，人说“腹有诗书气自华”，我想我惨白的小脸，就是一种“腹有诗书”的标志性容颜。所以我渐渐地有些自命不凡，习惯于独来独往。

那天黄昏，我散学归来时，身边还跟着个小孩儿。这个小孩儿是司马教授的孙子，名字就叫司马小孩。我们是同班同学，又毗邻而居，按理说应当是要好的朋友，但事实恰恰相反，我和这个司马小孩很合不来。我被母亲送到司马教授面前接受古典诗歌的熏陶，论条件，当然没有司马小孩得天独厚，但这个司马小孩对他爷爷的那一套根本不放在眼里，从小都是我在他家摇头晃脑地背，他却在一旁变着法地干扰人，我因此非常讨厌他，他爷爷呢，也因此讨厌他，用我做蓝本，时常比照着把他教训一通。这样司马小孩就有理由仇恨我了，他认为我剥夺了他这个“真孙子”的一些权益，在学校里总骂我——装孙子！我们这两个孙子一般是不来往的，即使在他家里，也像两个陌生人一样，散学归来的路上，更是各行其道，谁也不搭理谁。可是这天散学的时候，他却凑在我眼前说：

许浩波要揍你。

许浩波是谁？这个人我是知道的，他是我们那所小学的一个霸王，屁大一点的孩子，就会蹲在校门口抽烟了。对于这种人，我是很不屑的，有一次对一个同学说过“少壮不努力，老大徒伤悲”的话，这话的确是针对许浩波说的，我也有些卖弄，不想却传到他耳朵里了。所以他要揍我。对于这个消息，我并不怎么感到害怕，我一肚子的古典诗歌，这点儿笃定还是有的，他想揍就揍呗，干什么先要让司马小孩传话呢？这明摆着就是虚张声势。司马小孩没有等来我胆战心惊的模样，很不甘心，一路尾随着我，喋喋不休地恫吓我说：

许浩波要揍你许浩波要揍你许浩波要揍你。

后来我被他说烦了，心里开始默颂起来，从“梦里不知身是客”一直背到“飞扬跋扈为谁雄”。这很管用，古典诗歌在我的心中萦绕，就好像让我做到了心中有数，根本对他的恫吓嗤之以鼻了。当我背到“草长莺飞二月天”时，已经走到了生活区里，眼看要和司马小孩分道扬镳。但是我们看到了单杠前聚拢的那群人。

司马小孩率先挤了进去。我本打算走开，但听到了人们嘴里在说司马教授，于是也跟着挤进去了。这时候林教授已经开始帮司马教授的忙了，他扎了个马步，双手托在司马教授的腰上，正用力向上举。人们都在心里跟着默默使劲，有一种众志成城的气氛。司马教授自己也很努力，身子配合得很好，所以林教授很稳地把他托起来了。现在，司马教授是这么一副姿势：本来钩着的腿伸直了，担在横杠上，挺挺的，腰部被林教授托举着，也挺挺的，他的双手并在大腿上，整个人悬浮在半空中，有些僵硬，好像魔术节目里凌空的配角，正等着魔术师用一个圈从身体上套过去。他说：

向前向前，老林你把我的腰送到杠头上。

让林教授把他的身子平移过去却是件比较困难的事，林教授使了把力，像给炮筒上炮弹一样，也才是把他的屁股送到了目的地，虽然腰和屁股近在咫尺，但林教授却力不从心了，毕竟，林教授也是快七十岁的人了。林教授说：

不行咯不行咯，你个老东西骨头里面灌着铅，是个压秤杆的秤砣。

突然一个声音大叫道：爷爷我来帮你！

司马小孩一个健步冲了上去，他抱住了自己爷爷的腿，二话不说就向前猛地一拽。司马教授的身子向前一滑，腰就落在杠头上了。

哇呀——

司马教授尖叫一声。

幸好林教授并没撒手，依然托举着他身子的重心，即便如此，腰间一旦受上力，还是让司马教授倒吸了一口凉气。人们忽然意识到了这里面的危险性，可谓恍然大悟，有几个身手敏捷的“呼啦”一下拥过去，七手八脚地把司马教授的身子撑住，于是，司马教授平躺在了人们用胳膊交叉起来的担架上。大家齐心协力，司马教授发现人们试图要将他抬下单杠，立刻叫起来：

不要放我下去！你们慢慢松手，我的身子就会像马扎一样地叠起来。

有人说，司马先生，人怎么能像个马扎一样呢？这太难了，只有杂技演员能做到吧？杂技演员也不一定做得到啊！

又有人说，只有柔术师才能把自己折成个马扎——可是，司马先生你不是个柔术师呀。

司马教授躺在空中对这两个人说，我当然不是杂技演员，更不是柔术师，这个还用你们说吗？

接着，司马教授挥着拳头向大家发誓：

可是，就在这根杠头上，今天早上我千真万确地把自己像个马扎一样地叠起来过！

人们“嗡”地一声，声音虽然不大，但有些哄堂大笑的效果。

司马教授说，你们可以不信，那时候天还没亮，鬼影子都没有一个，你们都在睡大觉，当然看不到那一幕。

司马教授的脸上浮出一丝陶醉的微笑，他横在空中，又毫不费力，当然应该有些这样飘飘然的表情。他一再要求大家：

试一试，你们试一试，实践是检验真理的唯一标准。

在他的指挥下，人们小心翼翼地实践起来。先是从司马小孩开始，司马小孩叫道：

爷爷我撒手啦！

然后，司马教授的脚就被自己的孙子丢开了。接着是头，被人抽去了支撑。那个托头的人松手后，还是很负责任地将手保持着先前的动作，只是略微向下沉了沉，半蹲着，像个守门员，随时要进行扑救一样。在他的示范之下，大家都采取了同样的态度，从头到脚，如履薄冰地交替着卸掉力气，渐渐把司马教授交付给那根横在当中的铁杠。起初很顺利，司马教授的身子很松弛，每失去一点依托，就软绵绵地向下垂一些，整个身子居然真的有种柔若无骨的趋势，那个马扎般的前景似乎真的就要兑现在人们眼前。但是，这种趋势很快就戛然而止了，膝盖，那是道绕不过去的坎，当司马教授的小腿完全耷拉下来后，良好的趋势就再也不向前迈进了，他的大腿硬邦邦地戳在半空中。上身的状况还不如下身，它在脖子那里就受到了阻击，司马教授只能把脑袋无力地向下垂挂着，尽管腰部那里微微拱向天空，但大家都看出来了，那是司马教授自己在向天使劲，并不是被杠头担弯了骨头。我也看到了，司马教授的腰已经离开了单杠，他是借助着大家的托力在搞鲤鱼打挺那样的动作。这样一来，司马教授的动作其实就和单杠没什么关系了。人们的手均匀地分担着他的重量，因此他没有吃到脊椎对杠头那种针尖对麦芒般的苦头。纵然如此，当身下的手越来越少时，司马教授还是禁不住呻吟开了：

哎哟，哎哟哟哟——

最后那几双手的主人意识到不妙了，很显然，随着自己前面的人撒手之后，他们的负荷会越来越重，这还是其次，严峻的是，随着负荷加重的，就是责任了。这几个人都感到自己是捧了个烫手的山芋。位置比较靠前的，干脆迅速抽身，像跑接力赛一样地，把棒交给下一个选手。支撑力撤得太快，司马教授就吃不消了，骨头都发出“嘎嘎”的声音。站在最中间的，是林教授，他处在最不利的位置，可谓风口浪尖，也可谓中流砥柱。林教授大吼一声：

停！

这一声喊住了最后的三双手。连林教授在内的那三个人，像捧着一具烈士遗体般地捧着司马教授。司马教授还幻想着垂死挣扎，他说：

哎哟哟哟——你们听我命令，缓一缓缓一缓，然后再继续！

林教授恢复了一个数学教授应有的理性，他说：

司马，你这么拿我们开心，简直是荒谬啊！

司马教授分辩说，老林我是怎样的人你不清楚吗？我怎么会拿你们开心呀？

这句话好像有些说服力，起码我可以证明，司马教授不是个会拿人开心的人，我是他老人家的关门弟子，他的严谨我是领会至深的，司马老人家品行端庄，素有古君子之风。

林教授很有逻辑地说，既然你早上一个人都能折马扎，现在这么多人托着你，你倒哎哟哟哟起来，你这不是拿我们开心是什么呢？

司马教授无言以对，委屈地说：

你不要问我，我比你更奇怪，怎么早上能做的事，还不到晚上就做不出来了？我就是不信，人连自己身体的主都做不了。

林教授说，这有什么好奇怪，七老八十的人了，你还想做身体的主？

司马教授说，不是这样子的，明明我早上做出过那个动作，否则我现在也不会这样不自量力。

司马小孩绕到他爷爷头前，嬉皮笑脸地说：

爷爷你是在梦里折马扎的吧？

司马教授勃然大怒，脱口便是一句唐诗：

朱颜今日虽欺我，白发他日不放君！

司马小孩哪里听得懂这两句的意思，依然嬉皮笑脸的，他把自己爷爷的头搂在怀里，得意扬扬地说：

爷爷你的脖子累啦，你乖，我托托你。

司马教授的头摇得像拨浪鼓一样，他是在表达着自己沮丧的愤怒，他跟别人不好发作，就只好冲着司马小孩来了，谁让他是司马家的小孩儿呢？司马教授的身子被头连带着一起波动，捧着的那几双手猝不及防，一下子险象环生，几乎被他滚落下来。大家一片惊呼，那些蓄势待发的手“呼啦”一下全顶上去，重新将司马教授接在了胳膊交叉的担架里。这一回大家不给司马教授机会了，一二三，步调一致地将他从单杠上抬了下来。落地后的司马教授尴尬万分，像一个跌落人间、蒙尘了的老神仙，他站在人群里东张西顾，一副左右为难的样子，嘴里不断嘀咕，既像是自言自语，又像是对大家申辩：

真是这样子的，我晨练的时候真的做出那个动作了，我自己都是吓了一跳的……

我听到有个老太婆说，司马先生你一定搞错咯，你怕是用肚子担住杠头折马扎的，那样还是很好折的，我们大家都折得起。

一个妇女接住话说，话是这么讲，可是，难道司马先生连腰和肚子都分不清楚吗？

林教授的语言比较精练：是呀，一个是前仰，一个是后合，不同的。

人们开始各抒己见，畅所欲言。不要说司马教授，连我都觉得这种没头没脑的议论很让人反感。挤在单杠前的都是些什么人呢？他们基本上是这所师范大学教职员工的家属，只有这些家属，最喜欢来健身器前锻炼身体了，林教授这样的人混在里面算是有辱斯文，我想这也是司马教授求助于林教授的一个理由，他大概觉得林教授和自己是同类，比较好张口。我的心里也有一些偏见，我肚子里的古典诗歌令我将这些家属们当作自己的“异类”，听这些“异类”夸夸其谈地谈论司马教授，我突然有些义愤填膺。司马教授一定和我有着相似的心情，但他不好动怒，这些人刚刚热情洋溢地把他抬上抬下的，他就没有翻脸的权力了。司马教授为难死了，他很想让大家相信他的话，但又只能用比较低的姿态来反复说明，说来说去，就把自己说出了忍辱负重和自取其辱的模样，但人们还是不能相信他，家属们自说自话，好像都比眼前这个楚辞权威要聪明得多。我看出来了，立在人群中的司马教授有些矛盾，他脸上的表情很明显，那就是，他正在拿不定主意是否要破釜沉舟地重新回到单杠上。我鼓起勇气对司马教授喊道：

司马先生该回家吃饭啦！

我的声音让自己感到陌生，它混在家属们嘈杂的声音里，无端端地就有股做贼心虚的味道，轻飘飘的，像一根稻草浮在水面上。但司马教授立刻抓住了这根稻草，他的目光一下子就找到了我，他充满惊喜地对我说：

毛亮，你相信我的吧？

我模棱两可地“哦”了一声。

司马教授显得有些害羞，他说：

大家都不信我，你说我该怎么办？

我说，您不需要让大家信您啊，您自己信自己就好啦。

我继续指出：现在已经是吃饭的时候了，您应该先去吃饭，只有肚子吃饱了，您才有力气把自己折成马扎。

我们就这样轻轻地交流着，声音淹没在家属们热烈的议论之中。虽然我有时候也会怀疑，这番交流是否真的在那个黄昏发生过？然而记忆总是以肯定的面目向我证实——是的，它很有可能发生过。证据是：司马教授在那个黄昏突然像被人说服了一样，分开人群，回家吃饭了。

我也回家吃饭了。我的心情有些沉重，可我说不出理由，我已经被古典诗歌陶冶出了某种气质，就是，时常会神出鬼没地感伤，所谓“感时花溅泪，恨别鸟惊心”，完全是一些刁钻诡异的比附影射，根本不需要逻辑严密的因果。吃完饭，搞完作业，照例我要去司马教授家求教。往常出门，我会这样和母亲打招呼——我走啦！或者——我去司马先生家啦！但是这一天，我跟母亲打了个非同寻常的招呼，我对她说：

我去学习古典诗歌啦！

穿过夜色中的生活区时，我在那根单杠前逗留了片刻，我四下望一望，确定没人后，纵身跃上了杠头。我采用的是这样的姿势：双手反抓横杆，然后用力向后一蹴，身子翻转半周，天旋地转，两条腿就钩在上面了。我尝试了一下，发现要让腰部凑到杠头上，完全就是一件不可能的事情，是异想天开和痴人说梦。那时候已经是满天星斗了，我倒挂着，用腿弯钩住杠头晃荡了一阵，我认为从这个角度遥望夜晚的天空，还是很美的，因为它显得更空旷了。我只是不能确定自己的视角算是仰望还是俯视。

我按时敲响了司马教授的家门。司马教授的儿子、司马小孩的父亲，这个男人愁眉苦脸地将我迎了进去。然后我就看到了司马教授的怪模样。他横在那里，腿拖在地板上，头扎在沙发里，腰呢，狠狠地担在沙发藤质的扶手上。原来他把沙发的扶手当作单杠了。这个模样实在古怪，不专门摆，恐怕人一辈子也不会弄出这样的造型来，除非一些命案的现场，一些非正常死亡的尸体才有可能这样架在沙发上。依然是毫无道理，我的心里又蹦出一句驴唇不对马嘴的诗：

君看一叶舟，

出没风波里。

司马教授的儿子、司马小孩的父亲，这个一筹莫展的男人，把我当成救星了，他冲着自己的父亲说：

你看你看，毛亮来学习了，你快些起来吧。

从我的角度看，我看不到司马教授的头，只能看到他挺起的肚皮。我看到他的手从沙发里伸了出来，向我摆了一摆。司马小孩一直不怀好意地贴在我身后，此时用手捅了一下我的屁股，提醒我：

他在叫你！

我不安地走向前，有些战战兢兢。这样我就看到司马教授的头了，但他的头钻在沙发里，一片阴影把他的面目蒙住了，让我不能看得分明。司马教授埋在阴影里对我说：

毛亮，以后你不要来了……

司马教授沉吟了一下，继续说：

古典诗歌没用的，如果人连自己的身体都做不了主，学什么都是可笑的。

如今看，司马教授话里的意思是很明白的，但是当时我却没有听懂。当时我细着嗓子问：

您说什么？

司马小孩大声指点我：笨蛋！他是说身体比诗歌厉害，他绝望啦！他要重新做人！

我不相信这些话是司马小孩自己总结的，我想一定是我来之前司马教授这样表达过。司马教授的儿子、司马小孩的父亲，这个束手无策的男人，开始教训他的儿子。司马小孩很张狂，和他老子针锋相对地干。我失魂落魄地从他们家出来，心里有种被拒绝后的凄凉，他们家的门在我身后关住，我觉得被那扇门关闭了的，岂止是三个姓司马的人，我想从此一些浩渺的事物就和我切断了关联。当我走出楼栋，走到夜空下时，仰头望天，尽管有星无月，但我的心里还是蹦出了不咸不淡的一句：

人散后，一钩新月天如水。

我接受古典诗歌熏陶的日子就此终结，一切看起来比较荒谬，正本清源，我只能将此归咎于那根单杠。我胸中的文章失去了补给，这样一来，我惨白的小脸就完全只是惨白和小脸了，没有了华彩的理由。坏运气总是接二连三，当我彻底无精打采的时候，许浩波杀到了我的眼前。他在春天的时候通过许多人向我传达过他要揍我一顿的宣言，这样沸沸扬扬地散布了半年的光景，我都听得麻木了，所以当他突然要兑现这个宣言时，我真的是惊慌失措。我去上学，正值午后，路面上升起袅袅的热浪，视野低处的景物都有些荡漾。许浩波就在此时拦住了我的去路，他的身后跟着一群看热闹的阿猫阿狗，里面当然有司马小孩的影子。我听到许浩波大喝一声：

喂！你骂过我！

我感到自己在发抖，我的笃定在半年前那个“一钩新月天如水”的夜晚开始随风而散，现在几乎已经荡然无存了。我避实就虚地说：

你说什么？我听不懂。

许浩波说，你骂过我！

我作沉思状。

许浩波说：少壮不努力，老大徒伤悲，这个话，是你骂的吧？

我弄出顿悟的样子，点点头。

我和他商量：这个，不能算是骂吧？

我承认，我是有些装疯卖傻，可是，此刻除了装疯卖傻，我还能怎么办呢？我眼前的这个霸王，不但比我高出一头，还比我宽出一截，他在盛夏里敞胸露怀，那模样，大马金刀的，我伤心地想自己今天在劫难逃了。果然如此，我们面面相觑了一会儿，许浩波被我搞烦了，他说：

妈的不跟你啰唆！

说完他就动手了。实际情况比我料想的更糟糕，这个霸王五大三粗，却一点也不笨拙，甚至称得上是灵动，他没有用我想象中的蛮力来攻击我，而是非常专业地使出各种花招，把我打得团团转。我先是被他背了起来，他一耸肩，我便飞了出去，但手腕还被他扣在掌心，他一拽，我就到了他的怀里，然后我的脚下一绊，不知道什么原理，又一头栽了下去。就是这样，我完全是身不由己，好像被一双翻云覆雨的手在肆意拨弄。我宁愿像个被动的拳击手那样遭人殴打，那样，还有一些惨烈的体面在里面，有种“虽死犹荣”的光彩，但是当下发生的一切，只能让人羞愤，他的这种打法完全是戏弄式的蹂躏，像耍猴一样地让我出丑。围观的人又是喝彩又是鼓掌，真像是在看戏一样，他们都是我的同学，他们见证着我的耻辱时刻，我知道了，在他们眼里，我也是一个“异类”。我的确是被打蒙了，这个家伙真是神奇，能够把我像个风车似的转来转去。我被摔坏了，晕头转向的我，脑子里居然不合时宜地闪出这样的句子：

粉身碎骨浑不怕，
要留清白在人间。

不伦不类啊！而且还自欺欺人！今天我想起来头皮依然会一阵阵地发麻，我很为自己的滑稽而伤心。那个午后，我的对头充分展示了一具身体所能够达到的完美境界，他的身段行云流水一般的流畅，电光火石一般的洒脱，连挨打的我，都深深地体会出了一种美感。后来他打累了，我居然有些意犹未尽之感。他们跑散掉了，我“呼哧呼哧”地躺在热浪袅袅的路面上。那天下午我第一次逃课了，我整个人都披头散发、东倒西歪的，这副样子实在没脸再去学校了。我奄奄一息地沿街徘徊，有几个与我年纪相仿的小乞丐对我生出了警惕之心，他们恶狠狠地向我做鬼脸，打下流手势。我吓坏了，很怕再次遭到不测，只好寂寞地走向了城外。

当我灰头土脸地踅回家时，已经是后半夜了。我想不用说，我的父母一定急坏了，我为此有些恶毒的快意，我只是个小学五年级的男生，受了这么大的伤害，似乎只有父母也跟着我一道痛苦，才能安慰我那幼小的心。我走进黑夜中的生活区，然后就看到了那枚闪闪烁烁的烟头，它在黑暗中明明灭灭，分外惹眼。我被它吸引着来到了那根单杠前，于是，这样的一幕在夜色下浮现：有一样物体，貌似一床棉被，两头齐平地挂在单杠上。我把它首先想成棉被是有根据的——天气好的时候，学校里的家属们经常把自家的棉被搭在单杠上晾晒。但是显然，棉被不会叼着支烟。你一定也猜出来了，不错，这个两头齐平挂在单杠上的，正是司马教授。我的脑袋依然昏沉，但还是感到一阵激动，我想奇迹总是发生在黑暗中，他老人家终于把自己折成了一只马扎啊！我听到他问我：

是毛亮吗？

我答应了一声，贴近了认真地端详他，他有多么惬意啊，嘴上叼着烟，身体在夜风中不易觉察地轻轻摆动，他像一床棉被，但是比棉被更柔软，确切地说，他更像一把拉面——我母亲在家里拉面时，总是用一根筷子挑起拉好的面条，然后下到沸腾的水中。我刚刚经历了身体上严重的挫败，现在目睹这样一个出神入化的身躯，感到了无比惊诧，向往之情油然而生。司马教授如愿以偿地悬挂在单杠上，在这个夜晚，他的喜悦溢于言表，尽管他曾经向我宣告过“古典诗歌是没用的”，但是，此刻他还是得意地对着夜空吟诵出了如下的诗句：

六十余年妄学诗，
功夫深处独心知。
夜来一笑寒灯下，
始是金丹换骨时。

那天夜里，受到他的感染，处在挨打后遗症中、脑子像一团糨糊一样的我，也不由得浮想联翩，许多毫不搭界的诗句纷至沓来——此曲只应天上有，人间哪得几回闻；同来玩月人何在，风景依稀似去年；当年不肯嫁春风，无端却被西风误……其中最离谱的两句是：

仗义半是屠狗辈，

负心都是读书人。

然而我们的古典诗歌多么莫名其妙啊，似乎哪一句都能对应着此情此景。和古典诗歌同样莫名其妙的，还有我们的身体。今天我已经是一名出色的柔术师了，我能够随随便便地把自己的身体拧成一根大麻花，至于马扎什么的，简直是轻而易举，有时候我吃饭都是把头从胯下钻出来边玩边吃，当我在舞台上旁枝斜逸地表演时，观众们一定会觉得非常之莫名其妙。我的职业让我的母亲很失望，我连一个物理讲师都没弄到手，然而我心安理得，因为我的身体可以被我随心所欲地做主。如果要追溯我职业的发端，我会向你回忆那个夜晚——那时我晃了晃脑袋，里面喧嚣的诗句像头皮屑一样地纷纷撒落，然后我默默地走过去，贴着司马先生，神魂颠倒地把自己挂在了单杠上。

光明面

众人合力将华尔街铜牛抬上了楼，重重地搁在房间正中的那块地毯上。没谁给他们指派一块地方，但他们却目标明确似的一口气将铜牛抬到了这个位置；然后仿佛听到了统一的号令，集体撂了挑子。至于为什么放在了这儿，是否因了某种心照不宣的默契，那就不得而知了。倒是那一小块地毯，仿佛预先给铜牛准备好的，大小正合适，就像照着铜牛底座的尺寸裁好的一样。他们都有些气喘吁吁。这尊铜牛实在太重了，很能够压得住阵脚的派头，落地后依旧气势不凡，在房间的正中向四周辐射着令人不安的动势。

他们搓着手，彼此面面相觑一番，不约而同将目光投向了自己的头儿。

作为“头儿”的他缩在房间的角落，屁股下的沙发像一团膨胀的发面。铜牛的脑袋端端正正地冲着他——他们是故意的吗？他闭上眼睛，拒绝去看那对耀武扬威的牛角。

众人络绎离去，脚步在楼梯上发出空洞、杂沓的声响。

他没什么可跟他们说的了，他们跟他也没什么可说的了。此前，他已经用账面上的最后一笔钱给他们发放了遣散费。树倒猢狲散的时候，他们还能费力将铜牛抬上楼来，也算是仁至义尽了。这栋别墅是租来的，如今，房东收回了别墅的一层，本来放在门厅的铜牛只好暂且挪个地方。他陷身在面团般的沙发里，内心残存的那些动荡的情绪也随着众人的离去消散了。

他觉得自己变成了一具空壳，却徒有重量，不出意外的话，最终将会平静地被身下的沙发吞噬、吸收掉。那么他就将化身为沙发的一部分了——也不知道变身后将迎接怎样一个屁股的落座？这个想法如此搞笑，他听到笑声在自己空荡荡的胸腔里蹦跳了几下。

睁开眼睛，首先看到的就是那对昂扬的牛角。牛角虚张声势地凌空支棱着。他几乎听到了牛蹄奔腾而来的轰响，也几乎已经预见了自己连同沙发一起被掀翻在地的前景。要想阻止这一切发生，唯一的办法就是——移开目光，回避正视迎面而来的威胁。

他将目光低垂。阳光铺洒在木地板上，将地面分割成了光明与阴暗的两块区域。这两块区域的交界线恰好顶在他的脚尖。他下意识地将脚尖向前挪动了一下，试图踩进“光明面”里去。令人震惊的是，那道交界线随着他脚尖的挪动，竟然分毫不差地向后缩移了一寸。岛上的天气瞬息万变，但他却从未捕捉到过光阴的更迭。这一瞬不禁令他目眩神迷。当他的脚尖小心翼翼地再次跟进后，奇迹也连番上演。地板上的光明收缩着，眼见是被他一步一步地逼退了。他索性伸直了腿，将坐姿变成了半躺着的样子。他看到自己的膝盖以下终于伸进了“光明面”里。

天空正有乌云飞渡。云团疾驰而过，遮蔽了阳光。那道分割线从他的小腿上寸移而下，就像落潮的海水一般。他知道，自己正在势不可当地重新回到“阴暗面”里去。仅仅这个想法本身，就已经足够令人悲伤。“阴暗面”不是黑色，是那种女人们撞伤后皮肤上呈现出的有些发蓝的瘀青色。他再次闭上眼睛。他不愿看到自己被沙发吞没的同时也被瘀青色的阴暗吞没。

手机铃声响起。他摸索着接听，眼睛依然紧闭着。打来电话的人是他最好的一位朋友。他们曾经是合伙人，在事业的鼎盛时期，这位朋友却主动退出了合作。现在看来，这位朋友的选择何其英明，否则，此刻坐在失败阴影里的，就将是两个人了。

“你怎么样？”朋友问他，“本来想和你一起吃晚饭，但这鬼天气阴晴不定的，街上的交通也完全瘫痪了，我想不如改天吧。”

他沉默不语。有什么好说的呢？既然他此刻正在逐渐变成一张沙发——还是一张旧沙发。他有自知之明。

朋友在电话那端静静等待着他的回音。半晌后，才继续说道：“当然，天气不是问题，我听你的，如果想一起坐坐，我没问题——我只是担心，你现在可能更希望一个人安静地待着。”

他沉闷地“嗯”了一声。

“你真的没事儿吧？”朋友不放心地问。

他不置可否。此刻即便是应酬性地说一句“我没事”，对他而言都是勉为其难的。但他还是开口了，“没事，我正在变成一张沙发……”他说。

“沙发？”他的朋友惊讶极了。

他嘿嘿笑了几声，为自己不期而至的幽默感到骄傲。

“我们还是见一面吧，我晚些时候去找你。”他的朋友说，“你不要乱跑，等我的电话。”

“别来了，”他拒绝道，“街上这么乱。”

朋友叹了口气，似乎是在谨慎地措辞。

许久，他的朋友说道：“嗨，你要重拾生活的勇气！”

“可我正在变成沙发——”对方已经挂断了电话，他仍兀自对着手机说道。

有了这番对话，他觉得好受了一些。他半躺着，腰部担在沙发的边缘，幻想着自己的上半身已经融入了沙发里：生命体征发生着裂变，一切都在争先恐后地异化，血管里的血液流得慢了，肌肉正在纤维化，变成了海绵，骨骼与内脏在逐一变成弹簧……

他闭着眼睛，手指随意地翻动着手机。他想继续随便和什么人说说话，这种愿望有种遗言般的性质。当手机里响起母亲的声音时，他一点也不觉得诧异，就像这并不是他随机拨通的号码，而是出自一个精确的谋划。

“事情都处理完了吗？”他的母亲轻声问道。

“已经清空了。”他回答。

“清空了？”母亲感到困惑。

他却不想解释什么了。他觉得“清空了”已经将所有的事情都说明白了。

“噢，铜牛也搬上楼了。”但他觉得还是应该和母亲说些具体的事儿。

“铜牛？”母亲问。

"您见过，原来放在一层门厅的。现在不得不给人家腾出地方来。"他感到自己说了一句非常冗长的话，乃至有些上气不接下气。

"儿子——"他的母亲呼唤道，"没什么了不起，失败了还可以重来。"

"可这次我没法重来了。"他任性地说。

"怎么会？妈妈这辈子失败过无数次……"他的母亲急切地说。

"但您从来没有变成过一张沙发！"他大声打断了母亲的话。

"你瞎说些什么？"母亲的声音也大起来，"你要重新燃起生活的勇气！"

他摁断了手机。激烈起来的情绪让他的手指有些颤抖。朋友和母亲都在对他发出着同样的呼吁，只不过一个让他"重拾"，一个让他"重新燃起"；而"重拾"与"重新燃起"的对象，都是那个"勇气"。他觉得这听起来滑稽极了，尤其是他的母亲，像是怂恿他去纵火。他们都忽略了更加本质的问题——是什么让他丧失了那个宝贵的"勇气"？这当然不仅仅是因为生意的破产，否则他不会如此颓丧和深感耻辱。是另外更加严峻的逼迫将他驱赶到了幻灭的死角。而这种严峻的逼迫，却是他这个岛民难以启齿的。他没有"勇气"说出这块巴掌大的独断之地施加于他的晦暗的爱与耻，连去认真思索一下都做不到。

手机铃声接踵而至，他认为是母亲回拨过来的，便任由铃声不绝于耳地响着，直到他被对方的耐心所打败。

"我不想说什么了，现在我一点说话的力气都没有。"他闭着眼睛说道。

“不要这样，你要重新拾起生活的勇气！”电话里响起的却不是母亲的声音。

他费力地想了想，才恍悟到这是一个越洋电话，电话那头是自己的前妻。

“你的事情我都听说了，你不要这样灰心丧气。”他的前妻小心翼翼地说。越洋电话让她的声音听起来有些空洞。

“好吧，正如你所料，”他无力地说，“我还是失败了……”

“你要相信，这并不是我想看到的。”他的前妻恳切地说，“我从内心里是希望看到你成功的……”

“那么对不起，就像从前一样，我又一次令你失望了。”他回答得也很恳切。

“不要说这种话，现在不是赌气的时候。说实话，我很担心你……”他的前妻声音有些哽咽。

“你担心我什么呢？”他问。

他的前妻深情地说：“我了解你的。我知道这次失败对你意味着什么。我怕你会崩溃。”

他感到自己空荡荡的胸腔受到了沉重的一击。他很想冲动地回答他的前妻——不会，我不会崩溃。但是，当他睁开眼睛，看到自己此刻已经完全被阴影所覆盖，立刻领受了“崩溃”的全部滋味。

他呻吟了一声说：“是的，这次你猜对了。”

“请你真的不要这样！这个时候，你千万别再上街。要不，你出去躲一躲——”他的前妻试探着说。

“去哪里躲？四周全是海水。”他努力想开个玩笑，但恐惧却不由分说地占了上风。

他的前妻说道：“世界这么大，我不是已经成功移民了吗……”

不等对方继续说下去，他果断地终止了通话。他宁可认定自己现在是无路可逃的，宁可认定“四周全是海水”，就是作为一个岛民的宿命。入夏以来，岛上发生了严重的骚乱，岛民们为着他们并不知道是否需要的东西行动了起来。愤怒如同瘟疫在岛上蔓延。很多店铺被洗劫，很多人倒在了广场上。他不可避免地卷入了剧烈的动荡。他所经营的公司，本来生意已经每况愈下，又被时局所冲击，终于彻底破产了。

街上现在是什么状况呢？他忧心忡忡地想。房间里昏暗下来，弥漫着湿漉漉的瘀青色。

他的眼睛望出去。越过正对着自己的牛头，他看到窗外正有细雨落下。那面窗子悬在牛头的上方，从他所在的位置望去，就像是被牛角挑起来的一样。雨水打在窗玻璃上，漫漶的景致又像是一口鱼缸被那尊铜牛顶在了头上。

往下好一阵子，他都呆呆地眺望着这面雨水纵横的窗子。最后，在他眼里，眼前的景象既不是窗子也不是什么鱼缸了，那只是“存在”本身。所有的意义都被抽空，他也不再能够意识到自己是在“眺望”。

有人上楼来了，缓慢的脚步踏在楼梯上，听上去沉重极了。

来人是他公司里的出纳。老人从他创业那天起就跟随着他。骚乱发生的这些日子，老出纳一直没有出现过，他也无暇联系对方。但他始终记得，他给老出纳是准备了一笔钱的。当然，这笔钱杯水车薪，实在不足以报偿老人多年来对他的忠诚。

老人佝偻着身子，被雨淋湿的白衬衫显露出里面贴身背心的轮廓。他吃惊地看到，老人的额头上有一团刺眼的血污。白发粘在血渍里，也被染成了红色。老人站在楼梯口，用手帕捂着伤口，迷惑地望着房间正中的铜牛。他想要跟老人打声招呼，却发现喉头被什么东西哽住了，有种木质化的感觉。这时候，他才觉察，老出纳对他的存在熟视无睹，目光压根儿没有看向他。他忐忑地想，莫非自己真的已经变成了角落里的一张沙发？

老出纳茫然地走到那尊铜牛旁边，伸手谨小慎微地摩挲着牛背，像是抚摸着一件易碎品。过了良久，老人从裤子口袋摸出了一串钥匙，内心似乎经历了一番斗争后，终于选择将这串钥匙挂在了铜牛的牛角上。这让铜牛一下子改变了气质，变成了那种温顺的、带着耳标的奶牛。他知道，这串钥匙是公司的。接着，老人缓步向他所在的角落走来。他想起身迎接，但双腿根本使不上力气，不过是令整张沙发跟着摇晃了一下。老出纳一言不发，紧挨着他坐下。他放在沙发上的一只手来不及移开，被压在了老人的屁股下。他想要将这只手抽出来，却又怕惊动了老人似的，因此选择了纹丝不动。正当他再次怀疑自己是否真的变成了沙发时，老人喃喃自语地开了口。

“军队已经出动了，还有坦克。”老人说，“事态已经完全恶化了。”

他发出了一声近似“嗯”的声音。

“想开些，”老人像是在自我宽慰，目光空洞，如同望向某片想象中的海岸线。“人这一生有时候就是一个不断破产的过程。”

他觉得这句话说得对极了，但他却消极地放弃了应和的企图。

老出纳沉默了，将脸深深地埋在双手间，湿淋淋的头发滴着水，像刚刚被打捞上岸的落水者。过了一会儿，老人抽泣起来。

窗外的雨下得更大了。

“好了，”老人深深地吸了口气，说道：“你还年轻。你要重新拾起生活的勇气。”

他感到自己的肩膀被人拍了拍。这让他从“已经变为沙发”的幻觉中清醒过来。他张了张嘴，但还是哑口无言。

老出纳起身离去，蹒跚着走到楼梯口。

他急切地冲着老人的背影说道：“我给您准备了一笔钱！”

老人却置若罔闻，一步一步从他的眼前消失了。

有人按响门铃时，他正站在窗前注视着雨水迷蒙的世界。他已经可以起来走动几步了，不再为“变成了沙发”而困扰。外面的砾石路上不时有人冒雨跑过。远处的海面上，史前动物一般的鹈鹕在空中低低地盘旋。海水黑黢黢的，被雨打出白色的泡沫。空气里有股海草的腥味。隐隐有零星的枪声传来。

他走到楼梯口的应答器前，看到屏幕里站着一个打伞的女孩。女孩瞪着一双杏仁样的眼睛，眼白似雪，直直地对着头顶的摄像头，有股“眼巴巴”的倔强。这是一副典型的岛民的神情。他并不想被陌生人打扰，无奈女孩非常执着，不断地按响着门铃。最终他还是打开了对话器。

“有人吗？”女孩直冲冲地问道。

“你找谁？”他回答。

“我是来应聘的。”女孩对着摄像头眨了眨眼睛，手中的雨伞旋转了一下，几滴雨水甩在了摄像头上面。

“应聘？对不起，这里不招人了。”他冷淡地说。

“哦？”女孩恼火地皱了皱眉，“能先让我进去吗？雨这么大！”

他觉得这个理由挺充分的，无可无不可地摁下了按键。

女孩进门前有一个摇摆的动作，像是打了个激灵，也像是小动物在抖落一身的雨水。他站在楼梯口，看着她收了雨伞，左顾右盼地在楼下张望着。女孩抬头看到他，好像见到亲人一般如释重负地展开了笑脸，露出的牙齿白得发亮。并不需要受到邀请，女孩一蹦三跳地跑上了楼。

这是个十分矮小的女孩，她手里拎着的雨伞几乎就有她的一半高。女孩穿着粗蓝布工装裤和白衬衫，最大的特点看起来是额头前厚墩墩的齐刘海——一望而知，显然不是精心修剪出的，是那种蛮横粗鲁的一剪子下去的结果。她像是扣了顶钢盔。

“怎么，公司今天不上班吗？”女孩四处打量着。

“清空了”的房间有股家徒四壁的味儿。女孩雨伞上的水流到了地板上，很快形成了一片水迹。他似是而非地哼了一声。

“负责人在吗？”女孩偏着头问他，脑袋上的钢盔歪向一边。

“不在。”他说。

“哦，那你是——？”女孩有股追问到底的精神。

“我是谁不重要。”他迟疑了一下，含混地说道：“这里现在不招人了。”

“不招人了？”女孩不满地撇了撇嘴，“但报纸上明明有你们的招聘广告嘛。”

“你可能看到的是一张旧报纸。”他呆板地说。

“旧报纸？”女孩不以为然地嘟囔着，开始翻看自己的背包。

这时他才发现女孩是背着一只包的。不过这只有着白色塑料肩带的包的确太小了，如果不是被她动作很大地翻弄，他几乎注意不到。女孩从包里翻出一张叠得皱巴巴的报纸，展开，来回看着。

“一个月前的报纸，不算旧嘛！”女孩做出了自己的结论。

“可这是天翻地覆的一个月！”他激动地指出，继而脱口说道：“总之一切都变了！”说完他感到有些惊讶，想不明白自己为什么生出了说话的愿望。

“你是说一切都变了吗？”女孩挥舞着报纸说道，“我看并不是这样！”

“你看？”他吃惊地盯着女孩。

“至少我没变，没工作，没钱，每天早上都是被饿醒的——世界对我就是他妈的一成不变。”女孩爆了粗口，语气却并不激烈。

“那真不巧，”他摊开手说，“你没变，但世界却变了。”

“不可以！”女孩断然说道，“我没变，世界凭什么变？告诉你，我横穿了半个岛来应聘，怎么能被你一句‘世界变了’就打发掉？！”

他被女孩蛮横的逻辑逗笑了，心不在焉地问：“真的吗？”

“什么？”女孩说。

“——真的是横穿了半个岛吗？”他问。

“可不是！简直是冒着枪林弹雨！”女孩说。

"街上已经这么糟糕了？"他自言自语道，不禁有些同情这个女孩。

"让我看，也不算太糟糕。地球照样在转，雨照样在下，照样有人在饿着肚子找工作。"女孩歪过头去张望其他的房间，"怎么，这里就你一个人？"

他点点头。

"那我用不着跟你啰唆了，你又不是负责人。"女孩不屑地说。她抖了抖手中的雨伞，看样子是要走了。

但他此刻却希望这个女孩能多待一会儿。她勾起了他谈话的兴趣。重要的是，她也许能给他带来什么新的消息。

"跟我说说，外面现在什么情况？"他问。

"什么情况？下雨呗！"女孩说着已经开始转身。

"你想应聘什么岗位？"他连忙问道，这么做纯粹是为了能多挽留她一会儿。

"无所谓，我什么都能干，做清洁工都没问题。"女孩看上去有些不耐烦了。

"这样啊——"他的语气有些迟缓。

女孩狐疑地看着他，问道："你什么意思？"

"我不大相信你能做好清洁工。"他浮出了一个勉勉强强的微笑。

"你说了算吗？"女孩的声音尖厉起来。

"什么？"他不解。

"我做不做得成清洁工这个事——"女孩莽撞地问，"——你说了算吗？"她将胯前的背包甩到了身后。

他想了想，模棱两可地回答："这个我说了倒是可以算的。"

“OK！”女孩打了个手势。

她又四下张望了一圈，将手中的雨伞靠在了楼梯口的墙壁上。

他漠然地观望着。直到女孩将衬衫下摆在腰间打了个结，挽起了袖子，他才隐约明白过来——这个女孩怕是要给他表演一番做清洁工的能力。果然，女孩扭身走开，四处梭巡一圈，很快摸清了房间的结构；她准确地找到了卫生间，从里面拎出了一把拖布。她先将自己穿着网球鞋的脚在拖布上蹭了蹭干净，看上去的确蛮在行的。

他退回到角落，两手握在一起，再一次跌坐在沙发里，怀着一份伤感之情看着女孩煞有介事地奋力表演。

女孩的个头太小，拖布杆的长度将她比照得宛如一个儿童。但她却干得虎虎有声，熟门熟路地来回穿梭，一会儿消失在某扇门的里面，一会儿又充满斗志地现出身来。好在楼上的房间有限，用不了多久，她的工作范围就局限在他的视野里了。当女孩的拖布行进到他的脚下时，他不由自主地抬起了腿。即使再伤感，面对一个努力劳动的女孩，他也觉得自己有义务做出配合。

“外面有很多当兵的。”女孩埋头苦干，不期然闷声说了一句。

“当兵的——”他举着双腿，怔怔地重复。

“靴子、盾牌什么的。这是有点儿吓人。有人被打伤了，也可能死了。当然，也有人冲当兵的扔石头。”女孩说。

他深深地吸了口气。对他而言，相对“有点儿吓人”的这些，更加现实的威胁，恐怕是随时会不期而至的债主们。

“可日子不还得继续？下雨要被淋湿！要拖地！要挣饭

吃！”女孩说得像唱歌一样。

“是啊。”他由衷地喟叹。

“要是我说我已经两天没怎么吃东西了，你信吗？”说着女孩停止了劳动，抱着拖布杆看着他。

他摇摇头，但并不是“不信”的意思。他正在想隔壁房间的冰箱里可能会有一罐白鲸鱼子酱，女孩揉揉鼻子，用一种概括性的口气说道：“你是个没有同情心的人。”

这次他点了点头，但也不是完全认可的意思。

女孩不再搭理他，返回卫生间。一阵冲洗声响起，出来的时候，她手里换上了抹布。可能是手上的倒刺被水灼痛了，女孩用牙齿啃着指尖。他突然感到了饥饿。从早晨起他就没吃过东西。大约那尊铜牛实在太抢眼，女孩的擦拭首先从铜牛开始。她一边擦，一边吹起了口哨。他听出来了，女孩吹的是披头士的一首歌，《你得藏起你的爱》。她吹走调了。他听过人唱歌走调，吹口哨走调的却没听到过。

铜牛的高度几乎和女孩相同，当她举起胳膊擦拭牛背的时候，系在腰间的衬衫被扯起，一圈肤色黝黑、瓷盘一样光滑的腰身显露出来。这当中她还会不时耸动一下肩背，或者干脆用另一只手拽拽肩头。从背后观察着的他，敏锐地看出了女孩的这番动作是在做什么。就像戴眼镜的人不时会推一下鼻梁上的镜框，女孩这是在调整自己胸罩的肩带。这个判断一旦成立，他立刻被一股汹涌的、如同饥饿感一样的欲望所唤醒。不，那并不是性欲。他只是为某种久违了的、富有意志力的情绪而感到振作。这种情绪激活了他跟正在摧毁他的那种力量相抗衡的古老而神秘的本能。

女孩擦到牛头时，随手摘下了牛角上挂着的钥匙。她掂量了一下，弯腰将钥匙放在了地板上。而这个弯腰的动作，在他眼里，也是妙不可言，无端地充满了活力与美感。他觉得，女孩现在所做的一切，正是他差一点就永远没有能力再去做的事情。被摘去“耳标”的铜牛恢复了原有的神气，那种“华尔街”式的跋扈和蛮横又开始向四周辐射。

“这头大家伙放在这儿不合适啊！”女孩说。

“没错。”他表示赞同。

“没错干吗还要放在这儿？”女孩说罢想起什么似的挥了下手里的抹布，“——哦，你又不是负责人。”

“但我可以决定聘用你。”连他都吃惊自己在一瞬间做出的这个决定。

眼下，这栋别墅的二层他还有三个月的使用权，他在一瞬间几乎看到了余下的三个月里自己将会怎样度过：只要士兵不破门而入将他拖走，他就将选择与世隔绝，做一个孤独自闭、安分守己的岛民，终日默默地坐在沙发里，在电脑上下棋，嘴对着瓶口喝黑啤酒，窗外是肆虐的台风，眼前有一个辛勤劳动着的、年轻的身影，顶着钢盔，一边吹着走调的口哨，一边晃来晃去；如果愿意，他也会像参与一个仪式般的同她并肩卖力地清扫房屋……

——这里面有某种东西深深地将他打动了。

“决定了？”女孩并没有表现出格外的惊喜。

“怎么，你不高兴吗？”他有些紧张。

“耶！”女孩夸张地叫了一嗓子，冲他做了个胜利的手势；但她立刻又恢复了神情，撇嘴说道，“还非得让我欢呼雀跃啊？不就是干了个清洁工嘛！”

“对不起，真的没有其他职位可给你干了。”他内疚地说，同时心里飞快地盘算了一遍：嗯，自己手里还有一笔钱（这本来是给老出纳准备的），现在暂时用来雇一个清洁工吧，支付她三个月的薪水应该是够了。

“干吗要说对不起？”女孩过来一屁股坐在了他的身边，两条腿直直地伸出去，舒服地呻吟了一声。劳动让她发热，但她没出汗，只是像树木分泌油脂般地散发出香气。“你是干什么的？别告诉我你只是个门卫，我知道你不是。你的衬衫很合身。”女孩说。

他却没有做出答复——他万分错愕地看到，女孩伸出的那双腿竟然被朗朗的阳光所普照。

不知何时，窗外雨水收敛，涛走云飞，阳光从云层后正一点一点地露出头来。这其实没什么好奇怪的，太平洋上这个岛国的夏季总是阴晴莫测，海风毫无规律地随意把云雨吹过来，又吹过去。但他愿意把此刻看到的视为一个奇迹。他像目睹事故现场似的目睹了一片“光明面”顺着女孩的双腿爬了上来，直到彻底将他们两个人完全笼罩。天空一定是被戳了个洞，世界曝敞在下面。耳边是棕榈树努力对抗着海风时发出的声音。女孩被突如其来的光亮晃痛了眼睛。她侧过身子躲避，将目光移向他，头盔也歪向一边。

“你这个人有些消极。”女孩像一个医生似的做出了诊断。

身陷雪崩一般光明之中的他忍不住捂住了自己的脸。

“是的。”他顺从地承认道，发出的声音连他都不知道是从哪儿冒出来的。

可他本来是一个积极乐观、时刻对生活跃跃欲试的人——否则他也不会在生意开张的时候弄来一尊华尔街铜牛给自己打气。十岁的时候他还相信地球只有一座岛屿那么大。二十岁的时候他相信自己的岛国是全世界最幸福的乐土。三十岁的时候他离了婚，但依旧积极乐观，和前妻保持着良好的关系，在她移民之前，他们还一同捧着爆米花看电影，剧终时，他们会一直看完长长的片尾字幕，为的是向那些幕后的电影人致敬——这是对生活消极的人完全无法做到的。两年前的一个夜晚，积极乐观离他而去，他发现一切原来并不是这么回事儿。那天夜里他喝醉了酒，和一个巡逻的警察发生了口角。对他而言，这绝对是个意外。之前他从来都是循规蹈矩的守法岛民，连抗议堕胎这类的小型集会都没参加过，每次开车都用安全带将自己紧紧地捆上。他被痛打了一顿，警棍造成的瘀痕过了两个月才消退。这其实倒算得上是个常态，没什么好稀奇的，就像岛上的海风经常从纱窗吹进来将某扇门砰地关上一样司空见惯。但他的世界却因此改变了。原本牢固的一切就这么轻而易举地被一通警棍给敲碎了。曾经稳如磐石的一些什么东西开始动摇，他觉得脚下的岛屿正在沉没……

“跟我说说，”女孩开始翻弄她背着的小包，“最消极的时候是什么感觉？”

“我……觉得自己变成了一张沙发。”他捂着脸说，听得见自己脑袋里的血管砰砰作响。

“哦，沙发。”女孩若有所思地重复着。“想开点，”她说，“就算变成了一张沙发也没什么不好。地球这么大，而我也占了一席之地。心情糟糕的时候，我就会想想这个，然后就开心得不得了——因为这让我显得像是一个地球性的公民。”她从包里翻出了一个褐色的纸袋，扒拉开，里面是半个发蔫的汉堡。

女孩用胳膊撞撞他，问道：“你也吃点儿？”

他不得已放下了自己的双手。但是他的头却扭向一边。他不敢与女孩正视。他担心自己没准会流出泪来。白光灼灼，像十一月份的阳光，或者假冒的月光，亮度很高，却没什么热力。这当然不正常。日后岛民们必将如此纪念这个夏季。

他竭力掩饰着，站起来，迎面走向了那尊铜牛。铜牛已经被女孩擦得锃亮，在白光中熠熠生辉；牛眼瞪得浑圆，好像在考虑自己的处境——究竟是做一头华尔街铜牛，还是做一头漂亮得如同女人一样的奶牛？他也并不知道接下来该做些什么。他只是被这样的念头所打动：此刻，世界在土崩瓦解，而他却身在光明面里。这个念头尽管充满了侥幸，但也显得那么能够抚慰人心。在地球上占有一席之地的女孩有滋有味地吃着她的半个汉堡。同样也占有一席之地的他弯腰捡起了地板上的那串钥匙。这就好像是重新拾起了生活的勇气。

女孩警觉地耸起了耳朵，向他发出“嘘”声。她的直觉像猫一般惊人，不一会儿，楼下传来了震耳欲聋的撞门声。

他做出了一个选择：转身动情地向女孩张开了双臂。女孩望着他，居然会意地笑了，在一种不可思议的平静下起身向他走来。他搂住了她。他们加在一起，增大了彼此在这个孤独星球上所占的份额。他感觉着自己放松了的软弱，感觉她那么小，却装满了他整个的怀抱。

二〇一五年四月二十三日　香榭丽

平 行

自从退休那天起，他就开始思考“老去”的含义。其实，很久以来，“老去”这个事实已经在他身上悄无声息却又毋庸置疑地发生着——不知道何时，他已经变成了秃头，性欲减退，眼睛也老花了。但对这一切，他都熟视无睹。他罔顾秃了的头和老花了的眼睛。在他的意识里，这些细节只是“老去”的外衣，顶多算是表层的感觉材料，而“老去”应该是某种更具本质性的突变，生命由此会有一个质的翻转——就像扑克牌经过魔术师的手，变成了鸽子。

这种偏执的思维方式也许来自他的职业。退休前，他在一所大学里教书，尽管他教授的是地理这样一门看似刻板的学科，但却并不妨碍他养成了那种善于抽象性思维的习惯。他习惯于将大千世界进行去粗取精、去伪存真、由此及彼、由表及里的分析。

退休意味着老年的正式降临，一种源自生命本身的紧迫感随之而来。他认为自己必须面对这个重大的问题，想清楚它，从而全面、客观地把握它。如此一来，就像一个浸泡在水里的人，自己却对水温毫无体察，他已然身陷在老年的岁月里，却孜孜以求着老去的含义。

老去是怎么回事呢？他绞尽脑汁地想。这成为他退休后的一门功课，每个夜晚入睡前，每个清晨醒来后，他都会在心里向自己发问。有时候，内心的诘问不自觉脱口而出，还会令他像一个真正的老人那样喃喃自语起来。这样的时候，他不免要梳理一番自己的生活，但生活本身却并不足以给出他所认可的答案，那无外乎就是由“秃了头、老花了眼睛”这样的碎片般的材料构成的浅显的表象。而他，需要的则是一个本质性的结论。

日复一日，十几年过去，中风袭击了他。好在救治得及时，并没有给他落下格外影响生活的后遗症。在床上瘫痪了一段日子后，他只是变得有些老年性痴呆了。最初他记不清亲人的名字，后来干脆时时需要反复回忆才能记起自己的名字。十几年来困扰着他的那个问题却历久弥新，始终盘桓在他的脑袋里，以致有时他会突然口齿不清地向着虚无发问：老去是怎么回事呢？中风清空了他的脑子，只留下了这个唯一的问题折磨着他。原本堪可承受的冥想变成了备受煎熬的拷问；然而事物却总是有两面性，这个问题同时又激发了他几近告罄的记忆力，让他以此为基点，有限地恢复了一些脑力。

春天里的一天，就像醍醐灌顶了一般，他想起了自己的一位老同事。他们都是“困难年代”毕业的大学生，就读于同一所著名的大学，不同的只是一个学了地理，一个学了哲学。毕业后他们分配到了同一所学府，后来一度又结伴被“下放”到边远地区。共同的履历让他们成为心有戚戚的朋友，尽管平时交往不多，但彼此之间却都怀着一份默契。他不记得已经多久没有联系过这位老同事了。如今，对于具体的生活，他顶多只保留两天左右的记忆，两天前的事情对他的记忆来讲都是遥不可及的。但他觉得这并不重要。重要的是，现在他终于想起这位教授哲学的老同事了，由此唤醒的记忆接着提示他，这位老同事睿智、深刻，差不多就是那个问题完美的回答者。他决定去向这位老同事请教。他让儿子送他去这位老同事家。其实他们住得很近，都在学院的家属区里。具体方位他当然是记不得了，好在他的儿子对一切都还算熟悉。在儿子的陪同下，他登门拜访了这位老同事。

老同事鹤发童颜，腰背挺拔，但精神却有些萎靡。对于造访者的到来，老同事并没有表现出太大的热情，甚至还流露出了某种令人难堪的冷淡。老同事甚至都没有给造访者让座。

他自己落座了，一时却不知从何说起。他的儿子为此显得有些尴尬，站在父亲身边向主人问好。

“我一点都不好，”老同事居然生硬地回答，“你不要跟我说普通话，你的普通话说得一点都不标准。”

“伯伯您真幽默。”他的儿子只好讪笑着给自己找台阶。

老同事不再理睬他的儿子，转而看向他。“你怎么变成这副样子了？你都不知道自己擦口水了吗？”老同事就这么刻薄地向他发问。

他下意识地揩了一下嘴角，果然有口水抹在了手指上。他感到有些羞愧，同时也生出了一股冲动。“退休这么久了……”他说，“有个问题我始终没有搞明白。”他的口气好像是在为嘴角溢出的口水辩护。

可是，老同事一点也不接受他这样的辩护。“你从来就没有搞明白过什么，”老同事不屑地说，“你只知道经度和纬度这些没用的知识。世界的本质是什么，你何时搞明白过呢？”

关于“世界的本质是什么”，“下放时期”他们有过激烈的争论。那时他们都很年轻，在繁重的劳动和“触及心灵的检讨”之余，私下里一个以地理学为武器，一个以哲学为武器，各自立论，相互辩难。这是支撑着他们的精神生活。从那时候起，哲学便对地理学充满了蔑视。但他从未因此恼火过，这不仅仅因为那是一个哲学强势的年代，还因为，从年轻时候起，他就是一个温文尔雅的人。他的这种性格，维系住了两个人之间的友谊。而且，“下放时期”他们所蒙受的一切困厄，似乎用哲学来分析更能够给予他们撑下去的理由。“下放时期”的哲学是那么有效！为此，他在心底是对这位老同事怀有敬意的。

“你说得没错。”他像个小学生那样的态度端正，“但现在我对一切问题都不关心了，我只关心一个问题。”

“什么问题？”老同事似乎被勾起了一些兴趣，“人在四十岁就应该不惑了，你都老成了这样，差不多活了两个四十岁了，居然还有问题！”

他看出了老同事的兴趣，却不急着说了，顽皮地指着自己的嘴角。

“我对你的问题毫无兴趣！”老同事干脆任性地说。

“好吧，”他用妥协的口气说，“我的这个问题就是有关老年的——”

老同事翻着眼睛。

“老去是怎么回事呢？”他顿了顿，严肃地说出了他的问题。

“这会是一个问题吗？”老同事的这句话他太熟悉不过了，他们曾经无数次在这句话的提领之下开始对话。他想，如果不出所料的话，老同事下面大约又会说起康德或者海德格尔的名字。记忆像沙尘一般涌进他已经萎缩了的大脑，每一个能够被他记起的瞬间都像一颗颗粗糙的砂砾。但是，老同事接下去的话却令他感到了意外。“这难道不是一目了然的事吗？”老同事出其不意地问道：“——你早晨还会勃起吗？”

“勃起？”他喃喃地重复了一遍这个词。

“二十岁每月六次，三十岁每月七次，五十岁五次，七十岁两次。”老同事屈指对他数算道，“明白了吗？老去就是这么回事儿！”

“哪里有这么简单！”他激动起来了，觉得这笔账跟“秃了头、老花了眼睛”一样，都是些障人眼目的把戏。

“射精次数二十岁一年一百零四次，其中自慰四十九次；三十岁一百二十一次，自慰十次；五十岁五十二次，自慰两次；七十岁二十二次，自慰八次。”老同事兴致勃勃地继续着他的计算，劈头向他问道：“你现在一年自慰几次？”

“没有，我已经很久不做这种事情了……”他支支吾吾地回答，开始拼命回忆自己最后一次自慰是在什么时候。

“那你已经老得不能再老了！”老同事大声训斥道，“老去就是这么回事儿！”说完他扭身离开了客厅，好像已经愤慨到了不能自已。

这组如同方程式一般玄奥的数字令人眩晕，主人已经离去的客厅里依然回旋和充斥着数字的风暴。他惊诧莫名，感到匪夷所思。用数字来说明问题，从来就不是这位老同事的风格啊，这更像是他所擅长的强项。他不知道教授哲学的这位老同事从何处得来的这些数据，仅仅这份记忆力就令他自愧弗如；同时，“很久不做这种事情了”的认识，也令他突然感到了隐隐的伤心。这个认识以前他也有过，和“秃了头、老花了眼睛”这样的现状一同出现在他的意识里。但那时他的心是麻木的，并不会为之所惑。他不知道为什么此刻自己会因为这个事实而伤心，他想，也许这组数据从一个学哲学的人嘴里说出，才格外令人惘然吧！老了恐怕就是这么回事吧？——一个哲学家开始例数勃起和射精的次数，以此来雄辩地说明问题。

“爸爸，我们走吧！”主人一去不回，他的儿子终于忍不住对他说。聆听了这样一席话后，他的儿子显然有些无所适从。

他还陷入在沉思里，嘴角的口水一直滴到了胸前。这时候老同事再次回到了客厅，脸色依然有些激动之后的潮红。老同事直接向他走来，把手搭在他的肩上。

“对不起，”老同事说，“我是有些粗鲁了。那组数据是以美国人为对象做的统计，可能和我们会有些差异。我也是刚刚在一本画报上看到的——就在你们进门前。”

他没有接话，他觉得对方还有什么话要说。

“好吧，这都不重要。”果然，老同事声音低下去说道，“我太太上周刚去世，我情绪很不好。”

“哦，”他由衷地说，“真是件让人难过的事。”

老同事站在他的身边，搭在他肩上的那只手在微微颤抖。“太难了，我们在一起生活了快五十年了，我根本没办法适应没有她的生活。”老同事脸颊搐动，忍不住抽泣起来，“没有她，我连自慰的兴趣都不会有了！”

他看到自己的这位老同事哭了。这个桀骜的哲学家，这个从来蔑视经度和纬度的人，在丧妻的悲痛里哭了。这好像让他此行得到了一个答案。老了恐怕就是这么回事吧？但他还不能完全被说服，他只是隐隐约约感到了一丝烛照般的光亮。他无法感同身受地理解老同事的悲伤，他觉得这一切还是和他有些隔膜。因为他在四十岁的时候就和自己的妻子离婚了，他无从以丧妻这样的处境来参照“老去”的真谛。

当天晚上，他临睡前的最后一个念头依然是那个问题；第二天清晨，他同样依然被那个问题唤醒。甚至，和老同事见过一面后，他想要解答这个问题的愿望变得更加强烈了。老去究竟是怎么回事呢？它居然可以将一个学哲学的家伙改造得那么脆弱和失魂落魄！

昨天的拜访给了他灵感，他自然地想到了自己的前妻。虽然生活在同一座城市里，他和自己的前妻却三十多年都没有见过面了。尽管人海茫茫，尽管世事无常，但身在同一座城市却彼此经历这么漫长的间离，不能不算是一个小小的奇迹。三十多年，几乎是将他的岁数对折了一下，前妻如今在他的记忆里完全算得上前世一般的存在。那么，他想去造访自己的前世，以此来观照垂暮之年的自己。没准，对于那个问题的回答，就藏在他与昔日妻子的重逢里呢。这个念头让他兴奋不已。他十分迫切地想要见到自己的前妻，看一看那个女人老去之后会是什么样子。

他的儿子依然和自己的母亲保持着联系。当他将他的愿望讲给儿子时，儿子并没有表现出多大的诧异。他的儿子是位公务员，已经有了一定的级别，身上有着一种他和他前妻都没有的冷漠气质。

“好吧，我来安排。”他的儿子说，“你们是该见见面了。”他的儿子为什么这样说呢？潜台词无外乎是——既然你们所剩的时间都不多了。“下周日吧，其他时间我没空的。”他的儿子说。

其实他恨不得立刻就实现与前妻的这次见面，他认为，这次见面，没有儿子在场可能效果会更好。但是如今他离了儿子就寸步难行。如今，除了在小保姆的陪同下偶尔出去散散步外，他已经很久不曾出过远门了。这里所说的“远门”，不过是指学校家属区大门以外的所有地方。中风以后，他不但腿脚迟钝，连大脑都是迟钝着的，只身一人，他会走不动，会记不得路，会迷失在无尽的“远门”里。他只有按捺住自己急迫的心情，等待“下周日”的到来。对于自己如今的状态，之前他从来没有抱怨过，即使中风康复期瘫痪在床上的那些日子，他也不曾为自己的行动不便而沮丧。他不觉得一张病榻和一个世界有多大的差别。他是教授地理学的，世界的物质形态早已经令他厌倦。但是这一周的等待却令他生出了绝望感。他终于认识到了，随着年华的老去，他正在逐渐丧失着独立自主的人格。他只能仰仗他人，必须仰仗他人，被搀扶，被引领，否则，他压根无法自由地去回溯他的从前。

儿子将他的这次回溯安排在一家星巴克咖啡店里。当天他特意换了一身西装，打了红色的领带，还刮了胡子。兴奋的心情让他仿佛变了一个人，思维和行动都敏捷了不少。他乘着儿子的车来到了约会的地点。前妻却姗姗来迟。等待的过程中儿子不断接听着电话，一副日理万机的样子。

“有事的话你就走吧，到时候来接我就行。”他对儿子说。

他的儿子狐疑地看着他。“也好。不过我还是有些不放心，”儿子调侃着说，“万一你们打起来怎么办？”

“怎么会。”他难为情地笑了。

“现在你可不一定能打过她了，她很健康，天天跳广场舞呢。”他的儿子说。

“怎么会。”他再一次温和地说。的确不会，他一直是一个温文尔雅的人，即便当年闹到离婚的地步，他也没有对自己的前妻动过一根手指头。

儿子像是得到保证后松了口气，“那好，两小时后我来接你。两小时够吗？”儿子问。

他矜重地点点头。

儿子刚刚离开，前妻就出现在了他的面前。她的出现令他眼前一亮。这也许和她的着装有关，她穿了一件亮度很高的明黄色的风衣。看上去，眼前的这个女人居然还有着一种毫不勉强的风韵。尽管，这种风韵是一种老年女性的风韵，但性别的因素依然在她身上熠熠闪光。她没有像大多数老人那样，活成了平庸而中性的人。并且，在他眼里，前妻的风韵中还有着一种别样的威仪。这真是一种奇怪的感觉，即使在他脑力丰沛的时候，对于这个女人，也从未有过“威仪”的感观。前妻的职业是舞蹈演员，年轻的时候，性格就像她的腰身一般柔软，“威仪”压根就和她扯不上关系。

直到前妻在他面前落座后，他才找到了这股“威仪”之感的来源。他的前妻随手拎着一把雨伞。坐下后，这把雨伞自然地搭靠在她身后的落地玻璃窗上。这是一把老式的雨伞，黑色，紧紧地卷着，收进细长的套子里，笔直而又饱满，无端地令人确信当它展开时一定浑圆开阔，足以遮挡所有的风雨。是这把雨伞，赋予了一个老年女性以“威仪”之感，它就像一把随身携带着的、彰显身份的佩剑，充满了自尊的意味。前妻和一把雨伞同时款款地呈现在他眼前，背景是咖啡店落地玻璃窗外明媚的街景。在这样一个晴朗的春日里，她干吗要带着一把雨伞呢？他想。

时隔三十多年后，曾经的一对夫妻开始对话，而话题，却是从一把雨伞开始。

“干吗要带着雨伞呢？”他率先说出了自己的疑问。对于眼前的这个女人，他显得多么熟稔，仿佛白驹过隙，分离的时光只应该从昨天算起。

“人老了，总会懂得未雨绸缪吧。”他的前妻微笑着说。

话题如此直截了当地进入了他所期许的范畴，让他感到微微地有些头晕。“是啊是啊，我们都老了！可是——”他紧张地说。

“可是一切就像发生在昨天。”前妻打断了他的话，“我刚刚走在街上，心情就像我们离婚的那天一样。我是说，那种感觉就好像不久前才经历过。”

“哦……”他只好咽下已经到了嘴边的问题，本来他已经决定开门见山地向前妻发问：老去是怎么回事呢？它当然不是“懂得未雨绸缪”这么简单吧？

“那一天，我从家里离开，外面下着小雨，除了随身的背包，我什么也没拿，是你追出来给了我一把雨伞。”他的前妻意味深长地看了一眼靠在玻璃窗上的雨伞，“这些，你还记得吗？”

“不记得了。”他诚实地说，“你知道，我中过一次风，记忆力衰退得厉害，许多事情我都不记得了，有时候，连自己的名字都需要想上好半天。”他这么说并不是想替自己辩解，他只是不愿让前妻太失望。这时候，他才发觉“老去”原来可以成为一个很好的理由，在一切问题上用以给自己开脱。

“没关系，”他的前妻大度地说，“我们都老了，即使不中风，有些事情记起来都会吃力。要不是那天发生了后来的事情，我可能也不会记得这个细节了。”

“后来的事情？对不起，我还是什么也不记得了。”他歉疚地说。

“当然，你当然不会记得，这又不是你的错，那件事情你又没有经历。”前妻的语气里含有怜悯的嗔怪。“我走到街上后，遇到了一起抢劫事件。”她煞有介事地说。

他惊讶地睁大了眼睛。

“在街角拐弯的地方，那个男人迎面向我走来。我都感觉到了，他像一头随时准备咬人的恶犬一样蓄势待发。女人是有第六感的，我当时紧张极了。”他的前妻继续说，昔日的余悸浮上了她的脸颊。“他肯定也很紧张，始终盯着我，但奇怪的是，就在我们近在咫尺的时候，他却突然放弃了伤害我的念头。他和我擦肩而过。潜意识里的恐惧已经吓软了我的腿，我根本走不动路了。当我回头去看他时，就看到了那恐怖的一幕——他劈手抢去了我身后一位女士的手包，同时伸手在她的脸上抹了一下。然后他就飞快地跑掉了。时间完全静止了，过了半天，我才惊叫起来。没错，不是那位女士惊叫，是我在惊叫。因为我看到那位女士的脸上绽开了一条猩红的口子，血像喷泉一样涌了出来！”

“哦！”他呻吟了一声。

“真的很恐怖，要知道，这一切本该是发生在我身上的！我本来应该更加倒霉，在那一天，离了婚，还要被劫匪割伤脸！”他的前妻嘘了口气，仿佛溺水者从水底探出了头。“我确信，最初他是准备对我下手的，但一个细节令他转移了目标。”

“是什么？”他完全被前妻的叙述攫紧了。

“雨伞，我手中的雨伞，它就像一个护身符一样保护了我。那个男人企图对我的伤害止步在那把雨伞前。可能他心里做出了权衡，攻击一个手握雨伞的女人，风险会变大。”他的前妻莞尔一笑，“那天的雨很小，我的心情又很糟糕，所以我并没有撑开那把雨伞，只是像一柄剑一样地拎在手里——而这把雨伞，是你追出来塞给我的。”

他分明从中听出了某种感激之情，但这种感激之情是他愧于领受的。“我并没有想到它会帮你这么大的忙。如果知道你离开家后会遭遇到这么危险的事情，我一定不会让你走的！”他动情地说。是的，他动情了，但他自己却没有意识到。他只是感到许多回忆被某种深邃的情感所唤醒。他仿佛再一次看到了年轻时候的妻子，看到了她曼妙的舞姿。那时候，她常常在舞台上穿着宽大的束腰长裙……

“我也知道你是无心之下做了件天大的好事。”他的前妻怅然若失地说，“但是老了之后，我却不这么想了。我觉得这一切都是天意和宿命，我觉得，这一生，你就是会在严峻的时刻挽救我。这么一想，我们之间所有的恩怨就都冰释了。从此每次出门我都会带着一把雨伞，我把这当成一个纪念或者仪式，就像自己每次走上舞台时先要起一个范儿——”她的手腕优雅地挥动了一下，说道：“我不再恨你。”

“我也从来没有恨过你……”他嗫嚅着说。

“人老了，就是这么回事——会变得宽容，会从自己的经历中发现神的旨意。”不期然，他的前妻说出了这样的话。

老去是怎么回事呢？这是他期望得到的答案吗？他不知道。此刻，他只是被奔涌而来的情感撞击得胸口发痛。当他的目光再次落在那把雨伞上的时候，他痛彻地觉得要说那是带鞘的刀剑或者上帝的权杖都完全可以成立。

痛彻的感受贯穿了这个周日余下的时刻。

他的儿子准时来接走了他，驱车将他送了回去。父子俩在楼下的电梯口分了手。

小保姆不在家，不知道又跑到哪里去了，这种状况最近时有发生，已经引起了他的儿子强烈的不满。他昏昏沉沉地躺在了床上，过去的时光依然在胸中萦回：“困难时期”的爱情，“下放时期”的诺言，“开放时期”的婚变……他被某种懊悔之情所笼罩。他想，同样是老了，为什么他就没有学会宽宥一切？既然他和他的前妻此生是被宿命捆绑在一起的，既然他们共同吃了那么多苦，度过了那么多非常的“时期”，那么为什么还要分离，为什么还要各自孤独地老去……他在这种情绪中睡着了。醒来后已经是黄昏。小保姆依然不见人影，而他却感到了饥饿。他从冰箱里翻出了一袋冷冻水饺，开火煮了吃。然后他又回到了床上。再次醒来的时候，他看到的是自己儿子忧心忡忡的脸。

起初他还有些摸不着头脑，在儿子对小保姆的训斥声中，他才逐渐明白过来。原来他煮过饺子后，又一次忘记了关闭煤气阀门。溢出的水浇灭了火苗，煤气却源源不断地泄漏着。幸好儿子适时而来——分手后儿子总是感到心神不宁，于是决定来看看。这样的事情以前也发生过一次，那次是小保姆回来得及时。这种事情太危险了，平时他还是汲取了教训的，甚至趁小保姆不在的时候有意训练过自己——开了火，然后回客厅转一圈，赶紧再转回厨房，看看阀门关上没有，一看，哦，关上了，可是出了厨房又不放心了，又转回来看一眼；如是来来回回地看，可心里就是不踏实，即便在梦里都觉着能闻到一屋子的煤气味儿。警惕性他是有的。但是今天他又一次犯下了同样的错误。老去可不就是这么回事吗？

盛怒之下，儿子赶走了小保姆——看起来，这个冷漠的公务员似乎有了新的决定。这也怪不得他的儿子，今天儿子若是晚来片刻，悲剧就已经酿成了。门窗洞开着，他的儿子在客厅和人通着电话，具体的内容躺在卧室里的他无从知晓，他只是能够隐约感受到儿子发出的官腔。他有些灰心丧气。空气中依然弥留着淡淡的煤气味，甜丝丝的，有种令人致幻的味道。

当天晚上，儿子破天荒地留下来陪他过夜。他却怎么也睡不着了，心里有些担忧和焦灼，觉得有某件不好的事情即将发生。

第二天一早，儿子为他做好了早餐。他一边默默地吃着，一边看儿子将他的两身换洗衣裳装进了一只纸袋里。随后，儿子驱车将他送到了市郊的那个大院。

他知道这是所养老院，是老人住的地方——他又不瞎，满院子的老头老太太，他还想不出这是个什么地方吗？他不愿意待在这里，心里抵触极了。但是他却突然变得非常消极，以一种漠然处之的态度看着儿子向一些陌生人移交着自己。他的鼻息里似乎还残留着煤气那甜丝丝的、令人致幻的气味。他的脑子像一台老朽的发动机，怎么使劲，也难以发动起来。愤怒和不满只是一个模模糊糊的轮廓，他已经无力调动和感知那些激烈的心情。这一刻，他很气馁，脆弱极了，仿佛是一个对着世界无能为力的儿童，面对加害，只能够坐以待毙。他天真地想，也许儿子只是将他暂时寄存在这儿的，过几天就会接他回家，就像过去他忙不过来时，也会暂时把年幼的儿子放在邻居家一样。

儿子把他安顿好，转身走的时候，他很想大声哭出来。可他看上去却非常平静。这不是因为自尊的缘故，他只是不敢放声哭泣。旁边围着一堆人，到了一个新的地方，他的胆子一下子变得很小了。

这样，他就开始了养老院的生活。

老去是怎么回事呢？这个问题依然困扰着他。尽管现在他满眼都是有关这个问题的答案。养老院里集中呈现着老年人的衰败：痴呆，病态，疯疯癫癫和邋里邋遢，有什么好说的呢？老去不就是这么回事！

这里不好吗？也不是不好，可他觉得他害怕这地方。里面的人对他也不错，见面就冲他笑，伙食也不差，可是他心里就是害怕。有时候院领导视察，挨间房子看望老人，每次他的心里都直打哆嗦，也不知道为什么，反正就是害怕。现在他明白了，为什么儿童们都排斥幼儿园——不是幼儿园的阿姨不好，是儿童们心里害怕。那种集体的、整齐划一的、四列纵队式的生活方式，天然就有着一种粗暴和残酷，完全有悖于人的天性。和他同屋的一个老头，常年卧床。老头睡在墙根，他的铺位在门口。这个老头早糊涂了，每天除了吃就是睡，睡着了说梦话，声音粗得吓死人，而且声色俱厉，看得出是在梦里和人凶狠地吵架；醒着的时候老头就瞪着眼睛看天花板，喉咙里呼噜呼噜地都是痰声，在他听来像是一声一声的恫吓。他都不敢看这个老头，每次偷偷看一眼就赶快把头扭到一边儿去。

难道“恐惧”就是老去的真义？可现实又唤醒了他“下放时期”的那些记忆。那时候他多么年轻啊，可当时的恐惧，又同如今的恐惧何其相似——世界对于一个恐惧者而言，如出一辙，都是一个莫测的迷局。这样的类比令他生出了逃逸的心。重温昔日的恐惧实在太令他绝望了。

出逃的前一刻，他收拾了自己的衣服——不过是可以塞进纸袋里的两身内衣。养老院还给他发了一身里面老人都穿的那种衣服，红颜色的，质量还好。他想了半天，该带走还是不该带走？他知道这衣服一定是儿子付了钱的，不是白给他的，那么他就该带上走；可他转念又害怕自己会因此背上偷窃的罪名。为此，他踟蹰了半天，最后还是决定不带走。这个决定有悖于他一贯的节俭作风。他的心里还是害怕。紧绷的神经唤回了他的生命经验，他惨痛地记起，这世界总是会不由分说地给人栽赃。

天气晴朗。他在午休的时候踅到了养老院的大门口。门卫从窗户探出头来，问他干什么去，他镇定地撒了个谎，说儿子一会儿要来，他在门口迎一下儿子。说完他并不敢拔脚就走，他害怕对方看出破绽。他在门口站着，尽量不露声色地一点儿一点儿往外挪着脚跟。他偷眼观察，直到超出了门卫的视线，这才放开胆子快步疾走起来。

关于他这一天的行动，日后他的儿子百思不得其解。养老院在城西，他的家在城东，之间横亘着一座庞大的城市，几十公里的路程呢。他的儿子无法想象，一个随时会忘记关掉煤气阀门的老人，是如何穿城而过，回到了自己的老窝。他已经许多年没有出过“远门”了，活动半径基本就在距自家一里地的范围内；如今城市日新月异地发展，变化之大，有时候连年轻人都找不着北。他的儿子想不通，他是怎么摸索着走上了归家的路。要知道，他如今连自己的名字都时常想不起来了，他居住的地方，也早已经换了新的路名；他肯定不会打出租车，这已经超出了他如今的智力水平；从养老院出来，最近的公交车站也在几里地之外……但他就是凭着两条腿，凭着几乎是某种神秘的直觉和突然焕发出的如同年轻人一般的体力，误差不大地反复换乘着公交车，用了大半天时间，成功地完成了他的逃离。

那一天，他一路蹒跚着，碰见公交车站就上车。他身无分文，但是没有一个司机向他索要过车票。他苍老的面容就是一张通行无阻的证件。一趟车不走了，他就换下一趟车，每次上车后，都会有人热情地给他让座。其间有一阵天空飘起了小雨，雨丝飘进车窗，令他不免想到了雨伞和手握雨伞的前妻。小雨很快就停了，阳光穿透云层，潮湿的路面闪着微光，世界显得格外明亮。他根本不担心自己会误入歧途。他的心里非常笃定。他好像能闻见自己家里的气味——那股甜丝丝的、令人致幻的味儿。这种气味由远及近，越来越浓，不过是按图索骥，他就知道没错了。就这样，他在这一天顺畅地奔向了自己的终点。

去养老院的时候，儿子开着车，他被不好的预感笼罩着，没有顾上看看车外的景致。这一天，深居简出多年的他，终于有了打量这座城市的机会。在他眼里，这座城市当然已经完全变样了，到处是林立的高楼，公交车一会儿就上了桥，在桥上转个弯，又上了另一座桥。他在这种陌生的、周而复始的运行中犹如滑入了母亲的产道，他觉得，一次新的重生似乎就在不远的地方等着他。这种感觉不禁令他百感交集，眼里不时地盈满了热泪。

他在黄昏的时候回到了自己的家。客厅的窗帘没有合拢，落日的余晖铺在木地板上，防盗窗的栅栏在木地板上洒下栅格状的影子——多像一只鸟巢啊！他欣慰地想。他就像一只归巢的倦鸟一般，跌坐在沙发里，手捧着头，感到了从未有过的疲惫。这样静静地枯坐了许久，直到天色完全暗下来后，他才起身进到厨房动手为自己做了一顿晚餐。他的确是饿极了。冰箱里只有半袋速冻饺子，但他已经记不得这正是自己上次吃剩下的了。

吃饺子的时候，他的心里浮上了某种强烈的不安，但他无法找到自己这种不安的根源。吃完后，他很认真地在厨房里冲洗了碗筷。他回到了客厅，打算看一会儿电视，但是他立刻恍悟到了什么，疾步折回厨房。他看到水龙头是关紧着的，但他还是伸手仔细地又拧了拧。这时他惊讶地发现，自己不过短短离开了几天，却已经有蜘蛛在水槽的边上织了网。这给他的眼前平添了一种废墟的气息，同时也中断了他内心悬着的那股不安。再一次打量了一番关紧的水龙头后，他如释重负地重新回到了客厅，心里有种对某件事情奇怪的不可避免感。

电视还没有打开，茶几上的那部电话却响了起来。

“爷爷，我猜得没错，你果然在家！”话筒里传来孙女惊喜的声音。

他的孙女正在读高中，夏天就要高考了。这孩子很懂事，经常会在晚上给他打来电话，陪他聊几句。他很看重这样的通话，但他知道孙女晚上的学习负担很重，他不能耽误她太多的时间。此刻，他并不能领会孙女的惊喜，“你吃饭了吗？”他按部就班地问道。

“哎呀你还顾得上问我吃饭没有！我爸找你都找疯了，养老院的人已经报警啦！”孙女快活地嚷嚷着，“可我总觉得你不会跑丢，我猜你一定是回家了！”

“是的是的，我回家了！”他说。

“你是怎么找回去的啊？爷爷我真佩服你，你这是飞越老人院！”孙女一惊一乍地说，“我这就给我爸打电话，让他别在街上瞎找了。”

“不要，你让他再找一会儿吧！”他也被孙女的快乐感染了，“谁让他把我扔到那里的呢？”

挂了电话后，他在一种松弛的情绪下回味着孙女所说的话——你这是飞越老人院！他注意到，孙女使用了“飞越”这个词。他觉得孙女说得真好，他可不就是像一只候鸟一样，自己“飞越”着回来了吗？他感到这个想法有着一种说不出的魅力，让他如同感受到了山穷水复之后的柳暗花明。

此刻他觉得自己正在一点一点变得轻盈，僵硬已久的躯体也开始变得柔和，而头颅中却有沉沉的睡意袭来。他仰身躺进了沙发里，闭上眼睛，好让自己更加充分地体会此刻——他下意识地觉得，这将是重要的一刻。他恍惚地想，这一生，自己都力图与大地站成一个标准的直角，如今是时候换一个姿势了，不如索性躺下去吧，与地面保持平行。他觉得自己的身体像躺在云端上飘浮着似的，有种“已经没什么可再失去”的释然之情盈满了胸腔。他在上升，而一个答案在徐徐降临，在某个恰到好处的维度，两者完美地对接了。他的鼻息里弥漫着一股甜丝丝的、令人致幻的气息，好像这气味是从他身体里释放出来弥漫到了空气里的。他深深地呼吸着，深深地松下了一口气。多年来，那个一直困扰着他的问题终于迎刃而解，有了一个答案。

他高兴地想，原来老去是这么回事：如果幸运的话，你终将变成一只候鸟，与大地平行——就像扑克牌经过魔术师的手，变成了鸽子。

二〇一五年三月二十七日 香榭丽

湖边的光明时刻

证　据

小招把两条长腿伸展出去，身子陷在整张竹躺椅里不能自拔，嘴里一个劲儿地说，不舒服，怎么躺都不舒服。随即她又换一个姿势，身子侧过来，两条腿你压我一下，我压你一下，怎么都不对劲，干脆把脚也放在躺椅上支撑两条腿弯曲起来，并且很不雅观地分开。

“舒服了，”她说，“这下舒服了。”

马领说：“你这样子很难看，不怕被人看到什么吗？”

小招伸手把裙子往两条腿中间掖掖，说：“看不到。”

马领低头去喝茶。

但是小招又命令他：“你起来看一看，看看能不能看到什么。”

马领说：“不用了吧。”

但是她变得不放心起来，还是要求他：“看一看，你看一看嘛，我刚刚舒服，不想换动作。”

马领只好站起来走到她面前，看一看，又看一看，说：“看不到。”

他把头很深地埋进她两只膝盖间，又飞快地抬起头说：“要这样，才能看得到。”

小招吃吃笑着说：“老康要是看到你这样，一定很有意见。”

“老康会有意见吗？怎么会呢？”马领坐回到自己的躺椅，没精打采地说。

柳树上有知了在没命地叫，他想干吗要坐在这里，这里一点也不凉快。手机响起来，马领看到小招把耳朵贴得很近，就把手机递过去：“你听吧。”

小招吓了一跳，身子缩回去摆手道：“你自己来，自己来。”

马领接听，对方却在他接通的那一刻挂断了。

“肯定是卖保险的。”小招嚼着话梅，很有把握地说。

马领转头看到她裙子滑到腿根处，大腿明晃晃的，长筒袜的袜口很深地勒在肉里。半天得不到马领的回答，小招发出一声叹息，自言自语道：

“不知道小鸽怎么受得了你。”

“你指哪方面？”

“各方面。”

小招闭着眼睛，嘴里一动一动地咀嚼着话梅。

“比如说——”

“没有比如说，就是各方面，各方面！”

“嗯，罗小鸽只有一种时候受不了我。”

“什么时候？”

"生病的时候。"

"为什么？"

"她一生病就要对我说：我们做爱太多了做爱太多了。"

"真的太多了吗？是不是？"小招凑过来说，"我看看，眼眶黑不黑。"

"怎么样，黑吗？"

"还可以，不算很黑。"

"你们多吗？"

"什么？"

"还有什么，做爱啊。"

"不多，"小招的脸上有一份小小的惊愕，好像才意识到她此前并不明白这一点。

"真的？"

"真的！老康待会儿来了你问他。"

"我不问，这种事口说无凭。"

"那怎么办？"

"什么怎么办？"

"证实啊！怎么才能证实，怎么才能让你相信。"

"我无所谓，这跟我有什么关系。"

不行，怎么可以这样，一个铁的事实怎么可以找不到证据，怎么可以没法证明！小招拼命地摇头，被一个问题困扰住。

老康胳膊下夹着只透明的塑料文件袋向这边走过来，老远就向他们招手示意。这个人在酷热难当的烈日下居然还打着条领带。

走到跟前他挥着手说："同志们辛苦了，同志们来多久了。"

马领说："看你那呆样。"

空气在痉挛

他马上先看出了小招的情绪不对，用文件袋在她眼前晃晃。小招无动于衷，垂头丧气地继续被一个难题折磨着。他对马领做一个询问的表情，马领恹恹地把头扭到一边。

怎么回事？他在这种气氛下变得拘谨起来，小心翼翼地推推小招分开的大腿："出什么事啦？"

小招突然一把揪住他的领带，急切地说道："你给我拿出证据来！"

老康护住领口以免被勒住，紧张地问她："什么证据，啊？你要什么证据？"

小招嘴里像炒豆子一样地快速说着："我们入夏以来没有做过爱吧？最后一次是在五月份？是吧是不是啊？"

老康莫名其妙地频频点头："是啊是啊。"

小招用力一扯领带："那么你给我拿出证据来！"

"拿出证据来？这要什么证据？"

"就要！"

"这有什么证据，你说是，我说是，就是。"

"你说了不算，我说了也不算，重要的是证据，是证据！"

"这种事我们说了不算，还他妈能有什么证据？"

"我们说了就是不算，要他相信了，才算！"小招指头用力地戳向马领。

马领一直不愿意看他们，他顺着湖面看过去。

湖面明亮得让人睁不开眼，空气在痉挛，像一团不安的迷雾。远处有两个人影，一男一女。他们在颤动的空气中宛如一对虚幻的剪影。马领隐约可以看到，女人头发很长，穿件红裙子，面向着水面，男人在她身后转来转去，仿佛在诉说什么，并且情绪激动，在浮光掠影中居然动手朝自己脸上打了两记朦胧耳光。

老康在马领身边坐下，不满地用文件袋拍下他的背，说道："就你爱惹她，问她要什么狗屁'证据'，你倒是给我拿个证据，证明你是个白痴。"

马领仍然观察着那对男女，他特别想看看红裙女人会有什么反应——都这样了，男人都开始打自己耳光，还不够吗？

他头也不回地说："你真想要？"

老康问："什么啊？"

他说："证据啊。"

老康想一想，说："算啦，我看你还是算啦。"

小招发泄完就不再吵着要证据了，悠闲地把两只膝盖碰来碰去，问道："你怎么才来？"

老康说："早来了，在门口跟卖票的讨论了一下公园该不该收门票的问题，新千年都要到来了，公民应当有权免费进公园。"

小招说："你事情办好啦？"

老康说："好啦，那块牌子是泛亚广告公司用三十万买断的，他们开价不少于四十五万。剩下的就该你了。"

小招不满地说："你别说'该'字，我谁都不'该'。"

老康说："我说说不行吗，有罪啊，公司不是咱们共同的吗？”

小招说：“我就是不爱听，什么共同的，一个皮包公司，谁稀罕？”

老康说：“你今天很操蛋，有病啊？”

小招说：“我看你才操蛋，你有病。”

老康说：“你有病！”

小招说：“那你揍我一顿看看。”

老康绕过去站在她面前。马领失声尖叫起来。

那个男人打完自己两记耳光后，开始用头去撞一棵柳树，撞得既飘忽又激昂，让人会误以为是场游戏。女人依旧不受感动，面朝湖水，不肯回头。男人撞了无数下后开始有些晕头转向，像个喝醉酒的人一样步态踉跄，围着柳树一步三晃地转起圈来。圈子越转越大，转过几圈后，半径就移到了女人背后。马领惊恐地看到此人在波光一样潋滟的空气中抬起了双手，犹疑地向女人背部推去。马领的尖叫脱口而出。然而就在这一刹那，女人回头了，马领看到男人伸出的手僵在空中，既而非常机智地改变成为一个双手合十的祈求动作。

老康踢一脚马领的躺椅：“你叫什么？我又不会真揍她一顿。”

马领挥手让他走开，继续不安地观察远处的事态。

老康开始布置任务：“我们各司其职，各尽其能，发挥我们灵活多变的作风，争取攻克这笔业务！”

小招说：“你想让我去陪人睡觉？”

老康说：“不要这样讲！你最好不要这样讲，我们是在搞事业，是吧，我们是白手起家啊。”

小招说："白手起家？你认为白手能起家吗？两只白手伸出去只有挨板子的份。"

她把两只手抱在怀里，又觉着还不够安全，就压在屁股下面。

老康说："怎么可以这样讲话？你太消极了……"

啊——

马领猛地坐起来，眼睛直勾勾地看着前方，嗓子里发出一声短促的惊叫。

女人回下头后又恢复了凭栏远眺的姿态。男人在身后指天画地，顿足捶胸，感动啊感动，让遥望者马领嗓子干燥得几乎要冒出烟来。他们像是被浸泡在一杯水里，稍加搅拌或者摇晃，便会融化在氤氲沸腾的空气里。怎么可以这样？这样都不能解决问题，不是逼着让人蒙生恶念吗？看啊——男人令人心惊胆战地跪倒在地，他匍匐于湖边的光明时刻，脑袋一下一下砸向地面，磕头如捣蒜，磕一下，身子便像蚯蚓蠕动般地往前拱一下，一下一下，终于挪到了女人背后。现在，他的两只手向女人双腿抱去，在马领看来，他的肩膀只要顺势一顶，目的就将达到。马领觉得惊叫是从自己嗓子里被人用弹弓发射出去的一样不可遏止。生死存亡间，女人突然调头飞快地跑开。失去目标，男人一下平扑在地上，头却已经触到了水面。他像一头俯首饮水的牲口。马领果真看到此人就着湖面喝起水来。这个人在烈日下用尽了手段去感动对方，死去活来，以至几度蒙生恶念又几度戏剧性地失手，在紧要关头功亏一篑，最终只能像头牲口般地爬在湖边去喝绿油油的臭水。

老康和小招一同直起身子诧异地看着马领。马领感到心脏受不了，用手捂住胸口，紧闭双眼，同时伸出另一只手把远处那惊人的景象指给他们。

“什么啊？”两人同时问他。

马领不说话，只是指着前方。

“你到底在指什么？想说明什么？”老康踢他两下。

马领张开眼睛怒吼道：“你们都是瞎子吗？人像牲口一样，你们看不到吗？”

他突然住口，瞠目结舌地傻住。前方空无一人，湖面在烈日下没有一丝波纹，空虚混沌，只有上帝的灵在水面上运行。

老康一字一顿对着他说：“这就是你给的证据吗？是啊，你充分地证明了——你是个白痴。”

马领瘫软下去，他绝望极了，天啊，这个世界。

老康重新去问小招：“你刚说白手只有挨板子的份吗？我没听错吧？”

“我没说，你听错了，”小招变得很沮丧，好像抗争过了，也到认命的时候了，“你说吧，我该干吗？”

“你，先负责和泛亚公司接触，争取以最低的价位把广告牌搞到手，他们是三十万买下的全套手续，你最好在三十万以下搞定。”

“过分了吧，人家是白痴吗？”

“你行的，你一定行！”老康热情地给他的恋人打气。

“那么，好吧。你这个混蛋。”

“不要骂人，”老康回头指向马领，“你，负责全部文案，假设手续已归我们所有，制定出完备的招商策划书。”

“我，负责寻找客户，争取在一百万以上把牌位放出去。”老康给两个对生活妥协了的人分配完任务，也在自己肩膀上扛上了重担。

“现在就开始，”他雷厉风行地拉起小招，“我们马上开始！”

小招皱眉说：“你也太急了吧？”

老康说：“坐而言不如起而行。”

他把手中的文件袋丢在马领怀里：

“这儿环境不错，有山有水，你就在这儿构思策划书吧。”

说完他拉起小招就走。又回来，说道：“我刚刚给你打了一个神秘电话。”

老　哥

马领一直望着湖面发呆，他有种预感，湖面会突然泛起涟漪，一圈一圈扩散开，直到有什么东西浮出水面。他陷入在惆怅的等待中。

摊主过来替他续满水，装作漫不经心地问：“你还坐会儿吗？”

马领说：“是的。”

摊主说：“要不，你先结下账。”

马领说：“我还不走，我在等待。”

摊主说：“你可以等待，但你先把刚才两位的座位费结一下，我年纪大了，你一个人坐在这里，我怕一会儿忘掉还有两个人也坐过。”

这的确是个老态龙钟的男人，马领表示理解。付过钱，马领感到有点轻松，好像一切可以重新开始，之前的一切已经被勾销，他可以心安理得地坐在这里等待了。

不知哪里来的一个小女孩，四五岁的样子，头上戴顶翻边太阳帽，手里捧着本画书，摇晃着小屁股过来，坐在马领身边的躺椅上。坐上去后她的脚离开地面，无声地踢来踢去。她在聚精会神地看手里的画书。马领注意到她，身子凑过去和她一起看。女孩把画书往他这边挪挪，让他能够很好地分享。马领霎时被感动了，没有看清画书的内容就缩回身去，用一只手堵住即将泛滥的泪水。那份突如其来的、大而无当并且经不起推敲的感动让他受不了，会在夏天的湖边涕泪纵横。他打开老康留下的文件袋，和女孩相安无事地各自阅读起来。

资料很简单，其中有几张照片，马领认出是火车站前昌运大厦的楼顶。老康向往的那块广告牌位就在这里，更具体地说，是火车站前昌运大厦楼顶的这块空气成为老康目前的业务意向，他想在这块空气中伸出两只白手捞到一百万。

“老哥，你能结下账吗？”

一只枯瘦如柴并且硕大无朋的手伸在他面前。

“为什么？我还要坐下去。”

马领一哆嗦，他觉得自己首先被“老哥”这个称呼吓着了，接着又进一步被这只手吓着了。这是一只老年人的手吗？它完全没有老年斑，因为它完全都是老年斑，像刚从泥里拔出来的。

“你老哥当然可以坐下去，可是你先把刚才的座位费付一下好吧。我太老了，怕记不住。”年迈的摊主振振有词地说。

“刚才的我已经付过了，不是吗？你好好想一想。”

“付过了吗？”老头有些迟疑，但伸出的手并没有收回去。

“是付过了。”马领小心翼翼地推开那只搂草耙子一样的手。

“啊，我记起来了！”老头高兴地叫起来，重新把手伸过来，“老哥你没付，真的没付！”

“我付了，你好好想想，两个人的，一男一女，我一共给了你十块钱。”

马领耐心地提示他，闭起眼睛不让自己看到那只手。

“不是的，不是两个人，是一个人，”老头充满信心地说，“是一个小女孩，戴顶太阳帽，手里拿本画书的。”

马领恐怖地感到那只手在自己头顶相当慈爱地抚弄了一下，浑身不由得一阵痉挛。他睁开眼，身边空空荡荡，那个令人感动的小女孩无影无踪，老态龙钟的一个男人笑容可掬地看着他。

“可我不认识她。”马领艰难地说。

“不要骗我，我是老了，可是不糊涂，老哥你还和她趴在一起看画书呢。”

“不要叫我老哥！”

马领神经质地喊了一声，如数付给他钱。

“欠账就要付钱的，马上都要到千禧年喽，老哥你不付钱能坐在这里喝茶水吗？只能趴在湖边去喝臭水。”

老头叹息着走开，他的语气实在没有什么特别，但在马领听来，却仿佛某种强硬的训诫一般的诅咒，尤其当他这样一唱三叹地重复时，就更是一种不折不扣的威胁了：“只能趴在湖边去喝臭水，只能趴在湖边，去喝臭水，去喝臭水啊。”

马领惊恐莫名，他再也不想坐在这里了。

他过去对老头说：“我结账。”

老头笑嘻嘻地说：“你刚结过了，我记得，你老哥不要来逗我。”

“老哥我结自己的账，老哥我宁愿趴到湖边去喝臭水！去——喝——臭——水！”

蒂森克虏伯之夜

1

凤凰城的笙歌之夜。包小强托着不锈钢盘子跑前跑后。盘子里站着一支洋酒，芝华士十二年，四十三度。下一趟包小强还得为这支酒端来红茶和冰块。空气中有股酸味，俨然发酵了一般。夜总会里的一切，都在经受酿造。包小强穿着立领衬衫，打着领结，脚上是一双和不锈钢盘子一样锃亮的白色漆皮鞋。漆皮鞋不透气，如此一来，跑一晚上，鞋子里就会积出脚汗，每走一步咯吱咯吱作响。一俟客人光临，包小强便兴奋难抑，暗自吆喝一声：

“少爷，开工啦！”

酒水超市的领班看他将盘子耀武扬威地扛在肩上，不时还花哨地摆弄一下造型，就很替他担心。

“我的少爷哎，别张狂，你托的是几千块钱！”

包小强人来疯，杂耍一般连盘带酒虚掷上去，迅速托住，在惊呼声中，手腕旋转，将盘子和酒运到背后，另只手接着了，再运回肩头。一个喝多了的客人跌跌撞撞地迎面过来，目睹这番表演，恶吼一声：

“好活儿！”

包小强将酒盘收在腹部，弯腰向客人鞠躬致敬。他负责的包厢在楼上，进到电梯里，依然听得到这位醉汉兀自啪啪地在身后鼓掌。观光电梯轿厢内透明的一侧对着夜色，外面闪过一道火球，沉闷的奔雷隐隐滚过。转瞬，兰城特有的、泥点般的雨滴稀稀拉拉地摔打在玻璃上。包小强吹了声口哨，对着电梯按钮上闪烁着的那几颗红字做出鬼脸。

蒂森克虏伯

——这几个字的音韵，乃至笔画，每每念及，都让包小强有种过电的感觉。什么意思呢？在他心里，这几个字囊括了一切与自己家乡沽北镇截然相反的事物，是另一个世界的代名词，具有戏剧性和仪式感，就像他如今的这一身行头。

夜总会里的服务生都是些漂亮孩子，夸张得很，女孩子叫公主，男孩子叫少爷。贵宾五号是包小强负责的包厢。这间包厢特别，其他包厢是按照温柔乡来装修的，贵宾五号截然相反，布置得像个战场，粗犷，冷硬，置身其间，仿佛能够听闻铿锵之声。贵宾五号是专门接待女客人的。否则也不会叫一个少爷来伺候。女客人显然是喝了酒来的，斜倚在沙发里，半醉半醒，一切都交由少爷来打点的样子。

此刻包小强的心情是欢畅的，脚步是雀跃的，觉得自己就是在过着一种“蒂森克虏伯”式的生活。女客人是熟客，一贯独来独往，他已经伺候过几次，掌握了规律——酒是价格不菲的芝华士十二年，加冰和红茶，不唱歌，有时候点了歌，让包小强用沽北镇的腔调清唱，她呢，卧在沙发里啜酒，间或小睡过去。

有过几次经验，他已经摸清了路数，服务起来得心应手。自从做了少爷，包小强遇到过不少凶恶的客人，喝多了发飙的，也没少见识，譬如被人用酒泼了脸。这个女客人倒是难得的好伺候，而且每次都喊包小强来。高丽对包小强说，这个富婆看上你了，她要包你。这话包小强是当玩笑话听的，但心里还是有些窃喜，少爷当得愈发来劲儿了。

进到包厢，女客人似乎睡了过去，头垂在胸前，高跟鞋踢在一边，两只脚踝压在屁股下面盘坐着。她需要来点儿更加够劲儿的。包小强持酒而立，居高临下，又做出了一个隐蔽的鬼脸，像是对着电梯里那几颗无知无觉的红字。作为一个侍者，面对酒意朦胧的客人，他就像是在玩着一个人的表演，在唱一出自娱自乐的独角戏。

接下来他又跑了几个来回，运来了一桶冰，一打软饮，这个配比是女客人的习惯。她喜欢嚼冰，冰块常常被她接二连三地塞进嘴里，咬碎，发出锐利的声音。最后，他端来了果盘。女客人在果盘摆上的一瞬间，突然伸手过来插了片西瓜。这让他吓了一跳，担心自己刚才的嘴脸被对方察觉到了。他立刻变得毕恭毕敬，倒酒，开机，说：

“姐今晚又喝多啦？”

在夜总会里，公主把所有的男客人叫哥，少爷把所有的女客人叫姐。

“姨，”她纠正，“叫姨。”

但包小强却改不了嘴，每次都要从姐开始叫起。

按部就班，她再一次纠正：“姨，叫姨。”

包小强递上一杯冰块加到了杯口的酒，把茶几上的两只骰盅推过去。

“姨，咱还是先吹牛皮？”

“吹牛皮”是骰子的一种玩法，每人五只骰子，摇了之后互相欺瞒，不过是虚张声势、尔虞我诈的那一套，就像人生的缩影。这个姨没有答复，手伸过去径自摇动了骰盅。

笙歌之夜就是这么回事。

2

包小强直鼻细眼，头发常年蓬乱，如果每星期能洗上一次澡，模样说得上是好看。但包小强自己去年才明白这一点。他来自一个叫沽北镇的地方，从兰城步行回去，翻山越岭，大概得走个一年半载。一米八的个头，愣头愣脑，在沽北镇成长的日子，包小强也就是个傻小子。沽北镇上的少男少女也早恋，藏身无边麦田，探究男女之事。而今包小强在兰城做了少爷，却还是个处男。在包小强眼里没有女人。别人藏身麦田，他藏身柿子树上。沽北镇到处都是柿子树，大多枝杈平斜，能让他横卧其上，透过密密匝匝的树叶望天。

这么一个小镇少年，具备将来去凤凰城夜总会做少爷的潜质，却颟顸懵懂，身陷民风旷达的沽北镇，不免要让人担心。

包小强的母亲在镇上卖凉粉，某日看到儿子洗去脸上的蒙尘，真容毕露，不禁忧心大作，对他激动地吼：

“以后卖布的张寡妇跟前你离远些！”

去年夏天包小强照例躺在柿子树上，手枕脑后，跷着腿，沐浴穿透树叶缝隙的夏日烈阳，幻想某种自己不曾触及、也无从想象的玄妙生活。一辆客车顿了顿，撂下一个孤零零的乘客。她叫高丽，是镇上的姑娘。高丽在路边站了一会儿，好像颇感踌躇，突然对自己生长于斯的家乡感到有些惘然。谁都知道，高丽初中一毕业就去了兰城，每年回来那么几次，每次回来都变一个样子，不是眼睛肿着，就是鼻子肿着，等肿消了，就漂亮一截子。一截子一截子这么漂亮下来，高丽就完全换了个人。

高丽提着一只不大的包，却显得有些不堪重负。她夹着胳膊走过来，看一眼树上的包小强，惊呼：

“哎呀你像陈楚生！”

高丽的眼睛肿过之后变成了双眼皮，不仔细看，看不出残留的瑕疵——两只眼睛的大小有些不一致了。包小强俯视着她，首先发现她的胸脯异常挺拔，尽管她有些不自觉地含着胸。

“你的胸肿啦？”包小强快乐地说，“镇上人都说你整形了，每次回来就是等着消肿，眼睛、鼻子、屁股，这回肿到胸上啦？”

“他们说得没错！你看我是不是越来越好看了？”高丽不以为意。

包小强探身看她，看来看去，眼睛里多是挺拔的胸脯。

“我看不出，”他如实说，“但是我还是能认出你，你还是高丽。”

“我当然还是高丽，变成另外一个人我还不干呢。这就是大医院的水平，变来变去，但还是原来的你。”高丽很耐心地解释。

“那你变什么？”包小强说，“你不用花钱也可以变来变去但还是原来的你。你只要等着变老就是了。”

说着他飞快地回忆了自己母亲这些年来容颜的转变：胸塌了，屁股塌了，下巴圆了，眉毛稀了，但还是本来的母亲。

“不跟你说了！屁也不懂。”高丽生气了，要走。

“陈楚生是谁？”包小强在树上向她喊。

“你不看电视吗？”高丽埋头说，“快男哪！”

包小强的确不看电视，很多夜晚他也是躺在柿子树上的。晚上他喜欢躺在镇上邮局前面的那棵柿子树上。那棵柿子树在镇上被誉为树精，树下摆着石条供桌，常年烟火不断。夜里躺在树上，被薄雾笼罩，被香火喂养，让包小强有种被托举而起的滋味，由之换了俯瞰的视角看待黄尘之中的沽北镇，这一望之下，蒙昧的心便要无端收紧，滋长了他想入非非的习气。

“快男是甚？”包小强锲而不舍地追问。

“你把脸洗净了再来问我，”高丽已经走了，严厉地对他撂下一句，“你不洗脸就是丢快男的脸！”

包小强伸手摸把自己的脸，不消说，就是一巴掌的黄土。

在沽北镇，一条狗跑过去，黄尘都要跟着跑上一阵。当年镇上那所师范学校的地理老师言之凿凿地宣布过：沽北镇是地球上黄土最厚的地方！

“晚上来找我。”高丽远远又丢下一句。

包小强继续透过树叶的缝隙望天，渐渐就望出些规律，让人眼花缭乱的夏日穿透黄尘，光柱被他连缀成一张陈楚生的脸。

黄昏的时候变了天。风像是从地下吹上来的，让沽北镇突然变得笔直，树木、庄稼都怒发冲冠，几欲拔地而起的架势。包小强走在去往高丽家的路上。他觉得自己如果不小跑几步，就会被脚下的风送上天去。一个同龄人走在他前面。包小强认识他，他应该是高丽的初中同学，叫王翰。两个少年走在地心钻出的妖风里，身上的衣服都鼓胀成斗篷的模样。他们并不搭话，而且还相互蔑视。一路上既像是逗乐，又像是赌气，一会儿你抢到我前面，一会儿我抢到你前面。就这样轮番领跑。

高丽抱着胸跑出来迎门。高丽的父亲，那个在镇上摆卦摊的怪物，灰头土脸地迎风盘坐在院中，屁股下面是一把沽北镇少见的塑料凹面椅。这把椅子色彩艳丽，摆在黄灰色调的沽北镇，让坐在上面的怪物凭空有了随时要羽化升天的仙姿。

高丽在有意冷淡她的同学王翰，作势对包小强格外热情。

“陈楚生，越看越像！”高丽对包小强说，“怎么样，跟我去兰城吧，我介绍你去做少爷。”

“谁家的少爷？”王翰同学抢着问。

这本来是包小强的问题，现在被王翰问了，包小强就有些没来由的鄙夷，好像答案是显而易见的，这个家伙可真是蠢啊。

“凤凰城的少爷。”高丽强调道，“能在凤凰城做少爷的男生，个个都像陈楚生。”

“嘁，”王翰同学八成是越听越糊涂了，只能不屑地哼一声。

兰城包小强当然是知道的。一般来说，镇上的人去了兰城就是见了世面的象征。但包小强对兰城没有多少憧憬，那块地方太具体，不在他别致的审美里。包小强更加热衷那些缥缈的事物，譬如变幻莫测的浮云和遥不可及的天空。

“兰城嘛，”他说，“也就那么回事。”

高丽不能接受包小强的态度，要驳斥他，证明兰城绝对不是“那么回事”。高丽摸出一只手机向他们展示。手机里存着许多图片，流光溢彩，或者光怪陆离，那是凤凰城酒色之夜的写照。两个同路而来的少年刚刚还隐含着敌意，在这些图片的逼迫下，突然就有些患难与共的滋味。他们都是走在风里的少年，面对另一个妖娆世界的景致，不由得就有些同声共气了。

“就那么回事，是吧？”王翰同学既是附和，又是探求，眼巴巴地对着包小强问一声。

“怎么样？”高丽的重点放在包小强这里。她和自己的同学可能有些隐秘的纠结，此时很想唤起包小强的肯定，以此来打击这个同学。

“不怎么样，”王翰同学依然抢答，“没啥了不起。”

“好啊——”包小强悠长地嘘了口气，终于承认说，“这地方真不错。”

“你瞧！”高丽满意了。“这就是凤凰城，我就在这儿当公主，你不想来这儿当少爷吗？”

王翰同学料不到包小强转瞬就变了节，气愤地说：“屁少爷，不就是伺候人嘛！”

高丽生气了，吆喝道，“走走走。”

包小强很配合地替王翰同学开了门，躬身做出请便的姿势。王翰同学跺下脚，发狠离去，一出屋门，便仿佛被风发射了出去。

“哎哟！”高丽对包小强大惊小怪地说，“你真是个做少爷的料子。”

包小强的母亲在镇上卖了十几年的凉粉。从小，包小强每天至少有一顿饭靠凉粉打发。凉粉不顶饱，放开肚皮吃，也不过像是喝了一肚子的水。结果包小强被凉粉喂养出了与大部分沽北镇少年迥异的气质，貌似水做的。母亲并不指望包小强有多大出息，她已经有了计划，准备将卖凉粉的事业做成家传的。听明白包小强要去兰城做少爷，母亲就勃然大怒。

“屁话，不准你去。高丽在兰城做甚？镇上人哪个不知道！噢，那就叫公主？老娘卖凉粉把你拉扯大，为的就是把你送到兰城伺候别的女人吗？叫得好听，还少爷呢，你要是少爷我不就成太太了？我不是太太，你娘我只是个卖凉粉的。”

“我就是想去凤凰城，”包小强申辩，“我还没进过夜总会呢。”

“你没进过的地方多着呢，”母亲很机智地反驳，“监狱你进去过吗？没进去过就一定要进一下？”

“说不准，”包小强对母亲的应答感到很吃惊，心想这个女人像她的凉粉一样滑溜嘛，他说，“要是有机会，我就进一回监狱。”

“什么说不准，准准的，”母亲说，“你不听老娘的话，保准就是要进监狱的。镇东康家的两个儿子，不就在兰城被关起来了吗？这你都知道的。高丽要不了多久也会被关起来，不信你走着瞧。”

“那我就跟着她去瞧一下，看你说准了没有。”

包小强本来并不是那么坚定，但这么说来说去，倒说出了义无反顾。

“你去，你去，你进监狱了可别指望我去给你送饭。”

“不送不送，凉粉我早吃腻了，你千万别再给我送。”

“好，我不管了，”母亲最后说，“这事你跟包国祥说去。”

包国祥是包小强的父亲，在这个家从来没有什么地位。

“我问他干啥，”包小强说。“我不问他，他肯定不是我爹。”

“啥意思？”母亲惊得差点坐在地上。这个意思在沽北镇已经不是什么新鲜事了，风传了这么多年，但今天从儿子嘴里说出来，还是让她吃惊非小。她说：“是张寡妇跟你嚼的舌头吧！”

“还用别人嚼？”包小强雄辩地说，“他包国祥能生下个陈楚生？”

包小强跟着高丽到了兰城。凤凰城的领班是个中年女人，包小强觉得她长得像沽北镇上卖布的张寡妇。领班对高丽领来的这个老乡很满意，说着话不禁伸手在包小强脸上拧了一把。连这个动作也像卖布的张寡妇。

原来做一个少爷并不是很难的事，不过需要嘴甜腿快而已，关键是只要你长得像一个陈楚生。包小强天性里有乖巧的一面，凉粉喂大的嘛，一切都没有问题。只是在高丽看来，他有点儿傻里傻气，还嘚瑟。高丽看着穿上立领衬衫、打上了领结的包小强，教导他：

“你多长个心眼，别让客人占了便宜。”

包小强觉得高丽说话的腔调像他母亲。他对新环境挺适应的，从漫天黄土的沽北镇一脚踏进了这番天地，谁都会有些喜不自胜。包小强并不是一个虚荣心很强的少年，他不过是喜欢这种梦幻一般的场所，喜欢立领衬衫和领结，喜欢穿着漆皮鞋跑出一身汗来的那种假模假式的情绪。马上有人告诉他，新来的少爷往往会碰上好运气。这话包小强听得似懂非懂。客人们千奇百怪，而且大多疯疯癫癫，有时候对包小强的态度很恶劣。但包小强能适应，他觉得自己置身在一出戏里，不过是在扮演一个角色。业务很快他就熟练了，也知道怎么讨好客人，怎么设法诱导客人消费昂贵的酒水。

第一个月包小强领了三千多块钱的薪水。多吗？他没有什么概念。包小强来凤凰城，不是冲着钱的，他只是厌烦了躺在柿子树上迎风吃土的日子。

高丽下一步计划收拾一下自己的腿，她嫌自己的小腿粗。包小强和高丽负责的包厢不在一个楼层，两个人一天见不上几面，经常是在那部观光电梯里碰头，各自托着一只亮光闪闪的盘子。公主们的工装是短裙，头上还扎着兔子耳朵一样的发结。有一回两个人又撞在一起，电梯出了故障，暂时停住不动了。

“正好，可以歇一会儿，脚都跑疼了，腿都跑粗了——看你干得这么欢实！”

“原来你还会说沽北话嘛。”

有人在外面维修电梯，电梯按钮发出蜂鸣，将他们的日光吸引过去。包小强就看到了那几个闪烁的红字：

蒂森克虏伯

“啥意思？”他用沽北话读了一遍，拗口，好在没念错。

“蒂—森—克—虏—伯。”

“电梯牌子呗。”

包小强觉得自己有些微微发晕。这几个字的音韵与造型，有种奇幻的力量，在他脑子里回旋一周，就让他仿佛回到了家乡的柿子树上。那时候他攀树望云，胸中一股无法说明的情绪，原来居然可以落实在这样几个稀奇古怪的字符上。

“这个富婆看上你了，她要包你。”

透过玻璃，高丽看到了包小强的那位常客，她正在楼下泊车。

“她包我干啥？”

“你回沽北镇问张寡妇去。”高丽对着电梯的不锈钢内壁照自己的腿，心里想等到把腿也收拾了，自己兴许就会被包出去了。“不过你还是机灵点儿，这些城里女人可说不准。”

“你操心自己好了。《斯琴高丽的伤心》你会唱不？”

《斯琴高丽的伤心》是一首歌的名字，包小强现在熟悉很多流行歌曲。他觉得这首歌就是唱给高丽的，歌里唱到：太多太多突然的诱惑总是让人动心，太多太多未知的结果总是让人疑问，回想童年天真的时候真是让人开心，这是斯琴高丽的伤心。

高丽说：“会唱。但我是高丽，我不是斯琴高丽，我的伤心和她的伤心不一样。”

也真是不一样，歌里斯琴高丽的伤心是“每天都有太多电话真是让人伤神”这些事，而来自沽北镇的高丽，如今跋涉在从头到脚重塑自己的征途上，要严峻得多。高丽已经摸清了钓到大鱼的所有规矩和门道，眼下的当务之急是要让自己成为一个合格的诱饵。

电梯门开了。包小强神采奕奕地走出去，自觉是走进了一种“蒂森克虏伯”式的生活里。

一年来包小强一次家也没回过。高丽很照顾包小强。包小强打算把自己挣下的钱存到银行里去。他们过的是昼伏夜出的日子，夜总会为他们提供了集体食宿，所以这笔钱包小强算是省了下来。高丽陪着他一起去银行。白天他们很少上街，要么睡觉，要么纠集起来一边玩扑克，一边鄙夷地议论各自经历过的一些客人。

兰城夹在两座山之间。废气与浮尘悬聚在半空，经年不散，比沽北镇漫天的黄土更多了些黑灰的浑浊，像一张蒙在头顶的羊皮纸。

“还不如沽北镇！”高丽如此评价。

“你还变得这么娇气，”包小强不以为然。“那你回沽北镇好了，要不，有本事你就到蒂森克虏伯去。”

这句话说得有些没头没脑，但逻辑是清楚的，包小强将世界无意中划分出了三种境界：沽北镇—兰城—蒂森克虏伯。这是一个递进的序列，一步一个台阶，最终才是那个他臆造的最高象征。

“呸，嘴里胡咕噜什么。”

高丽听不懂包小强的话。连他自己都觉得有些莫名其妙，很惊讶那几个字会从自己嘴里冒出来，也很惊讶自己随口就说出了真理。

到了银行门口，高丽却不进去了，指着银行的招牌对包小强说：

“你念一下。”

“工商银行。”

“念下面的字母。”

“I—C—B—C。”

“懂了没？”

“啥意思？”

“傻货，就是‘爱存不存’，你拼一下。”

“哎呀，还真是的嘛。”

“你说，把钱存到这种银行有意思吗？你说？”

“呃，是没意思，我就不爱存咋了！”

“就是，你不如放在我这儿，我替你存着。”

包小强就把自己这段日子做少爷攒下的钱全部交给了高丽。

“你要是回沽北就交给我妈，让她别摆摊子了，开个凉粉店。”包小强说。

高丽只是打量自己的腿。

在街上包小强买了部手机。这时候高丽已经替他掌管支出了，选来选去，为他选了部三百块钱都不到的。

“你要省着些，”高丽指点他说，“你不要以为你是个消费者，咱们都是被这个世界消费的。公主，少爷，都是消费品，懂不？”

包小强觉得这话也很深奥，和自己说出的“蒂森克虏伯”有一拼。

第一个电话当然是打给家里。母亲在电话里当然要问他挣了多少钱。包小强却突然有些赌气，说自己身无分文，现在连一碗凉粉都吃不起。这下母亲可高兴了，连连说怎么样，怎么样，被她说准了吧！好像他这个做儿子的穷困潦倒反而是一件令人欣慰的事。包小强挂了手机，骂道：

“闭上你的鸟嘴。”

高丽笑一阵，突然换了神情，用一副可被称为温柔的态度对包小强说：

“换双鞋吧，给你买双真皮的，发的鞋都是人造革的，不透气，能捂出脚气来。”

包小强在心里也回了一句“闭上你的鸟嘴”。她刚刚还教导人不要以一个消费者自居，转脸又来这一套，实在让人吃不消。

3

包小强“吹牛皮”吹得并不好，不过是因为女客人带着醉意，所以他反而赢多输少。芝华士十二年被喝下去大半瓶的时候，女客人突然扔了骰盅，目不转睛地瞪着包小强。起初包小强还能赔得住笑，但被瞪得久了，就有些害怕。

“你过来。”女客人命令。

包小强蹭过去，垂手站在她面前。她拍拍沙发，包小强坐下去。她塞了块冰在嘴里。塞进嘴里之前，先是将那块冰捏在眼皮前怒视了片刻。塞进去后却不咬嚼，含着，将一侧的腮帮子顶出一个钝角。接着她蜷起两根手指，指关节形成一个钳子，拧在包小强脸上。包小强的脸随着她的手指转动，直到必须和她面面相觑。

“姨。”他叫。

“姐，叫姐。”她含含糊糊地纠正，“姐好看不？”

“好看，姐是美女！”这样的话包小强已经说得很顺溜了。

脸蛋被那只钳子扯动着，包小强凑在了她的眼皮下。成熟女性的气味混在酒气中让包小强心里不由得有些荡漾。她的一条腿搭在了他的腿上，手指使上了劲。包小强被拧疼了，眼睛里女人的唇角被嘴里的冰块顶出很深的褶皱，犹如他妈的老柿子树皮。这是要演哪一出？正没主意，女客人突然泄了气，向后一扬，貌似昏了过去。

“姨——姐，姐？”

包小强揉着脸蛋试探着叫了几声，没有回应，便站起来，对着瘫躺在沙发上的女人，抬腿摆了一个作势践踏的动作。屏幕上正在播放舞曲，音量被调得很低，动荡的光影将她的脸映照出一种合金般的色泽。包小强一瞬间有些空落，这种感觉来势凶猛，让他一下子有些木然，不知今夕何夕，身在何方。包厢门开了，领班示意他出去。

走廊里不时有踉跄的客人经过，两个人贴着墙根儿说话。

“高丽呢？高丽哪儿去了？”领班问。

“不知道啊。”包小强想一想，原来自己有好几天没见到高丽了。

“打她手机也不接，你给她打一下。”

包小强摸出手机打给高丽，手机是通着的，果然没人接听。

“死哪儿去了！”领班在发脾气。“骗了好几个少爷的钱，你也让她骗了吧？”

包小强有些冒汗。他并不是非常在意自己的钱，是这件事让他有些接受不了。

“她去收拾腿了！”包小强分辩道，好像是在替自己辩诬。“她收拾好腿就回来了，肯定的！”

“做梦去吧你。”领班说着伸手来拧包小强的脸。

包小强却恼了，一巴掌扇掉了那只迎面而来的手，转身回了包厢。

女客人还睡着，裙子翻上去，两条裹着黑色丝袜的腿像是塑料的。包小强给自己倒了杯酒，慢慢喝了，然后又倒上一杯，看着冰块在酒水中开裂时泛出的泡沫。直到剩下的半瓶酒全被喝光。他觉得自己有些晕了，凑过去，不知所以地端详女人那张睡梦中的脸。在包小强眼里，女人基本上是没有美丑之别的，她们看起来都差不多，尤其化了妆后，就更加空洞了。此刻包小强生出探究之心，埋头贴近，意欲进一步审视。孰料睡梦中的女人扬手便给了他一巴掌，差不多可以算是个辛辣的耳光。

女客人翻身坐了起来，木然扫视一圈，也是不知今夕何夕、身在何方的架势。她把脸埋在两只手里，搓一搓，声音飘忽犹如梦呓，对包小强说：

“跟我走。”

夜总会的公主和少爷常有被客人带走的，包小强却是头一遭。他觉得无所谓，也很想见识一下究竟是什么状况。女客人结了账，他要求去换身衣服，却被阻止了。

“穿这身挺好的，”她说，“像戏服。”她出门时又含了一块冰，包小强似乎可以听到她口腔里冰块融化时发出的噼剥之声。

下楼的时候，电梯里那几颗红字再一次打动了包小强。那几颗字看起来就像它们本身一样：蒂—森—克—虏—伯，汉字，却充满异国派头，毫无意义，又意味无穷。

已经是后半夜了。包小强平生第一次坐进了一辆轿车。女人命令他系好安全带，否则车子会一直报警。他大方地坦白自己不知道怎么个系法。女人像瞪一块冰似的怒视了他一阵，爬过来亲自动手。包小强快活地叫了一声，感觉自己是被捆住了。

街上的路灯间隔一段就会像根闷棍似的扫过车厢。女人车开得很稳，不像是一个刚刚还酣醉不醒的人。她摸出了一副玳瑁眼镜架在鼻梁上，始终一言不发，僵硬地夹在方向盘和座位之间，仿佛一尊木偶。刚刚下过一场泥雨，挡风玻璃上污渍斑斑，女人却并不打开雨刮器，就这么视野一片肮脏地驾驶着。车厢里有什么东西滚落，一路上叮叮当当作响，可能是两只滚来滚去的易拉罐。

包小强有些暗暗的兴奋，又有些昏昏欲睡。女人莫衷一是的态度感染了他，让他也不觉得此行会有一个什么明确的目标。在他的意识里，这就是一个“蒂森克虏伯”式的梦态之旅。女人一路无言，嘴里偶尔发出“嘎巴”一声。那块冰似乎可以被她嚼一辈子。车子很快驶离了市区，驶过一座收费站，蛇游一般穿过一条隧道，开上了高速公路。

即使视野模糊，包小强也感觉得到车子飞驰的速度。他觉得这么开下去，天亮的时候就能开到沽北镇了。这种奇思异想让他松弛起来，摸出手机旁若无人地拨打。他先是拨通了家里的电话，只响了两声就挂断了，猜想着母亲被惊醒时披头散发的蠢相。接着他开始一遍一遍拨高丽的手机。还是无人接听。让他满意的是，高丽手机的彩铃正是那首《斯琴高丽的伤心》。每次只唱一段，周而复始：太多太多突然的诱惑总是让人动心，太多太多未知的结果总是让人疑问，回想童年天真的时候真是让人开心，这是斯琴高丽的伤心……

包小强想高丽的腿现在一定是肿了，这是高丽的伤心。继而他又想，自己这样就算是被女人包了吧？那么这就是他包小强的伤心。

车子开始颠簸，原来女人已经驶离了高速公路，开到了一段俗称“搓板路”的乡村公路上。

“这是去哪儿？”包小强终于忍不住打问。

车子骤然急停。好像是包小强的这句话踩下了刹车，好像女人一直就等着这句话，他如果不说，她就会永无止境地开下去。

“下车。”女人简短地发出两个字。

但是包小强动弹不得。半天女人才明白个中原委，伸手解除了他身上勒着的安全带。包小强侧身钻出车门，站在路边舒展自己的腰肢。不料车子却重新启动了。一把钞票随着女人神经质的大笑从车窗里撒了出来。包小强有些犯傻，怔忪地看着车子甩着泥浆扬长而去。四下里一片阒寂，就着星光，满地的钞票给人造成遍地开花的错觉。呆立良久，包小强嘴里胡乱骂着，还是俯身去捡拾那些钞票了。雨后的乡村公路一片泥泞，那些钞票像是种在泥浆里了。他依然不是一个对金钱如何着迷的青年，但满地的钞票就是这么霸道，让人只有弯下腰来。

一道强光打过来，明晃晃地将包小强罩住。那辆车又回来了，停在百米之外，却没有熄火，将大灯打开对着他，像一头蓄势待发的怪兽，哼哼着。包小强一只手捧着钱，一只手挡着刺眼的光柱。他万万不会料到，这辆车会开足马力向他横冲而来。强光扑面，和着发动机的轰鸣，车轮下泥浆翻飞，还没到跟前，包小强便觉得自己已经被提前给撂翻了。他哇哇大叫着滚向一边，感到车轮几乎是贴着自己的后背擦身而过。惊魂未定，车子又倒着直撞过来，他连滚带爬地再一次扑倒。如是几个往复，直到他的左脚被车轮扎扎实实地碾压过去。得了手的女人这才大笑着放过了他，车子不再回头地消失在黑夜里，留下笑声的余波良久回荡。

包小强深信自己已经死了一回，现在不过是身在另一个世界的黑暗里。他的左脚带着上一辈子粉碎性的伤痛，让他即使隔世，也不免痛彻骨髓。挺奇怪的，此刻他并不怎么痛恨这个乖僻的女凶手，只觉得是自己的腿太长了，才无法有效地躲开车轮。好像倒是他的脚，垫了人家的车轮一下。他的左脚根本沾不得地。他试图脱下脚上的那只白色漆皮鞋，但那只鞋如今已经和那只脚浑然一体了，要脱下来，不啻是剥一层皮。他只有单脚跳着走，一边跳，一边痛得嗷嗷叫。路面的泥不断让他四脚朝天地栽跟头。好在离高速公路并不远，没用多久他就翻过了护栏，倒头摔在平整的路面上。

这时候他才发现，即便如此，自己手里依然还攥着一把湿漉漉的脏票子。果然像高丽说的，他想，自己不过是这个世界的消费品，只是今夜被消费的方式让人有些匪夷所思罢了。

他扶着公路的护栏向前蹒跚。巨大的货柜车呼啸着从身边驶过。夜晚的高速公路危机四伏，宛如一条杀人的流水线。实在蹦不动了的时候，他坐在路边，靠着栅栏拨通了家里的电话。

“谁！”母亲一夜之间被吵醒了两次，不免怒火冲天。

“我问你个事，”他说，“你老实告诉老子，包国祥是不是包小强的爹。”

这个问题的邪恶让母亲竟然没有听出他的声音。沽北镇上这位卖凉粉的妇女，在这个夜晚犹如听到了魔鬼的诘问。

“你是谁咯……”

母亲颤颤巍巍的声音让包小强一阵无端的快活。他在一瞬间理解了那个女客人，理解了她盎然的兴味和纵情的欢笑，理解了某种“蒂森克虏伯”式的存在原则，这一切，不过源自一种恶意消费这个世界的快感。小镇青年就这么得到了淬炼。他在笑声中挂了机，把黑暗的惊悚留给母亲。继而他又拨了高丽的手机。出乎意料，又好像是在意料当中，一段歌词没有唱完，高丽就接听了。

“打打打，打什么打！你烦不烦，不就是几个破钱！别人的我不还，你的我能不还吗！”高丽用沽北腔暴躁地发火。

包小强一言不发地听着。一辆油罐车呼啸而过，轮胎摩擦出瘆人的声响。路面跟着震颤，像一根隐隐呼扇的扁担。脚上的痛加入了刺痒的成分，让人更加不堪承受。

“你在什么鬼地方？”电话那头的高丽听出了异样的动静。

“蒂森克虏伯，”他脱口而出，“老子在蒂森克虏伯！”

这几个字被他说得强劲饱满，一如那扎扎实实从他脚面上碾压而过的车轮。

收起手机，他呜咽着重新上路。天空缀满繁星，路面平展，世界是一条坦途。一块路标用反光漆隐约标明着前方的地名。不管那几个字是王家洼还是李家沟，纵使它倏生倏灭，在一个不认可世界已然如此的青年眼里，此刻，就像躺在家乡沽北镇的柿子树上一样，他既然可以从夏日的光柱中杜撰出一张陈楚生的脸，那么，他就能将那块路标上的指示臆造成某个未卜的去处，譬如：蒂森克虏伯。

嫌疑人

你全部进入的名字才是你的

——保罗·策兰《数数杏仁》

1

妹妹苏袖被抓进看守所三个月后，格桑才通过一些关系见到她。

之前格桑陪父亲去过一次，但是被挡在那扇巨大的黑铁门之外，案子没有审结，人家是不允许会见嫌疑人的。对此格桑可以理解，但是格桑的父亲不理解。父亲对那个门房里的警察质疑道，我是苏袖的爸爸，哪一条法律规定了不许爸爸见女儿呢？那个警察对他的话一时听不大懂，怔了一怔，才针锋相对地回答他，这里没有你的女儿，这里只有犯罪嫌疑人。格桑觉得这个回答很漂亮，因为它真的在一瞬间打击了格桑，令格桑猝不及防地悲伤。父亲显然和格桑有着相同的感受，他也在一瞬间露出了悲伤的表情，嘴唇抿紧，眼角抽搐着。

父亲悲伤地说，那么好吧，你把我也抓进去好了，我也去做一个犯罪嫌疑人——这样，我总可以见我女儿了吧？

这一下，就该那个警察和格桑感受相同了，他们都大吃一惊。格桑甚至有些羞愧，为父亲说出这么没有水平的话。那个警察比格桑强，这种话他可能听得多了，所以他只有片刻的震惊，然后看也不看他们一眼，就把门房的那扇玻璃窗关上了。格桑和父亲站在外面，可以透过玻璃看到他低下头去用一把刷子刷自己的皮鞋。

父亲是被格桑拖走的。他还不甘心，要继续去敲那面玻璃。格桑只有把他拖走。

回去的路上父亲哭着对格桑说，你一定要见到苏袖，你替我看一看，她是不是还活着。

格桑说，苏袖当然还活着，现在她被关在里面了，就安全了。

父亲说，被关在里面就安全了——你这是什么话？我怀疑她已经死掉了！你不是很有办法吗？你不是很神气吗？那么你一定要见到苏袖，看她是不是还活着。

父亲看来真的是糊涂了，格桑不知道父亲是怎么得出的这些结论——苏袖死了吗？自己很有办法、很神气吗？但是格桑只能去落实父亲的要求，父亲快七十岁了，一辈子都没有对格桑提出过非分的要求。

通过一个朋友，格桑认识了看守所的张指导员。张指导员很热情，他对格桑说，他在部队当兵的时候就是一个文学青年，直到现在他还热爱诗歌，所以，对格桑这个诗人，他还是愿意通融的。

于是，依赖着诗歌的名义，格桑终于见到了妹妹。

他们隔着铁栅栏。苏袖居然胖了，脸盘肉嘟嘟的，像是回到了十五六岁时的模样。格桑说，你还活着啊？说完这话他就后悔了，眼泪突然涌出来。苏袖垂着头不看他，自始至终都没有跟他说一句话。非但没有话，甚至被押走的时候她还对格桑笑了一下。

格桑对张指导员提出，他还想见见涉嫌包庇的唐婉。这显然是令张指导员为难了，为难到以诗歌的名义也不足以令他通融。张指导员摆摆手说，不行！

在回去的路上，格桑想，唐婉也胖了吗？也在看守所里违背自然规律地逆向生长，活回了自己的少女时代吗？格桑想，如果不是因为这个女人采取了那样一个决绝的姿态，那么如今，自己也将是一个犯罪嫌疑人，和他们共同在看守所的大墙内接受岁月的宽宥了。

2

那一段时间，整整两个礼拜，感冒的诸多症状都在格桑身上肆虐地发作着，鼻塞、头痛、咽喉干燥。他一直在按时服药，但症状似乎一点减弱的迹象也没有，反而愈演愈烈。起初格桑想，过一段时间就会好转。他在报纸上看到过，感冒病毒通常需要一周左右才会自然灭亡，就比较放心地等待。结果周期过后，没有等到他以为的那种康复，病情反而变本加厉地严重了。格桑想，一定是自己身体里的免疫系统出了问题。这样一想倒轻松了——一个更为严峻的问题，替他清除了一个相对而言微不足道的问题，这让他觉得后者不治而愈，很合算。于是格桑向领导请了假，在家采取卧床休息的办法，郑重其事地等待下一个问题再来帮自己的忙。

结果它果然来了。

父亲打来电话，说格桑在银行工作的妹妹，居然和一个有妇之夫搞在了一起。父亲在电话里咆哮道，而且那还是个瘸腿的家伙！

格桑羸弱的身体在一瞬间绷紧，所有生理上的疾患都溃退了。这个有关妹妹的问题，令格桑遽然成为一个随时准备着与人搏斗的拳击手。格桑爱自己的妹妹。她叫苏袖，这个名字和格桑以前的名字天衣无缝地对应着，格桑以前叫苏领。虽然他现在成了格桑，但改变不了他们一奶同胞，血浓于水。而且，曾经作为一名诗人的经历，也改变不了格桑用最朴素的幸福观来预期自己的妹妹，他祈望她得到尘世上所有的欢乐，有姣好的面容，简单的头脑，最好可以嫁给一个富翁，锦衣玉食，不知烦忧，遵循着规律自然衰老。但是，这些美好的愿望现在被一个瘸腿的家伙打乱了，他令苏袖的亲人们陷入在愤怒的惶恐里。格桑当然不能无动于衷，眼看着自己的妹妹和尘世的欢乐背道而驰。

这是一个怎样的家伙呢？父亲在电话里告诉格桑，他叫唐克，除此以外，他们对他一无所知。

格桑打电话给苏袖，但妹妹根本不接他的电话。显然，她知道格桑要跟她说什么，她很清楚，在她的这件事情上，哥哥的态度将和父亲的态度空前地一致。苏袖在回避她的亲人们，由此可见，她对这个瘸腿的唐克有多么迷恋。这令格桑忧心忡忡。

格桑决定直接去找妹妹，一个叫唐婉的女人却主动约了他谈话。她在一个清晨打电话给格桑，声音很婉转，约格桑下午三点在“浮水印”会面。

格桑把这件事告诉了自己的女人。女人不以为然地转身而去，一边为他们的女儿准备早点，一边说，要是真的如此，她倒是会为格桑感到高兴。显然，她不相信格桑的话，不相信会有一个声音婉转的陌生女人主动和格桑约会。而在从前，如果格桑告诉她玛莉莲·梦露要和自己约会，她也是会信以为真的。不错，因为那个时候，格桑的女人也是一位将世界简单化的诗人。格桑躺在床上发呆，忽然这样想到，如果真的有诗歌般璀璨的艳遇发生——他会不会背叛自己的女人？如今，她和他过着日复一日的平庸生活，他们在这块盆地中相濡以沫，像两条鱼。此刻，"相濡以沫"这样的词跳进格桑的脑袋里，它所具备的那种温暖以及温暖背面囊括的悲凉，令格桑对"浮水印"的约会充满了幻想。

"浮水印"是一家咖啡店。进去后，一个雍容的少妇抬手向格桑打招呼。她穿一件赭石色的毛衣，头发光滑地绾在脑后，丰腴，优雅，像一个古代的仕女。格桑将信将疑地走过去，在她对面坐下。女人替格桑叫了杯咖啡，然后自我介绍道，我叫唐婉。声音很动听，的确是电话里的那个声音。唐婉？格桑首先想到了"红酥手，黄縢酒"，想到了诗人陆游的表妹，那个哀伤的古代女子。格桑注意去看她的手，它们有一只摆在桌面上，白皙，圆润，涂有丹蔻，衬托在古旧色调的桌布上，接近于诗里的描写。

我是唐克的妹妹，她递过来一张名片，进一步介绍道。

你想干什么？格桑立刻变得粗鲁。唐克这个名字令他顾不得体统。

我是替我哥哥来见你的。我哥哥和你妹妹，他们之间的事你一定知道些。

你直说吧，想干什么？

我想请你劝劝你父亲，不要再反对他们。你知道，你的父亲现在很仇视我的哥哥，苏袖为此也非常痛苦。

这简直是说胡话，格桑愤愤地说，你居然会这样来要求我。

不要急着拒绝好吗？

唐婉相当沉着地看着格桑，递过来一张皱巴巴的纸片。纸片上有蓝色墨水写出的几行字迹，十分幼稚：

> 妹妹，因为有了你，我开始喜爱大地上的一些事情，因为有了你，我开始能够忍受大地。

格桑问，什么东西？

诗，她说，我哥哥在十五岁时写给我的，他是一个诗人。

格桑心里莫名地感动了一下。这个唐克，他和他从未谋面，形象却一天天变得丰满：一个男人，一个中年男人，有老婆孩子，瘸腿，现在居然发展成为一个诗人。

格桑说，你对我说这些有什么用？

唐婉说，我想，你应当可以谅解一位诗人的爱情——据我所知，你也是一位诗人。

曾经是！格桑纠正她，不知为何，这样的纠正却令格桑几乎热泪盈眶。

二十世纪八十年代，格桑在西藏。众所周知，那是一块神奇之地。那时候的拉萨是一块遍地诗意的地方，一片树叶掉下来，会砸到两个诗人的脑袋。那个时候，格桑就是一个被拉萨的树叶砸到过脑袋的诗人。他无可救药地迷恋形式，名字从苏领改成了格桑，胸前挂着一个微型的转经轮，那是他诗歌的法器，他用拇指和食指轻捻它的轴柄，它回旋起来，诗意就会溢满他的胸膛。格桑，转经轮，都是形式，同时也成为他的内容。当然，后来他离开了那块遍地诗意的地方，回到生他养他的这块盆地。生活在这块盆地，格桑被抽丝剥茧般地还原，如今已经成为一个标准的中年男人，有了医疗保险和住房公基金，有了亚健康和一个女儿，诗当然是不写了，离开了形式，他的内容也跟着跑掉了。

——所以我谅解不了，格桑对面前的女人说，这根本不可能！你劝你的哥哥少些幻想，让他别去招惹苏袖，不然我绝不客气。

格桑想她一定失望了。格桑这个曾经的诗人目前已经是一条生活在盆地里的鱼了，西藏的岁月不但给了他一个格桑的名字，而且使他的面目呈现出无法磨灭的粗糙，所以目前他这条鱼还有着凶巴巴的外貌，很蛮横，很不讲究的样子，尤其发起火，像一条那种很便宜的大鲶鱼。

她说，我哥哥正在离婚。

格桑说，这样也不行，绝对不行。

但她还不死心，眼神像一个真正的古代女子，有了一些幽怨：你是否能够冷静地考虑一下？

格桑眼睛眯起来，说，用不着。我们换一下位置，如果是唐克，会赞成你去做这种事吗——和一个所谓的诗人恋爱？比如说，和我？嗯，会吗？

会的，他会的。唐婉不容置疑地回答。

那么你呢？你会为了一个诗人去做违背幸福的事情吗？

会的，如果他无愧诗人这个名字，并且，我爱上了他。

唐婉的眉头蹙起来，声音有种玻璃般的透明质地。

格桑扑哧一声笑出来，但是只笑了一半，就有种苦涩的滋味噎在了他的喉头。

我以为会说服你。唐婉看着窗外，阳光打在她光洁的额头上，镜子般反射出一块明亮的光。

格桑端详了她一会儿，目光落在那只诗歌中描绘过的手上，说，那我只有对你说三个字：错，错，错。

走出“浮水印”，格桑感到沮丧和空虚。唐克是一位诗人的这个事实，成为他沮丧和空虚的根源。站在亲人的立场上，站在盆地里，格桑现在无可置疑地将要去反对一位诗人的爱情。这是一种背叛，令格桑陷入在一种温和的折磨中，它不是尖锐的，但正是这种温和与不尖锐，令格桑空前地忧伤。格桑用一个中年男人的情绪回忆起拉萨，回忆起自己曾经有过的诗意的栖息，那时候，他的女人背叛了自己所有的亲人，和他像两只欢天喜地的小野兽，怀着对全世界都犯下罪过的激情，蜷缩在高原……

3

从“浮水印”回来，格桑再一次恢复到那种消极的等待之中，坐等妹妹噩梦般的爱情被下一个更加严峻的事件覆盖掉。虽然格桑无条件地反对妹妹的选择，但是，他这个随时准备着与人搏斗的拳击手，却在上阵之前，被意外地打消了斗志。格桑在消极地等待，他知道，这是在盆地里生活的一个有效方式，它屡试不爽，曾经无数次地解决过自己的问题——下一个问题总会接踵而来，以更尖锐的姿态抵消掉前一个问题，周而复始，生生不息。所以，当你无能为力时，就去等待。

格桑的等待令父亲恼火。他在电话里指责格桑，最后干脆追上门来，质问格桑还是不是做哥哥的。父亲的质问义正词严，甚至令格桑听出了教唆的意味，感到父亲是在怂恿他去干掉那个瘸腿唐克。至少父亲是这么暗示的，父亲说，你要真的宰了那瘸子，我洗了屁股替你去坐牢。父亲的激烈令格桑吃惊。父亲是一个握了一辈子焊枪的工人，只对钢铁动过怒，对活生生的人，从来都是温顺的态度，如今到了垂暮之年，却陡然焕发出凛冽的豪情，从而在格桑的眼里具备了一种诗人的气质。父亲说，苏袖现在干脆不回家了，去银行找她她也不理，有一次干脆让银行的保安把他赶了出去，她已经六亲不认了，败坏了，苏袖已经彻底的败坏了！格桑很震惊，不是因为“败坏”这个状态，是这个词，居然从父亲嘴里说出来。

格桑消极的心多少受到了父亲的蛊惑，正当他决定采取一些措施时，下一个严峻的事件却如期而至了。

几天后，格桑回到家，有两个警察等在屋里。他的女人呆若木鸡地陷在沙发里，看到他回来立刻紧张地直起身子。格桑有一瞬间的恐惧。在盆地里，他是习惯于等待，让问题去解决问题，但从来没有想到警察会混在问题中一同出现在面前。

你是苏领？

——是，格桑很迟疑地回答。他有瞬间的恍惚，“格桑”这个名字已经标记般的渗透在他的血液里，尽管他已经远离高原。

苏袖的哥哥？

是。

苏袖最近和你有联系吗？

没有。

真的没有？

真的。

我们可以告诉你，你妹妹已经被通缉，现在是重大犯罪嫌疑人，如果你对我们有所隐瞒，将要承担法律责任——我们将以涉嫌包庇追究你。

格桑摇晃了一下，手扶在墙上，像当年初次踏上拉萨的土地时那样的眩晕。

苏袖怎么了，她杀人了吗？

人倒没有杀，不过也差不多了。她盗窃了银行金库里的一百七十万元现金潜逃了。

多少？

一百七十万。

她要这么多钱干吗呢？格桑曾经无数次虔诚地祝愿，祝愿自己的妹妹在尘世间拥有大笔的金钱，祝愿她因此才能够享受到面向大海春暖花开的幸福，但是，现在格桑深刻地质疑妹妹，要这么多钱干吗呢？

这得问她自己，她是和自己的情夫一起干的。

一个警察过来让格桑看他做的谈话笔录，并且掏出一盒印泥让格桑在上面摁下指纹：一有苏袖的消息马上通知我们，事情的严肃性我想你可以认识到——听说，你是位诗人。然后他们离开了。

格桑一直扶墙站着，他没有思维了。他的女人在他眼前转来转去，小心翼翼地说，苏袖可真厉害，我顶多敢偷些单位的稿纸，她却一下子偷到了金库里面！格桑摇晃着走到阳台上，抬头看着天上的星星，心里面不再有投机取巧的念头。格桑知道，生活不会再仁慈地赐予他下一个问题了，自己遇到的是一个终极的问题，除了和它正面遭遇，自己不再有转圜的余地。

4

一觉醒来已经是十点钟过了，格桑吃惊自己会睡得这么死。自从回到盆地，格桑的睡眠时间就被严格地规定在了一个范围内，他的医疗保险和住房公基金，他的亚健康和女儿，都要求他睡在规定了的时间内。

充足的睡眠使格桑的思维异常清晰，他很清楚地意识到自己将要去做些什么。起来洗脸时格桑发现自己的女人在家，正坐在沙发里发愣。格桑问道，你不上班去吗？女人摇摇头，像个陌生人似的看他。格桑看出来了，自己的女人是在用打量一个犯罪嫌疑人的目光来打量着自己。她已经做出了判断，格桑将在这个事件中去扮演什么角色。这让格桑有些惊悸，对自己产生出惶惶不安的忧虑。格桑洗漱得仔细而缓慢，他想借此延缓一下自己失措的情绪。后来格桑找出一件平时不常穿的厚夹克套在身上，向他的女人说道，你能给我些钱吗？女人警觉地用眼神发出疑问，但还是慌慌张张地从衣架上取下自己的包。这些，够吗？她把包里所有的钱塞给他。格桑凝重地冲她点点头，转身向外走。

格桑的女人突然冲过来，从身后紧紧地抱住他，声音苦涩地说道，格桑，无论你到哪里，都要记得我会跟着你去，如果你要去数苦的杏仁，那么你就把我也数进去。

女人最后的那句话，来自一句格桑耳熟能详的诗。

格桑的心在一瞬间变得生动，仿佛有一片拉萨的树叶温柔地砸在头顶——那时候，他和他的女人像两只欢天喜地的小野兽，他们共同享受着拉萨的阳光，她随他奔赴尘世的任何角落，甚至不在乎从高原跌落进盆地，来和他过着日复一日的平庸生活，成为两条悲凉的鱼。此刻，当这条悲凉的鱼再次以诗的形式吐出了温暖的水泡，就在一瞬间令格桑泪流满面。

格桑被一个义无反顾的女人跟随着并且温暖着，却绝不愿意自己的妹妹义无反顾地去跟随和温暖一个男人。格桑必须赶在警察之前寻找到苏袖和她的瘸腿唐克，那样，一切也许还可以部分地挽回。格桑想自己也许能够说服那个诗人，用诗歌的名义去要求他，让他承担起罪责，从而挽救苏袖。

格桑按照那张名片找到了泛亚广告公司，名片上的唐婉是这家公司的总经理。这家公司租住在部队的一个招待所，进到招待所的大门，拐过一栋楼，在另一栋两层的老式楼上。公司里面的职员忙忙碌碌，没人过来问格桑有什么事情。格桑去敲总经理办公室的门，一个女孩走过来问他，你找谁？格桑说，找你们总经理唐婉。女孩脸色顿时变得有些古怪，上下打量格桑一番，说，总经理不在，这个时候你最好不要来找她。格桑问，为什么？女孩头向一边歪一下，喏，她有麻烦。顺着她歪头的方向看出去，格桑看到院子里的花坛前站着两个吸烟的男人。

警察？

女孩慎重地点点头，躲到一边忙自己的去了。格桑走出公司，紧张地从两名便衣警察面前走过去。这时他好像看到招待所的大门口有一个熟悉的身影一晃而过。唐婉！格桑尽量不动声色地追出去。追出招待所大门，格桑看到的是一个短发女人的背影，看来不是了，唐婉有着一头绾在脑后的长发。

往回走时格桑特别留心了一下身后。通过街边的橱窗，格桑真的发现身后有人在跟踪自己。两个中年男人，都穿着便衣，不即不离地跟在他身后。格桑立刻明确了自己目前的身份——嫌疑人，一个有充分理由被监视与跟踪的嫌疑人。格桑边走边思考，怎样才能摆脱眼前的困境。但是显然，摆脱已经注定是艰难的，甚至是严酷的和无望的。

走出几条街之后，两名便衣警察依然跟在身后。格桑转身钻进路边的一间公共厕所。刚刚在便池上蹲下，就有一个老头追进来，冲着他发火道，不交钱就往里冲啊，你把这里当你家啦！这么恶劣的语言令格桑怒火中烧，但他还是要克制住自己，站起来从裤子口袋拿钱。此刻，当格桑明确并且接受了自己作为一名嫌疑人的处境后，不自觉地，整个人的态度都趋向卑下与温顺了。交了两角钱后，格桑获得了蹲在里面的资格。这是一个漫长而艰苦的过程。格桑不会马上从这里走出去，那样和他进来的初衷相悖；他可以在这里待很长时间，不过这得取决于他的承受能力，看看他究竟能够承受多久粪便的气味。冬天是厕所一年当中气味最凌厉的季节，寒冷使臭气具备了另一种使人疼痛的特质，萧索，甚至肃杀。萧索，甚至肃杀的臭气，格桑能够抵抗多久？并且，在厕所里无端逗留，显然是很不恰当的，同时还会影响到其他人方便。所以格桑只有蹲在便池上。蹲在便池上面不把裤子拉到屁股以下，这种情景难以想象，甚至都不在一个诗人的灵感之内。所以格桑只有把屁股露出来，让其合乎逻辑地对着粪便。开始几分钟，格桑的主要精力集中在外面的跟踪者身上，想他们会不会等得不耐烦起来，干脆直接进来把自己光着屁股拖出去。所以每进来一个人，格桑的心都一阵狂跳。这样诚惶诚恐地蹲着，疲惫感于是就来临得尤为迅速。几分钟之后，格桑的主要精力大多集中在了自己的感受上。这种感受来势汹汹，严厉并且粗暴，令人难以抵挡。格桑感到两条弯屈的腿从脚跟一直麻上了膝盖，酸痛，肿胀，血液极度的不通畅。还有更可怕的事，蹲得久了，并且屁股赤裸着，便意就平白无故地涌现。但格桑绝对不敢放任自己的便意，因为他根本没有这方面的准备，他缺少手纸。诸多具体的困难包围了格桑，需要他去克服，去忍耐，远远比那些缥缈的忧伤来得锋利。格桑的呼吸开始急促、紊乱，头上流下大颗的汗珠。不知道过了多久，总之格桑认为自己努力过了，已经到了极致，他只有两种选择了：要么站起来，走出去；要么屁股下沉，直接坐进粪坑里。

当格桑摇晃着直立起来，那种百感交集的复杂滋味居然令他产生出讴歌的愿望，那种需要去赞美什么和诅咒什么的热情，陡然盛开在他久已干涸的胸膛。

格桑从厕所里出来，居然看不到那两名便衣。怎么会这样？格桑不放心，或者是不甘心地四下张望。他们真的不在了，真的扔下他走掉了。格桑心里感觉不到一点欣慰，反而很痛苦，是那种无所针对的痛苦。在路边的一家眼镜店，格桑替自己买了副墨镜，戴在眼睛上，世界为之一暗的时刻，格桑有种庄严的悲凉。

格桑在这一刻完全进入了自己的身份，嫌疑人，一个失去跟踪者的嫌疑人。然而他依然在伪装，在掩饰。同时，格桑心里又有崭新的灵感涌现，令他振作起来。格桑在心里说，唐婉，你跑不掉！

5

傍晚时分格桑拐回到空军招待所。他没有去后院的泛亚公司，而是走进了招待所的大楼。前台的服务小姐长得虎头虎脑，而且态度可人，她声音清脆地问格桑，先生您住宿吗？格桑摘下墨镜说，是的。

请您拿出身份证。

格桑愣住，他身上没有身份证，没有身份证可不可以住呢？

这可能不行，不允许的，小姐的表情比格桑更为难，地面以上都需要有身份证登记。

“地面以上”——什么意思呢？格桑敏锐地抓住了这组奇怪的词，心想与之相对的，就一定有“地面以下”了。

地面以上就是指地下室以上，因为我们还有地下室。

那么地下室可以住吗？

地下室是通铺，我怕您住不习惯。

我无所谓，你给我登记到“地面以下”吧。

付了钱，格桑按照指示一直走到楼道的尽头，果然看到了向地下延伸的楼梯。下到地下室，又一位长得也很虎头虎脑的小姐收了格桑的房单，替他打开了房门。房间完全没有想象中的糟糕，很长的一溜大板床从门前一直顶到对面的墙上，干干净净地铺着白床单，并且平整无比，连一个细微的褶皱都看不到。

说是通铺，但这间房除了格桑之外别无他人。这有什么住不习惯呢？格桑想，自己要面对的无非是有生以来最大的一张床而已，而那时候，自己曾经睡进过高原上的羊圈里呢。所以，这“地面以下”的安身之处，可谓尽善尽美了。其实它只要具备一面窗户，一面对着后院泛亚公司的窗户，就足够了。而这一点格桑一进门就找到了。那面窗户很高，从它开始，这间房子就钻出了地面，它是地上与地下的分界。人躲在地下，眼睛却可以透过它观察地上。

格桑从床铺这边一直走过去，站在床上，眼睛刚好够着窗户的高度。外面已经是夜色朦胧了。泛亚公司门前花坛里的花木早已枯萎凋谢，根本形成不了视线的障碍，穿过花木的枯枝，可以清楚地观察到公司门前的情况。现在那里空无一人，两盏路灯照在水泥地面上，光晕像两张摊开的煎鸡蛋。

这时一双穿着黑色高跟皮鞋的脚从格桑眼前走过去。由于是擦着窗子过去的，所以格桑看不到这双脚的主人，只能看到这双脚，以及向上的踝骨，小腿，本来还可以再看上去一些的，但是这双脚迈过窗子只需要三两步，格桑的眼睛来不及向上张望。一双无主之脚从眼前一闪而过，这个情景令格桑恍惚——如果自己从窗子里伸出手去，一把抓住那双脚中的一只，会产生什么样的后果？那双无主之脚，一定会被这只从地下突然伸出的无主之手吓得跳起来。一种久违的思维方式在格桑的头脑中苏醒，那就是，一个诗人与生俱来的对于意象的热衷。格桑没有想到的是，当自己进入嫌疑人的角色时，同时也重新具备了一个诗人的气质。

格桑准备入睡。目前他唯一可以掌握的只有自己的体力，唯一可以凭借的也只有自己的体力，尽管格桑不能够确定自己将用体力去完成什么——会用它去干掉谁吗？或者是去拯救谁？也许，这些体力最终只是用来使自己成为一名合格的犯罪嫌疑人？睡下之后，格桑才发现，面对偌大的一排通铺，他不知道怎么睡才是恰当的——睡在中间，肢体最大限度地扩张，像一只螃蟹或者是死去的青蛙；蜷缩在一角，身躯团成一只蜗牛，那么大的干净的空间无声无息地干净着，气氛充满了不祥，令人无端地悲伤。格桑想，原来人的睡眠真的只需要巴掌大的一块地方。睡在巴掌大的一块地方上的人，你为什么还要痛苦，为什么还要流离失所？这样的诘问令格桑沉痛，因为当年睡在羊圈里的经历，就是他回到盆地的理由之一呢。

6

格桑一早就趴在了那扇窗户上，早到窗外只有一个清洁工顶着星光在清扫地面。外面一定刮着风，因为这名清洁工不停地追逐被风刮得乱跑的垃圾。其中一只方便面袋了尤其活跃，让清洁工很费了一番工夫，刚刚被扫进成堆的垃圾中它就飞起来，如此反复了几次，清洁工很生气地用脚踩了它几下，这样它才妥协下来，不再任意脱离集体。院子被清扫干净不久，天空开始转亮，由灰，到灰白，到惨白，于是开始有人在惨白的冬天清晨走动起来。八点钟刚过，泛亚公司的职员陆陆续续赶来上班。八点二十九分时，上班的职员达到高峰，他们突然从四周八方降落到公司门前，兴致勃勃地挤进那两扇玻璃门。这番场景看得格桑面红耳赤，他看到了自己的日常写照，自己就是这样在盆地里只争朝夕的。几十分钟后，昨天在花坛前吸烟的那两个便衣警察出现了，他们仍然站在昨天的位置上，仍然吸着烟执行任务。格桑在床上来回倒一倒站困了的脚，继续全神贯注地守望。他可以肯定唐婉没有出现，没有以任何面目从自己的视线里闪过。

十点过一刻时，她来了，穿着一件烟灰色的羊绒大衣，留着一头向里扣进去的短发。但是她蒙蔽不了格桑了。在替自己戴上墨镜的那一刻，格桑透彻地洞悉了他们如今是两个处境相同的人，他被布控她也被布控，他需要伪装她也同样需要伪装，而且他们伪装的手段同样有限，他选择了墨镜，她选择了发套。

戴着发套的唐婉却把她最显著的特征暴露在光天化日下。那双手，那双红酥手，白皙，圆润，涂有丹蔻。它们一经闪现，立刻便被放大在格桑的视野里，格桑只需要捕捉到这双手就足够了。唐婉步态端庄地从两名便衣面前走过，进到了公司里面。大约十多分钟后她从公司里出来，并且在台阶上有一个小小的类似表演的停顿，然后才神态自若地走下来。就在这时，一只黄色的方便面袋子突然贴在了窗玻璃上，恰好捂住了格桑的眼睛。格桑从床上跳下来，飞快地向外冲去。冲出地下室，冲出招待所，唐婉已经走到了街上。格桑站住，等她走出二十米左右，才慢慢地尾随上去。

唐婉走在大街上，不急不慢，风姿卓著，但在格桑的眼里，却充满着叵测的嫌疑。一直走了整整一条街。其间她停下来从包里掏出手机接听过一个电话，放回手机后向前走了一段路，又停在一间公用电话亭前使用了一次公用电话。格桑远远地盯着，心里亢奋莫名。她自己有手机，却要使用公用电话，这还不足以说明问题吗？格桑可以断定，顺着这根无形的电波摸过去，就可以捉到那对隐匿者了。但是格桑的亢奋却是悲悯的，因为如此轻而易举就可以捕捉到那一对人，恰恰喻示出了天网恢恢，他们注定无可遁迹。格桑一直盯在那部被唐婉使用过的电话上，目光甩在上面，像根绳子般的系住，它放在四部一模一样的电话机中间，很容易混淆。在唐婉走出十几米后，格桑一步步靠近了目标。没有人碰过它，它确凿无疑地保留着线索。格桑用手指庄严地揿在这部电话机的重拨键上。

听筒里是一声声空洞的忙音。它居然是一部丧失了重拨功能的电话。它拒绝回忆，拒绝重复。

格桑怔忪地摔下电话，巨大的失落感令他一下子缓不过神来，仿佛一把唾手可得的水，却从指缝间无可挽回地奔涌而去。守电话的女人向他发火道，不要乱摔！格桑被吓到似的拔腿就跑。

唐婉在十字街头向左拐了过去。跑到路口格桑刚刚向左转，便看到唐婉并没走远，而且是停在路边，一下子和他近在咫尺了。格桑急停住，慌乱不堪地从怀里摸出墨镜戴上，然后竖起了夹克的衣领。事后格桑想，自己可能就是在这个环节上被唐婉发现的。

唐婉招手拦下了一辆出租车，刚刚离开，格桑也拦下了一辆车坐了进去。格桑告诉司机，跟上前面那辆。司机很有激情，热情高涨地说声没问题，一脚油门下去就有超越目标的架势。格桑忙劝道，不要超过去，只需要跟住就可以了。两辆车一前一后向东行驶。这个时候，格桑对自己的身份产生了定位上的混乱，他几乎认为，自己代表着另一种权力了，可以去命名与定义，现在，他是正义的化身，在追捕一名狡猾的嫌疑人。格桑这辆车上的司机是个十足狂妄的家伙，像一个善于类比的抒情诗人，一路上喋喋不休地批评着前面那辆车上司机的驾驶水平。正巧途中有辆奥迪插在了那辆车的前面，就更让这个家伙找到了证据，饭桶啊，妈的学过开车没有？也敢出来跑出租！最后的结果是，在一个丁字路口前他自己的车被红灯拦下了，眼睁睁地看着目标从眼前消失掉。这家伙肩膀一耸，振振有词地说，哥们，没辙啦，交通规则总得遵守吧？

在丁字路口，格桑失去了自己的目标，成为一个身份模糊的人。从哪里开始？从哪里失去？格桑只有徘徊在原地，虚妄地蹲在路边。他现在能做的只有等待，等待某种奇迹的发生。

距离格桑不远的地方，蹲着一个几乎与他一模一样的人，穿着同样的深色棉夹克，在冬天里戴着同样的墨镜。不同的是，这个人面前还摆着一副卦摊，十几只竹签扔在脏兮兮的红布上面。格桑无意中看过去，不由连打了几个寒战，他以为看到了自己的影子。两个一模一样的人蹲在街边，他们各自成为了对方的镜子。

眼看到了中午，格桑打算吃点东西。街对面有一家西饼屋，格桑跑过去买了两袋面包。毫无原因，他走回来将其中的一袋放在了那个算卦人的面前。这个和格桑在表面上毫无二致的人丝毫没有表现出疑惑，心安理得地吞食起那只面包。格桑蹲在他身边，有一种朴素的力量令格桑泪流满面，眼泪一直流进嘴里，和着面包被吞咽下去。他们进食的速度都是一样的，一口一口，协调一致。共同塞进最后一口面包后，算卦人站起来收拾了他的卦摊，把它们塞进一只黑提包里。这时格桑才发现他是个瞎子，他从身后摸出了一根竹竿点在地上，乭乭乭，准确地点到格桑面前。

兄弟，先前所有的，早已起了名，谁能告诉你身后在日光下有什么事呢？

说完，瞎子在竹竿的引导下庄重地离去。

这是什么样的语言啊！格桑如遭雷击。与此同时，奇迹真的显现，神的灵降临在丁字路口——唐婉从马路对面的一辆出租车里下来，四下看看后向东而去。格桑跟上去，陷入在巨大的感动和虔诚之中，犹如回到了那块诗意的神秘之地。

唐婉走得很散漫，走了大约半小时，她进入了一座居民小区，三拐两拐，上了其中的一个单元。格桑被单元的电子门挡住，只能从脚步声判断出她上了三楼，并且进了左边的一套房子。妹妹苏袖就在上面——这个判断令格桑别无选择，他伸手揿下了三〇二室的对话键。

上来吧。

唐婉的声音从对话器中传出来。她根本没有多余的话，只是说“上来吧”，显然，她发现了格桑。电子门被打开了，上楼时格桑心里充满了虚构的热情。他将面对怎样的状况呢？当他真的站在两个被通缉者的面前时，将如何衡量他们的罪与非罪？格桑的态度是莫衷一是的，脑海里甚至出现了这样的画面——自己将加入到这支嫌疑人的队伍之中，和这几个绝望的人一同逃往天涯海角，苏袖与唐克，自己与唐婉，哦，还有自己的女人，自己的女儿，届时会出现一种难以言状的奇异组合，他们将浩浩荡荡地搀扶着投奔高原，挤在羊圈里相互取暖，天亮时第一眼看到的就是美丽的喇嘛庙，是雪山和青草，是无尽的光明普照之下的无尽岁月……

三〇二室的门虚掩着，格桑直接推门而入。里面空无一人，至少没人来迎接他。只有卫生间传出哗哗的水声。看过这套房子的整个布局后，格桑顿时明白自己遭到了失败。他首先看到的是客厅正中挂着的照片，照片上唐婉和一个男人一个男孩组成了一个标准的三口之家。那么，这里是那种被称之为“家”的地方，唐婉绝对不会愚蠢到把两个通缉犯窝藏在自己家里。

帮下忙好吗？唐婉在卫生间里说。

格桑在卫生间那扇门前犹豫了半天，最终还是推门进去了。卫生间很大，里面蒸汽氤氲，更加强化了格桑的忐忑与迷乱。一只带着水珠的红酥手从浴帘后伸出来，孤独地举在空中。

帮忙递条毛巾。

格桑从墙上的毛巾架上抽出一条毛巾，过去交在那只手上。那只手并不急着收回去，而是将毛巾在空中突兀地摇摆，让它也成为一只翻云覆雨的手。格桑只有转身离开了。格桑感到自己是在一瞬间虚弱了下去。

莫，莫，莫。

7

第二天，格桑的跟踪变成了一个纯粹的玩笑。起初他还抱有幻想，以为自己能够欺骗过去坚硬的真实。他很正规地戴着墨镜，按照一个自认为合理的距离跟在唐婉背后。唐婉途中钻进一间公厕时格桑还紧张了一番，认为她会有所企图。不料她很快就出来了，把一张纸巾揉成团，头也不回地向后一抛。这团纸巾是冲着格桑丢过来的，仿佛一记凌空而来的耳光。

中午的时候，唐婉进了一家快餐面馆。格桑站在门口等待时她突然在里面招呼道，进来一起吃吧。格桑硬着头皮走进去和她面对面坐下。两碗热气腾腾的面条摆在跟踪者与被跟踪者之间，还有比这更荒谬的吗？格桑陷入难堪的局面里，决定不管不顾了，直截了当地质问她，他们藏在哪里？

你是个聪明人，不应该问出这个问题。你知道，一旦你得到了答案，就是给自己背上了十字架。

你这么做，考虑过后果吗？

你这么做，想搞出什么后果？

格桑被问得哑口无言。他在一瞬间感受到了这个女人身上巨大的力量，这种力量却是来自一种巨大的脆弱，只是因为它巨大，所以才成为力量。

我，和你一样，我也没有选择，格桑艰难地说，我只能去帮助他们……

帮助？用法律的词汇来说，应该是——

是的，包庇。格桑承认。

唐婉凝神看着格桑，眼神里有种令格桑怦然心动的东西，那是一种濒临绝境时骤然得到安慰后的惊诧，宿命般的不可思议。

原来，她喃喃地说，你依然是个诗人……

格桑想继续追究下去，唐婉却不由他分说，她用一根筷子指指格桑眼睛上的墨镜，郁悒地说，其实这根本蒙蔽不了警察，就像我头上的，只是一个发套而已，它们掩盖不了什么，改变不了我们现在是两个犯罪嫌疑人的事实。在警察眼里，我们已经具备犯下包庇罪的嫌疑。其实我们已经怕了，我们知道，我们有犯罪的动机和愿望。不是吗？我们带上这些东西，只不过是想要安慰自己内心的恐惧。但是，你瞧，我们除了欺骗自己，谁也欺骗不了。唐婉用筷子指指肩后，格桑顺着筷子望出去，不由大吃一惊。那个和他一模一样的算卦人在马路对面隔着墨镜向他们玩味地眺望着。

警察无处不在，只不过在和我们玩着一个没有什么难度的游戏。唐婉自嘲着笑了，笑得短促，只一瞬间，郁悒就像水一样漫过她雍容的脸际。

他们并肩走回到大街上。两个进行了微不足道的伪装后的中年男女，隐去真实面目，双双走在冬天的马路上，世界于是也为之虚幻。在整个世界的虚幻中，他们成为了两个纯粹的相互依存的人。

8

一连三天，他们都这样结伴而行。格桑会准时地出现在唐婉家的小区门前，唐婉也会准时地出现。然后，在傍晚的时候，格桑会把唐婉一直送到她家的楼下。格桑试图以此探究出那两个人的藏匿之地。但是唐婉坚定地缄默着。你知道了又怎样呢？她说，无非是把自己逼到悬崖边，我已经知道了，但是更加无能为力。格桑陷入在虚无的状态里，看着身边这个有着古典之美的女人，体力与智力都产生出弥漫性的痛楚。他们漫无目的地走在大街上，认真地躲避着无所不在的监视，如同两个笨拙的演员，在空旷的舞台上兢兢业业地表演着。一开始，他们之间是有一些距离的。后来的时候，他们自己都没有觉察到，两个人的手曾经片刻地挽住了一两次。

最后一天的傍晚，唐婉在单元门前哀伤地看着身边的格桑，问他，不上去吗？格桑摇摇头，她就自己上去了。过了一会儿，一个男人领着一个半大的男孩儿从单元出来。格桑认出这对父子，他们就是照片上和唐婉组成一个标准家庭的那两位成员。父子俩精神焕发，对生活充满了信心的样子，脸色都好得令人嫉妒。他们知道吗，在这块盆地中，他们的亲人陷入了令人动容的憔悴。

格桑坐在楼下的石凳上，渐渐地和冰冷的石凳成为一体。

唐婉却再次出来了，她好像没有看到一样地从格桑身边走过去。格桑刚刚迈步跟随，她突然转过身来，凝视着他说，退出去吧，放弃吧，你不要再搅和进来，就让我为你这个诗人去做这件违背幸福的事情吧。

格桑木讷地望着她，望着这个女人在自己面前逐渐崩溃，坍塌，终于放声恸哭，掉头跑起来。格桑紧紧跟在她身后。他们跑到大街上，跑过车来车往的马路，一前一后，没有追逐者，而是被尘世共同追逐着。格桑的心剧烈地痛起来，一种似曾相识的情感爬上心头。格桑突然觉得前面的这个女人就是他的女人，就是那个曾经在高原上奔跑的他的女人……

唐婉跑进了一片平房区，一下子消失在迷宫般的巷道里。夕阳下四通八达的巷道阒无人迹，只灌满了灰色的稀薄的风。

失去目标的格桑举棋不定。每一个方向都成为可能时，他便没有了方向。失措之间，格桑想起了自己的法器，那只悬挂在他胸口的转经轮。格桑的手伸进自己的怀里，它就在那里，在他的心脏之上，须臾不曾离去，如此妥帖与可信。格桑用拇指和食指轻捻它的轴柄，它回旋起来，赐予他那种无上的不受制约的权力，驾驭着他一同回旋，回旋，回旋，一直拐出去。

那幅光明的景象陡然闯进格桑的眼睛：一个白得发亮的屁股陡峭地面对着他，像是悬浮在空中的一朵纯洁的雪莲，它是如此光荣与明亮，仿佛阳光下高贵的雪山。唐婉把羊绒大衣撩起来，裙子和羊毛裤袜一直褪到小腿上，身子大幅度地前倾下去，头垂着，眼睛从两条光滑的大腿之间仁慈地注视着他。那只发套滚落在一旁。她把自己的屁股亮了出来，毫不隐瞒，纤毫毕现。她在用这个决绝的姿态将格桑驱赶出嫌疑人的队列。一瞬间，格桑已经泪流满面。

格桑在这夺目的光芒之中回到了拉萨，回到了他所有的形式与内容之中。诗人格桑清晰地看到，世界在这一刻从苍白，到洁白，到银白，抑或从鹅黄，到橘黄，直至金黄，他们，妹妹苏袖，瘸腿唐克，他和他的女人、女儿，唐婉幸福的一家三口，乃至凛冽的父亲，乃至所有的人，在银白金黄的世界里，全部具备了诗意的光芒。

桥

胜利在即，革命军摧枯拉朽般地一路凯歌。但是战局却发生了突变，看起来似乎已经是强弩之末的敌军得到了意外的增援，这支援军从背后向革命军的大本营逼近——而革命军在前方获得的优势是以背后的空虚防卫换取的。在一派恐慌当中，最高指挥者突然想起，在敌军意图突破的那个脆弱地带，刚刚有一支革命军奉命抵达了那里。

眼下，这支几乎不在作战序列里的部队，却成为决定这场战争胜败的决定因素。

壹

团长的部队如期赶到了指定地点。

由于天气的原因，他们一度在路上耽搁了几天，但是经过短暂地休整，团长就命令部队全速进军了。“要不惜一切代价！”团长热情洋溢地号召自己的士兵，“按时到达指定位置，事关战事的大局，更是对于我们尊严的检验！”团长显然有些亢奋。这不是他往日的风格，瓢泼的大雨和崎岖的山路出人意料地鼓舞了他。

战争爆发以来，作为一个并没有经过实战检验的军事长官，团长的战绩实在乏善可陈。经过一次小的战役后，他的这个团就几乎减员了一半。当自己的士兵像挨了镰刀的麦子一般齐刷刷地在眼前倒下时，瞠目结舌的团长渐渐滋生出一股深刻的厌恶情绪。

但细究起来，团长的厌恶并没有具体的对象。毕业于日本士官学校的他似乎厌恶的不是战争本身。譬如，当马克沁机枪在身边交织出壮观的火力时，他的厌恶情绪反而会得到一些排遣。这时候，团长会暂时摆脱掉厌恶，忧心忡忡地思考起马克沁机枪的主要性能。当他想到这种一分钟射出六百发子弹的武器第一次在罗得西亚被英军使用就造成了三千祖鲁人的死亡时，发生在眼前的战争就变得虚幻了。团长会觉得自己犹在课堂之中，战争史中连绵不尽的炮火混淆在一起，丧失了具体的面貌与目的。它只是一场战争而已。团长因此对倒在自己眼前的士兵熟视无睹，令他忧伤的，倒是那三千祖鲁人——当年这些祖鲁人面对这种喷火的家伙时，他们该是何等惊讶啊？团长黯然神伤地想。

很快，他的这个团充其量只剩下了两个营的兵力。这样就形成了比较荒唐的局面，一下子有三位营长成了团长的马弁。三位营长对此感激涕零。其他部队已经就地正法了几名幸存下来的军官，其中甚至不乏团长这样级别的。交战双方任何一支部队溃退的时候，等在身后的都是比敌军更为冷酷的督战队。

督战队用大刀砍杀的血腥方式来稳住阵脚，把魂飞魄散的败兵重新赶上前线。两相对比，他们这个团实在是受到了额外的庇护。这当然和团长显赫的家世有关。能够惩罚团长的，也许只有他那位赫赫有名的父亲了。

传闻接踵而来。据说大本营在战争伊始，就没有指望他们这个团会战功卓著。如果说团长在这场战争中身负了什么重任的话，那就是在战争结束的时候，他依然还——活着。这些传闻自然在很大程度上扰乱了这支部队的军心。兵士们斗志涣散，整个队伍笼罩着一股梦幻般的消极情绪。同时，兵士们又有种没来由的乐观态度，毕竟，相对于其他部队，他们进行的这场战争实在是有些像一场儿戏了。

减员日复一日地持续着。团长的厌恶情绪也愈加强烈。他觉得自己唯一的任务就是看着自己这支部队的人马一个个阵亡。这似乎都成为一个目标。有时候团长甚至会奇怪地认为：在如此残酷的杀戮和大面积的死亡之下，自己的人马消失的速度居然是缓慢的。

大本营似乎一直忽略着这支部队。直到有一天，一位营长在团长的身边被流弹掀去了整张脸，大本营才对团长的安危担忧起来。

团长眼睁睁地看着那个失去了脸的人兀自从自己身边掉头跑开。那个人像是突然觉悟了什么，他向着后方拼命奔跑，仿佛目标明确，一转眼就没有了踪迹。后来兵士们在一片树林中找到了那个人的尸体。当时树林中挤满了扑翅乱飞的麻雀，那个没脸的人却用他的整个身体呈现出了一种惆怅的表情。

这就是死亡！团长在心里叹息着：扑翅乱飞的麻雀，以及没有了脸却依然惆怅的表情。

死亡和团长近在咫尺，大本营终于意识到了这一点。新的命令很快就下达了。团长被命令带着残部迅速向后撤退，迂回大半个战场，去占领另一场战役的一个关键突破口。团长被告知，他要率部到达的是一条险峻的大河，并且要如期在这条河上架设一座桥，随后大部队将从这座桥上通过，奇袭敌军的指挥中枢。大本营对于团长的安排看起来殚精竭虑，因为据说保证团长的安全也是这场战争的战略目标之一。他们杜撰出了一个符合军事逻辑的命令。

大本营甚至充分考虑到了团长的荣誉感，电文在措辞中虚张声势，夸大了这项任务的重要性，仿佛它真的事关全局，因此，语气不免就格外严厉。

严厉之余，这份电文在结束的时候，居然破天荒地使用了这样的结束语：

向着伟大的胜利，前进！

时值夏季，这一带正是暴雨频发的时候。团长的队伍在滂沱的雨水中踏上了征途。这支作风散漫的部队非但应付不了残酷的战事，面对大自然的风雨也裹足不前。出发不久，部队就遇到了山体滑坡。一瞬间泥沙俱下，山路一侧的大山似乎整个坍塌了，巨大的石头裹胁在洪水中奔涌而来。好在团长并没有走在队伍前列。他觉得这突如其来的一切更像是一声巨大的咆哮，余音未尽，就吞没了他面前的世界。天翻地覆，道路阻隔，团长眼前的部队顷刻间荡然无存。

令人惊讶的是，团长骑着的那匹马居然丝毫没有受到惊吓。它只是冷漠地摆了摆饱满的头颅，将鬃毛上的雨水抖了团长一脸。倒是那些毫发无损的兵士们乱作了一团。他们狂呼乱叫，你推我搡地抱头鼠窜。

团长被激怒了。他觉得自己的部下个个面目夸张，仿佛是在演戏。他怒不可遏地用马鞭狠狠抽击身边的兵士，并且戏剧性地拔出了自己的毛瑟手枪向天鸣放。枪声在混乱中显得微不足道。这时给团长充当马弁的那几位营长发挥了作用，他们不约而同地拔枪射击。几名兵士中弹倒地，浑浊的泥水迅速将他们身上涌出的血变成了浓稠的泥浆。

局面因此得以控制。稳定下来的兵士们在大雨中呆若木鸡。前方依然有石块不断坠落下来，在山谷间发出重重叠叠的轰鸣。团长面容肃穆，忧郁地看着自己的这支队伍。雨水从他的帽檐上落下，仿佛一道水帘。团长透过这片浊水，看到世界一片令人无法容忍的肮脏。他甚至开始厌恶自己的这些部下，觉得大雨之中的他们，衣衫褴褛，军容败坏，神情都有些令人不齿的迷惘。

队伍转移到了一片遍布着碎石的安全地带。团长站在最先搭好的帐篷里向外张望，他看到自己的兵士们突然士气高昂起来。兵士们在暴雨中有条不紊地忙碌着，像一群分工明确的蚂蚁。雨水迷蒙，场面居然有些感人。很快营地就搭建起来，并且很像那么回事儿。

“看来我们这支部队不善于破坏，倒是很善于建设。”团长调侃地说，“命令我们去架桥实在是个英明的决定。”

他的副官替他点燃了一支烟，不无忧虑地提醒他：“这项任务也未必轻松，如果我们不能按时到达位置，一样是失败……”

“失败？”团长自言自语地嘀咕了一声。

迄今为止，尽管他的部队距全军覆没只剩一步之遥，但从来还没有人对他说过“失败”这个词。

副官从小就是团长的贴身侍童，团长赴东洋留学他都陪侍在身边，在他眼里，团长永远不是自己的长官，他只是自己的少爷。因此，当“失败”这样的军事术语从嘴里说出时，副官自己都有些惊讶。他不安地看着团长的背影，不禁为他形销骨立的单薄样子感到了伤心。副官最清楚团长的留学生涯是怎样度过的，此刻他仿佛又看到了那些妖娆的樱花，看到了那些东洋女子体毛丛生的私处，他甚至嗅到了那种具有迷幻气息的西梅脯和深色樱桃的香味。副官怔怔地想，从一开始老爷就错了，眼前这个人，哪里是块做军人的料？副官突然感到了不安，觉得自己的少爷也许永远完成不了战争中的任何一个任务了。

夜里团长不得不睡在一张军用吊床上，因为帐篷里灌进的雨水已经没过了脚面。他蜷缩在吊床里，即使难以入睡也没有辗转反侧的余地。后来好不容易睡着，又被一只闯进来的长尾雉惊醒。这只鸟滑翔着进来，落在了团长身上，饱含雨水的尾羽在团长脸上剧烈地扑打。睡梦中的团长被吓坏了，发出凄厉的叫喊。副官冲进来时，看到他缩作一团，正在掩面哭泣。那只鸟也受到了同样的惊吓，在帐篷里没头没脑地胡乱飞撞。副官一边安慰团长，一边斥责警卫。

“它呼地一下就飞进去了，”警卫辩解道，“我根本来不及挡住它。”

这时抽泣着的团长从指缝中发出了微弱的声音。那是一种怪声怪气的腔调，副官愣了片刻才明白了那是一道命令。

团长说："毙了。"

副官为难起来，他不知道团长命令"毙了"谁。但是他很快就有了方向——团长用一根苍白的手指指向了那名警卫。那名警卫已经将鸟赶出了帐篷，一回头却看到了那根指向自己的手指。

那名警卫被拖出去的时候，副官尚且心存侥幸，他忧虑地看着团长。但是团长依然蜷缩着身子，他甚至将大衣蒙在了自己头上。显然他并不打算收回自己的这道命令。

枪声在深夜的山谷中响亮无比，即使浩荡的雨声都淹没不了。团长以这种方式在这场战争中杀了第一个人。

副官在后半夜又走进了团长的帐篷，他放心不下自己的少爷。团长已经睡着了，脸上依然残留着泪痕。副官看到他的手垂在吊床之外，那纸电文夹在他的指缝之间。

拂晓的时候，副官再次走到团长帐篷前，而那纸电文已经漂浮在积水中，正缓缓地随之流走。

清晨，团长在暴雨间歇的时刻将队伍集合了起来。山谷中依然水雾弥漫，这影响了团长的视觉。他站在一块嶙峋的怪石上，放眼望去，居然觉得雾气氤氲中的这支队伍，仿佛兵多将广，填满了整个山谷。

团长首先清点了自己这支队伍的人数。士兵们的报数声单调、乏味，但却有种扣人心弦的效果。尽管团长已经有所准备，但实际数字还是令他吃惊不小。他终于认识到，如果严格按照标准编制计算，自己目前连一个营长都算不上了。距离团长较近的士官蒙眬地看到了他的神情，都感觉到了一股非同以往的凝重。接着，这股凝重的气氛像雾霭一样迅速感染了整个部队。

“长官尤在，士卒全无，你们知道该如何论罪吗？”团长淡淡地对身边的几位营长发问。

几位营长噤若寒蝉。但是他们立刻发现，团长并非是在申斥，他神色黯淡，目光中甚至有股深深的同情。

团长做出了原地休整的决定，并且罢免了那名唯一还名副其实的营长，自己亲自负责营一级的指挥。这时雨又下了起来。团长命令部队冒雨进行操练。他拒绝了副官劝他回到帐篷里的请求，始终站在那块石头上，身上的披风不一会儿就被雨淋透了。

当晚团长就发起了高烧。随军医生忙了一个通宵才使他的体温降下来。但是清晨的时候，他依然亲自去督导部队的操练。

三天后这支队伍起程了。跋涉在暴雨与泥泞之中的兵士们都发现了团长脸上那种发着高烧的迹象：既萎靡又亢奋，两颊绯红，仿佛处在微醺的酒意之中。团长慷慨激昂地动员了一番后，策马消失在了稠密的雨雾中。

贰

部队在深夜抵达了目的地。团长在夜色中考察了那条黝黑发亮的河。他站在岸边都能感觉到河流湍急的流速。他觉得脚下的碎石似乎在隐隐振动。河面的风向是与水的流向一致的，似乎是河水裹胁了风。

部队在河岸扎营。这一夜团长睡得格外深沉。

翌日清晨，两个戴着斗笠的人冒雨来到了营地前。他们给哨兵出示了一张证件后，站在雨中等候团长的召见。

团长其实早就看到了这两个人。他睡了一个少有的好觉，一大早就站在帐篷里向外眺望。他看到这两个人远远地向自己走来，他们头上的斗笠吸引了团长的目光。出现在雨中的斗笠本来不足为奇，但是团长通过望远镜看清楚了这两只斗笠上都插着一根粗短的羽毛。团长猜测这一定是某个组织的标志。他心事重重地看着这两根在雨雾中前来造访自己的羽毛，隐约感到了某种不安。

哨兵证实了团长的猜测，这两个人果然是当地民协的负责人。

尽管团长被不安的情绪困扰着，但他还是立刻会见了这两个人。因为团长非常清楚，革命军取得的胜利实赖武力与民众运动的结合，作为襄助革命的重要力量，民协在这场战争中起着举足轻重的作用。

这两个人被请进帐篷后，团长的注意力就集中在了他们的斗笠上。他有些荒唐地请他们摘下斗笠让自己看看。两位负责人面面相觑，但还是满足了团长的要求。斗笠其实很寻常，是用竹篾夹油纸编成的，但那根粗短的羽毛有效地令其不同凡响起来。团长若有所思地捻着那根被雨淋湿的羽毛，不禁想起了那天夜里将自己惊醒的长尾雉。在团长的意识里，那只长尾雉有着某种意味深长的来历，它似乎昭示了什么，被它冰冷的尾羽纷乱地扑打在脸上的滋味，始终令团长不寒而栗。

团长怔忪的神情给两位负责人留下了难忘的印象。他们本来准备向团长详尽地汇报当地的形势，但面对团长的心不在焉，他们知趣地打消了念头。双方的交谈显得有些尴尬，两位负责人并没有探听到这支革命军突然抵达的目的，团长用一句

“这是军事秘密”打发了他们的好奇心。

团长的态度引起了两位负责人的不快，他们觉得受到了不应有的轻视。当团长提出让他们给自己的士兵提供洗澡的条件时，这种不快就演变成了不满。

“要热水，最好还有香皂。”团长不紧不慢地说，“我的士兵们现在迫切地需要清洗一下。”

“洗澡对军人这么重要吗？”一位负责人不无揶揄地说，“我自己都有多半年没洗澡了。”

“所以你不是军人。”团长立刻反驳道。

交谈的气氛变得紧张。两位负责人感到蒙受了羞辱，在这种情绪下，他们提及了元熙先生。元熙先生的大名团长早有耳闻，甚至在东洋留学时，都有异国朋友向他打听过这位版本目录学大家。但是此刻在这两位负责人口里，元熙先生却是著名的劣绅。

“我们准备组织特别法庭审判他，”一位负责人沉声说，“也许要杀掉他。”

团长没有听出他们的弦外之音，并没有领会到他们此刻是在显示自己的力量。他有些恍惚，元熙先生的名字使他回忆起了自己的异国友人，于是那些有关的异国岁月也翩然跃上了他的心头。他想起了那几位东洋女子，想起了她们沐浴在温泉中的慵懒的样子。

当两位负责人告辞的时候，团长置若罔闻地依旧陷入在自己的回忆中。

尽管民协负责人与团长的会面不甚融洽，但他们依然满足了团长的要求。部队在当天下午分批进入了那座古镇。民协已经安排好了一切，他们在古镇唯一的澡堂里为团长的兵士们蓄满了热水，当然，还有充足的香皂。

率先而来的团长踏上古镇的青石路面时，看到街两边站满了欢迎自己的民众。他们似乎被某种命令约束着，尽管高矮不齐，但依然显得整齐划一。团长骑在马上，他高高在上地望下去，满眼全是插着羽毛的斗笠，这令他们看起来更像是一支训练有素的队伍。团长的人马从他们之间穿过，似乎也感到了无形的压迫。当面对一群有组织、守纪律的民众时，兵士们也许突然羞愧了起来。连团长骑着的那匹马都有些垂头丧气了。

澡堂并不简陋，除了石砌的大池外，还另有几间隔开的雅室。考虑到古镇的偏僻，它甚至算得上是精致了。团长有些惊讶，他没有想到这里居然会有这样讲究的沐浴场所。但是他很快就从澡堂老板的嘴里得到了答案。

澡堂老板是一个瘦小的中年男人，他显然是受到了恐吓，当他被带到团长面前时，依然处在恐慌的余悸之中。他不敢正视团长的眼睛，因此团长始终无法看清他的脸。这个垂头而立的人将自己的双臂抱在袖筒里，团长问一句，他答一句。他告诉团长这家澡堂是元熙先生的产业——当年元熙先生返乡后把开设一家澡堂当作移风易俗的手段之一。

“它根本不赚钱，” 澡堂老板嗫嚅地说，“根本没人来洗，即使元熙先生免费请他们洗他们也不肯洗。”

此刻团长已经泡在了雅室的水池里，副官用木勺一瓢一瓢地将水浇在他身上。被热水浸泡和浇灌的滋味使团长陷入了一种无法排解的寂寞。他觉得澡堂老板发出的声音仿佛无限遥远，尤其当这个声音说起元熙先生居然在这里办过一份报纸时，团长更加觉得犹在梦中。这份报纸最终当然是半途而废了，听到这个结果，团长似乎才回到现实里。最后团长随口问起了元熙先生对这场战争的态度，澡堂老板却回答道："元熙先生是刀子嘴，豆腐心！"他不但答非所问，而且语气也突然尖厉起来，有种强辩的味道。

团长并没有在意澡堂老板的紧张，他本来就问得毫无目的，况且这次沐浴是这样地令人满意，团长已经全身心地懈怠了。他将自己完全沉入水中，只留出鼻孔呼吸。水流从他脸上漫过，透过水面，他依稀看到水流动荡的起伏。团长莫名其妙地想起了那个死去的营长，那个失去了整张脸的人此刻仿佛漂浮在水面上，他的面孔正成为扭曲的波纹。团长发觉自己居然已经遗忘了这个人的名字，即使绞尽脑汁也无从想起。这令团长陷入深深的自责之中，这个人对于他突然变得无比重要，他觉得自己用遗忘背叛了这个人。团长的眼泪流进了水里。

在澡堂外的街道上，等候洗澡的兵士们却惹出了乱子。

几名下级军官异想天开地向民协负责人提出了召妓的要求。这个要求令对方愤怒莫名，本来已经积存的怨气立刻爆发了。一位负责人毫不客气地驳斥了他们的非分之想，并且用恶劣的方言辱骂他们。当这几位下级军官听出自己是在挨骂时，不免有些恼羞成怒。但是面对他们的强硬，对方丝毫没有退缩，双方由谩骂发展到相互推搡，气氛剑拔弩张。混乱中一位军官的帽子被人碰掉了，这就如同发出了一道号令，枪声立刻就响了。

闻声而来的团长并没有立刻下令制止骚乱。他站在澡堂门前的廊檐下，看着双方在雨水中壁垒分明地对峙，仿佛隔岸观火。

是团长身边的副官替他行使了职责。肇事的军官被捆绑起来，副官没有征求团长的意见，就命令将这几个人枪毙掉。副官这么做显然是正确的，他已经看出了局面的严峻——那个被枪击中的人倒卧在青石路面上，插着羽毛的斗笠滚落在雨水中。

直到这时团长才缓慢地说道："让他们洗了澡再正法吧。"

几名下级军官为自己的荒唐付出了性命，但民协对于这支不期而至的革命军依然萌生出排斥感。这支军队挫伤了他们的期待。在他们眼里，这是一支态度傲慢并且作风败坏的部队，这位团长，也缺乏某种他们认可的气质——他的脸甚至都缺乏一个革命军人应有的正确性。几位民协负责人私下交流了看法，他们一致认为，这位团长更像是一个牢骚满腹并且沉疴在身的少爷。在对团长进行了比喻意义上的蔑视后，某种报复性的情绪也在他们心中悄悄酝酿起来。但是，对于这支革命军，民协依然保持了最后的一点热情。他们邀请团长将队伍带到古镇来，这里的条件显然要比潮湿的河岸强得多。

团长亲自去慰问了那名受到枪击的民协成员。这个人已经被抬到了廊檐下，他不知什么时候已经捡回了自己的斗笠，紧紧地抓在手中。随军医生正紧张地为他处理伤口。团长看到这个浑身是血的人依然保持着一种冷漠的镇定，他的不动声色与那几名下级军官临死前声嘶力竭的叫喊形成了鲜明的对比。他似乎对于自己身体上的创伤毫无反应，只是那只抓着斗笠的手攥出了青筋。团长举目四望，他发现围拢在自己身边的那些人都有着相同的表情，一张张斗笠遮盖下的脸，都有着一种冷漠的镇定。宽大的斗笠在他们脸上投下了一丝不易觉察的阴影。

团长心里再次感到了某种不安。他拒绝了民协的邀请，决定依然将营地扎在河岸边。他的拒绝在对方看来，不啻又是一种缺乏善意的态度，团长因此又一次丧失了与对方融洽起来的机会。在这支队伍到来之前，当地民协的活动还是相对温和的。这块地方民风淳朴，洪流滔天的革命风暴并没有完全涤荡这里。但是，当这支队伍一再令他们感到失望后，他们渐渐被某种粗暴的行动热情鼓舞起来了。

团长被请进了民协的指挥所。这间指挥所设在澡堂对面的一座木楼里，看得出以前曾经是家饭馆，如今里面的条凳依旧摆在一张张木桌边。民协的成员们如同吃饭一样地一桌桌围坐着，这种情形令团长感觉自己仿佛是在赴宴。在这里，那两位曾经拜访过团长的负责人再一次提起了元熙先生。他们控诉了元熙先生阻挠民众运动的诸多罪行。

“我们准备对他采取行动，报告已经送往省城，”一位负责人语气坚定地说，“估计批复很快就能下来，届时请将军出席我们的特别法庭，指导我们对他进行审判。”

团长不置可否地看了对方一眼。他感觉到了，这个元熙先生已经成为对方与自己抗衡的一个筹码。团长觉得这当然是可笑的。

似乎带有某种嘲讽的意味，这位负责人面对团长的模棱两可又列举了一项元熙先生的劣迹——民协准备以团长父亲的名字重新命名这座古镇，以示对于革命元勋的敬意，但这件事情却遭到了元熙先生的诋毁，他甚至不惜写出反动文章沿街散发。

“文章内容恶毒，多有诅咒之词，如此劣绅难道不应该杀掉吗？”这位负责人玩味地看着团长。

团长并没有因此而激动。当自己父亲的名字突然出现的时候，团长并没有如那位负责人期望的那样聚精会神起来，相反，他的思绪却更加恍惚了。团长仿佛看到父亲向自己走来，令人费解的是，这个走来的父亲居然也戴着一只巨大的斗笠，一根长长的羽毛垂在他的脑后，上面挂满了污浊的雨水……

叁

当新的电令到来时，团长正站在河边眺望对岸。雨后初霁，空气中弥漫着植物与泥土潮湿的腥味。士兵们正在准备架设桥梁的木材“橐橐”的伐木声回荡在身后。团长觉得那些被砍伐着的树木散发出了一种夸张的忧郁气息，这种只有新鲜伤口才有的气息令整个河岸变得伤感。

团长接过副官送来的电文，匆匆读完后，沉默不语地返回了自己的帐篷。

大本营命令团长迅速完成那座桥的架设，并且过河占据有利地势，准备阻击敌军的偷袭，“将敌人有效地拦截于河之对岸”。

这份电令措辞沉重得都有些轻佻了，以一种显而易见的、怂恿般的口气鼓舞团长以主动的进攻来取代被动的防御，这样才能争取到足够的时间，以待援军的到来。

赋予这支部队如此重大的责任，大本营也是不得已而为之，是突变的战局将团长推向了风口浪尖。同时，大本营也过于乐观了，他们低估了这支部队的减员情况，如果他们知道被自己寄予厚望的只是一个营的兵力，那么他们就会明白自己正面临着巨大的风险。

电文中并没有解释局势与上一道命令之间的出入，但是破绽在团长眼里一目了然——自己这支队伍本来是为偷袭开路的，现在居然担负起了阻击偷袭的重任。团长从“援军”这两个字看清了自己面临的处境，他明白了，自己已经被置于了需要援救的境地。

团长当然有一种被愚弄的感觉。他猜测这一切都是自己那位严父的主意——用一种诡计般的策略将自己哄骗到最为险恶的绝境，以此达到他用血与火锤炼儿子的目的。团长深知自己的父亲对于这场战争的热忱。这个结论难免令团长感到哀伤。可是他的副官却说出了另外一种可能性。年轻的副官似乎已经洞悉了这个时代深奥的背景，懂得战争只是那些深奥背景的肤浅体现。他以一个从小在大家庭中周旋于所有主子间的侍童的机智，向团长尖锐地指出：“也许是老爷出了什么事？”副官的推测似乎更加合理——团长的父亲身处时代的中心，历史的经验说明那样的位置风云莫测，一旦跌落，势必祸及九族。副官更加怀疑团长如今恰恰就是面临着一种内部斗争的迫害。

副官显然比团长更为客观，他不像团长那样总是感情用事，将个人情绪和弥天的战争混淆在一起进行简单的判断。但是他的结论比团长的更令人沮丧。团长的脸色变得煞白。情绪稍微稳定下来后，他提笔给家里写了一封信。

团长的这封信写得百感交集，整封信笼罩着一种忧伤的哀怨，如同是对一个世界的告别之书。因为一切尚是猜测，他只能采取了一种含糊其词的语言。他首先试探性地询问了父亲的健康，然后就在信中回顾了自己的成长。将一个人的成长诉诸笔端，难免就会冗长，团长耐心地描述了自己记忆中最为遥远的一些画面，以这些画面地再现第一次向自己的父亲暗示出了某种眷恋之情，同时也隐隐地抱怨了父亲对自己态度上的暴虐。他有些疼痛，同时也有些神往。最后，团长向父亲简单汇报了自己目前的任务，尽管他流露出了自己对于这场战争“最终目的”的迷惘，但是他依然向父亲保证自己会尽到一个军人的职责。他写道：

> 虽然我不认为获得战争的胜利比一朵花的开放与凋零更加有意义，但是我依然将令您欣慰当作我来到尘世的最终目的。

写到这里团长已经是热泪盈眶了。

这封信将由副官亲自送到团长的家里。在这种叵测的时刻离开团长，副官当然无法放心。他建议团长随便派一个马弁去传递家书。

“我走了谁给你洗头呢？”副官动情地说。

团长摆了摆手自顾离开了帐篷，命令卫兵牵来了自己的马。

这封家书多少缓解了团长内心的纷乱，他沿着河岸信马由缰地踽踽而行。充沛的雨水使这一带的植物长势凶猛，遍地的花公草和金不换开放得异样绚烂。团长在不知不觉中已经远离了自己的营地。

在一片过分明亮的阳光中，团长看到了元熙先生落寞的背影。正午的阳光照在元熙先生赭石色的长袍上。团长立刻就判断出了这个人的身份，对于这个人他似乎相识已久。

两个人在正午的河岸边不期而遇。面色苍白的团长看来并没有引起元熙先生的反感，同样，元熙先生那张著名的麻脸也没有成为他们之间交谈的障碍。团长端详着这位前朝的翰林，觉得他与自己的预期几乎没有大的出入，他似乎只能是这个样子的——穿着赭石色的长袍，站在明亮的日光中，身干修伟，却神色落寞。

团长的留洋经历成为他们最初的话题。元熙先生对于那个“蕞尔小邦”青眼有加，言辞之中不乏溢美。他讲到了自己的几名异国弟子，他们曾经邀请他去过汉口的日本租界，在那里他见识了唯有在书本上才能追慕的古典风度——“皆席地而坐，卧则以屏掩之，屏皆六曲”，元熙先生甚至觉得那些东洋女子 “高髻如云，腰缠锦带，俨然是晋、唐画像中的人物” 。这样的话题自然又勾起了团长的回忆，此刻当他站在这条河边怀念起那些曾经销魂的往事，不免有着恍若隔世的沉痛。

如同一场风花雪月终究将被马蹄踏碎，他们的话题很快就牵涉到了目前的战争。元熙先生毫不讳言自己对于这场战争的敌意，这位“前朝遗民”认为战争侵扰了他最后的乐土，他已经在一次又一次的“革命”面前一退再退，本来以为会在家乡聊尽余生了，但是这场战争再一次令犷捍之气充弥了都野。

作为一名投身于战争的军人，团长并没有足够的兴趣与元熙先生展开辩论，而且他也缺乏辩论的依据，因为对于这场战争的意义团长本身就是模糊不清的。团长的木讷激发了元熙先生的激情，他雄辩滔滔，仿佛终于抓到了一次尽情抒发的机会，眼前的这位青年军官在他眼里成为这场战争的代言人。最后，元熙先生将眼下的战争斥为一场邪气盈天的浩劫，无论目的与手段，都不具备浩然的正气。为了让自己的理论更有说服力，元熙先生做出了令团长匪夷所思的举动——

他轻轻撩起长袍的下摆，缓步向着河水走去。

河水在阳光下熠熠发亮，泛着耀眼的波光。元熙先生进入到水的中央，仿佛融入到一片无限的光明之中。他始终没有沉没，河水只是淹过了他的脚踝，这样就隐匿了他的行走，使得他宛如驭风而行，漂浮在一片虚妄的逝水之上。

团长目睹了这奇迹般的一幕，他眼睁睁地看着元熙先生蹈水而行，抵达了对岸。巨大的震悚令团长周身战栗，他用双手捂住了自己的脸，无法克制地啜泣起来。团长的那匹马也发出了惊厥的嘶叫，它瘫倒在地，粪便和着尿液喷涌而出。

元熙先生重新回到团长身边时，团长依然陷入在巨大的无能为力之中，他蹲在地上，以手掩面。团长觉得自己被彻底掏空了，孤单单一无所依。当元熙先生的手搭在他觳觫着的肩头时，他除了感到虚妄，还有一种彻底的顺从从心底涌起。

“这其实没有什么，我刚刚不过是走在一座水中桥上。”元熙先生安慰着这个年轻的军官，他没有想到他会如此脆弱。元熙先生这样说道：“这座桥比我的年纪都大，枯水季节它会浮出水面，眼下雨水充沛，它就沉入了水中。你看到了，当我通过它抵达彼岸时，必定拖泥带水，沾上邪秽之气，所以我从来不会走它，如果要去对岸，我宁可多走几百里路，从另一座正大光明的桥上走过去。你觉得这荒唐吗？不，这就好比春耕秋收，你会觉得目的可以大于一切吗？其实手段已经在最初决定了目的，这便是因果……”

泪迹未干的团长仰起头，他看到元熙先生那张麻脸上的每一个坑凹都被阳光填充了，同时，团长觉得正午的阳光像雪崩一样灼伤了自己的眼睛，一瞬间，他的内心被某种无端的热情点燃，他似乎找到了这场战争的意义，并且突然迫切地希望为之申辩。

“我的部队也不会从它上面走过，”团长喃喃地说，“我们正在架一座桥，我们将从自己架起的桥上堂堂正正地渡过河去，走向伟大的胜利……”

遗憾的是，团长的话并没有被元熙先生听到，他的声音微弱，而且元熙先生已经转身离开了他。团长看到元熙先生每走一步都在河岸的石头上留下了一片水迹。

团长无法想象，他在这一刻做出的决定，最终成为这场战争的一个转折点。这座水中桥本来可以改变历史，它是一个玄秘的存在，是历史中无数次出现过的所谓机会。如果团长抓住了这个天赐的捷径，迅速跨过这座现成的桥，那么他将争取到足够的时间。后来的战事说明了时间的宝贵，足以弥补这支部队兵力上的不足；团长完全可以利用时间的有效性，以逸待劳地迎击敌军。

但是，此刻团长固执地坚持让自己的士兵继续架设一座含义万千的新桥。

肆

团长对自己的部下隐瞒了那座水中桥的存在，他怕兵士们因此懈怠新桥的架设。这座新桥在团长的要求下搭建得过分铺张，完全不像一座临时性的桥梁。团长否定了搭一座简易浮桥的方案，他要求这座新桥必须明显高出水面。

始终有头戴斗笠的人出现在营地周围，他们不解地注视着在水中施工的士兵，目光中有种观赏的态度。这些当地人当然知道那座水中桥，但是隐存的隔阂阻止了双方的交流，否则他们一定会向士兵们发出疑问，并且指出他们的工作实际上是多此一举的徒劳。

时间就是这样被延宕的。

三天后，新桥在团长的督促下竣工了。它在夕阳下笔直地矗立在水中，新鲜的木头依然散发着新鲜伤口般的忧郁气息。

部队开拔前夕，团长策马来到了元熙先生的宅第前。

元熙先生的宅第建在一面山坡上，围墙高大宽阔，仿佛一座独立于世外的城池。团长远远望着这座宅第，觉得它和自己的家似乎是由同一群工匠建造起来的——它们出自同一个蓝图，尽管细节上偶有不同，但是整个气质却如出一辙。团长困惑地想，眼前这座宅第里的主人已经成为这场战争的障碍，它也许将要面临自己父亲所代表着的那种力量的摧毁。团长无法厘清这里面的逻辑，起码他从表面上看不出这座宅第与自家宅第之间的差别，因此他无法找到两者之间对立的根据。

黄昏中的团长觉得自己仿佛是走在回家的路上。温暖与沮丧同时出现在团长的情绪中。这一点都不奇怪，因为这两种情绪就是团长对于自己那个家庭的基本情绪。这种情绪令团长在山路上踟蹰不前了，他拿不定主意是否真的该去见一见元熙先生。他觉得自己的到来，也许不能算作是一种拜访，可是没有了拜访的性质，他将以怎样的姿态走进元熙先生的家门呢？最后，团长终于掉转了马头。

在山脚下，一队戴着斗笠的人与团长相遇了。对方停下了步子，但是团长策马急驰，从他们身边风一样掠了过去。团长并没有轻视对方的意思，他只是不愿意让他们看到自己满面的泪水。团长的泪水毫无缘由，仿佛扑面而来的山风吹痛了他的眼睛，令他孩子般的失魂落魄。

团长在天色暗淡的时刻来到了那座水中桥前。他的马警觉地喷着响鼻，仿佛能够看到某种隐匿的危机。团长跳下马，用手抚摸着马头，同时把自己的脸贴在马颈上温柔地摩擦着，这番亲昵的举动令团长和他的马彼此都得到了安慰。团长坐在河岸边，最后一次回忆起那些东洋女子。她们肌肤如雪，经过温泉的浸泡，又会泛起淡淡的粉色，总是令人身不由已地渴望依偎上去；她们的品质中有种天生的沉默，她们用沉默将喧哗的世界还原成最简单的几种关系……

团长的欲念在回忆中滋生起来，昏暗的河水从他眼前流淌而过。

远处传来两声枪响，一些扑翅乱飞的鸟从头顶飞过。团长陡然觉得胸口和头部一阵疼痛的痉挛。那匹马发出了一声嘶叫。

回到营地后团长就得到了元熙先生已经被枪决的报告。民协曾来找过他，在寻找未果的情况下，他们自己完成了对元熙先生的判决。他们送来了一份书面材料，说明了此次审判得到了最高组织的许可；处决元熙先生时一共开了两枪，一枪击中头部，一枪击中胸口。

营地的篝火已经点燃，空气中尽是松树燃烧后特有的芬芳。团长走到一堆篝火前，将报告丢进了火焰中。他突然想起了自己的父亲，他觉得元熙先生的容貌依稀有些像自己的父亲。

这支部队连夜跨过了自己亲手架设的新桥。

他们刚刚抵达对岸就与敌军遭遇了。黑暗中双方试探性地互射了几枪后，大规模的战斗就爆发了。敌军显然也没有估计到这支部队的出现，他们也是刚刚到达，黑夜掩盖了双方战术上的仓促，令最初的交战势均力敌。团长的兵力尽管严重不足，但装备依然完整，几十挺马克沁机枪交织出的火力有效地迷惑了敌人。

但是黑夜终将过去，团长明白，一旦天亮，自己这支部队的脆弱就将暴露无遗。现在他才意识到时间的意义——在敌军到来之前，如果自己的部队早一些抵达对岸，构筑起有效的工事，那么就可以取得关键性的战略优势。而眼下，只有短暂的黑暗在掩护着他们了。团长并未因此产生一丝悔意。如果说他的选择丧失的是一场战争的取胜机会，那么，对他自己而言，他觉得自己抓住的是一次同样重大的机会。

团长决定发起冲锋。这个决定并不是出自战术的考虑，他只是觉得应当这么做。他已经知道了，这是自己的最后一次战斗，同时也是自己唯一一次真正意义上的战斗。战斗本身已经成为意义，于是一切都变得单纯，团长再也不觉得迷惘，那种曾经深刻困扰着他的问题烟消云散。团长身先士卒。在他的感召下，这支一贯散漫的部队焕发出了强大的勇气，兵士们前仆后继，一度甚至冲垮了敌军的斗志。

白昼终将来临。当晨曦显露的时刻，浑身血污的团长又一次热泪盈眶。

随着光明的到来，这支部队完全暴露在敌军的眼前。当敌军掌握了他们的实际兵力后，屠杀般地反扑就开始了。

这场局部战斗持续到午后终于结束。

团长的部队全军覆没。敌军在层层叠叠的尸体中找到了团长，在清点了战果之后，他们误以为被自己击毙的这位年轻军官只是一位营长——团长的军装已经无法让人辨别出真实的军衔了。这位年轻军官的整张脸都被掀掉了，但是令人惊讶的是，这个没脸的人却用他的整个身体呈现出了一种惆怅的表情。

与此同时，疾驰而来的援军在得到消息后仓皇回转，他们距离这条大河仅剩一天的路程。

整个战争就此逆转。大本营做梦也不会料到，其实冥冥之中曾经有一座水中桥可以指引着他们走向胜利。

团长阵亡的消息传来时，他的副官正跟随着老爷踏上漫长的流亡之路。他当然不用再回到少爷身边了。老爷在一夜之间苍老，他在败局面前被迫放弃了所有财富和尊严，只随身珍藏着儿子的那封家书。

在此后的颠沛流离中，副官想起少爷时就会拿出那纸电文来看。这纸电文是他在一个拂晓从团长的帐篷外捡起的，当时它正随着雨水缓缓流走。电文被雨水浸泡后，文字已经漫漶不清，只有为数不多的几个字尚可辨认：

向着伟大的胜利，前进！

你得常常地倍感空虚

——弋舟　张鸿

（访谈）

张鸿，1968年出生于辽宁大连。中国作家协会会员，文学硕士，文学创作一级、副编审。已出版散文集《指尖上的复调》《香巴拉的背影》《没错，我是一个女巫》《编辑手记》《香巴拉》，人物传记《高剑父》,散文评论集《大地上的标志》。广州市文艺报刊社副社长、副主编。

张鸿：看了你的自序后，我对你有了新的看法。我没有想到你对一些让不少写作者很有感觉的词句有着差异性很大的理解，比如“探索”，比如“在寻找的艺术家”，但在第二章节的结尾，你却认为对存在的“不懈的追索”，构成了现代小说的精神基石。如果我没有误读的话，这里边是有内在差异的。能再进一步解读吗？

弋舟：我们得承认，那些“让不少写作者很有感觉的词句”，往往成为失败者的托词，它们可能会被用来掩盖写作者能力的欠缺，可能会助长写作者没有道理的傲慢，令写作变得过于自以为是，像是一个自我陶醉的私人后花园。而我所认同的那个“不懈的追索”，亦有对既往习焉不察的“有感觉”重新怀疑、抱有警惕的含义。不断地推翻自己，以探索的精神质疑“探索”本身的意义，这说起来似乎有些绕，也仿佛什么也没说，但请相信我是诚恳的，而且我也相信，它的确构成了我所理解的那个现代小说的基石。我没法过度解读它，也许，这不过是我一己的态度，那么，它就只和我有关，只对我有效，我也并不期望分享——要知道，那些彼此缠绕甚至彼此否定的认识，才构成了现代小说的复杂性。

问：2000年你开始写作，我2002年开始成为文学编辑，我们大概相识于2005年，2007年我编发了你的短篇小说《时代医生》，这是一个艺术感觉极好、很有现代意识的作品。那个时候，作为编辑的我和作为作家的你都是在成长过程中。从那一个作品起，我就感觉到了你的写作那时正处于一个“凹地”，等待飞翔。这么些年过去，你理想中的那种状态达到了吗？

答：真是有幸，我们有这样共同的成长，这也是写作之事美好的确据之一，这样的一群人，彼此眺望着，上路了。说到个人的感受，可能我一生都会置身在你所说的那块“凹地”里，这对于一个小说家其实是重要的，囫囵感、失败感，于是恒久地盼望，等待飞翔。什么才是理想中的状态呢？我想，“认命”就是最美好的状态。可是“认命”太难，即便我深知作为一个小说家该承受什么样的命运，但趋利避害的本能依旧会给我带来永恒的折磨。

问：第一次在兰州见到你，从你说话的态度、与人交往的内敛或者说矜持，我感觉到了你的孤独，你安静地打量着一切，也试图与之融合，但不容易做到。“凹地”一词英文的说法是depression，它有另一个释义：抑郁，你的性格中是有抑郁的元素存在的，这些元素也体现在你的作品中，你塑造的人物身上赋予了你自己的特征，这是你的内在的外显吧？

答：你所观察到的一切，也许是准确的，那么，这些表现就是我的特点，同时显而易见，它们也将构成我的局限。特点与局限都是令人变得突出的那些部分，但我现在真的不再想要那么突出，也不再想大家都用“抑郁”来指认我——即便，那也许是一个事实。作家在作品中塑造出角色，必然会有自己的投射，可是这样理解文学，还是简单了一些。皮埃尔·别祖霍夫是托尔斯泰的外显吗？还是玛丽雅·保尔康斯基是托尔斯泰的外显？然而托尔斯泰在《战争与和平》中一并塑造了他们，还有娜塔莎·罗斯托娃、库图佐夫、安德烈·保尔康斯基，或者，他们都外显了托尔斯泰，那么，你就得承认托尔斯泰的复杂性。

问：从作家的宗教意识来说，相比同样信奉基督教的冰心的唯“爱”论，林语堂信仰的游离，我认为你在人文关怀的基础上，找到了普世的价值观。人一旦从物质层面进入了精神层面，考虑到各种存在，考虑到未来，考虑到死亡，自觉观照自己的内心，就会考虑到宗教。传统理论首先是承认、肯定这个世界，宗教则是以审视、批判、颠覆的眼光看世界。对超验世界的探索，潜意识深处的原发性需求，很容易走向宗教。你认同我的看法吗？

答：是的，我认同。可是我们的认同真的那么正确和重要吗？信仰从来就不是人的逻辑推导而成的，我有些惧怕以自己的短见去过分揣测神圣。

问：回到你的作品，这些年我读了你不少长中短篇，你的创作量不小，风格从虚趋向实，从以往的着意于技巧走到了如今的自由书写，尤其是近年，这种现象更为明显。这种转变是因何而来？而且，你的每一个作品都是带着问题呼啸而来，然后不停地一环扣一环地追问、探究，然后给或不给结局，这显然是“预谋已久”吧？

答：“以虚无至实有”，这个命名曾经被批评家用来指认过我。对此，我是甘于领受的。写作于我，越来越成为生命的事实，而面对一个“事实”的时候，我们难道还要罔顾它的存在吗？这种转变只从生命本身而来，那些“呼啸而来”的问题，也只是生命本身的馈赠和捶问，它不是我的“预谋”，是时光的本质。今天，我最多感受着的，是人在时光之中的无力。这么说消极吗？不，我想我终于可以渐渐积极一些了。

问：与不少作品读了开头就能预见结尾迥异的是，你的作品，读者无法预见人物的走向，无法预设故事的发展。无数的可能，需要作家有多强大的艺术把握能力？！比如以前的《时代医生》，比如这个集子中的《把我们挂在单杠上》《嫌疑人》，等等，这需要作家具备多么大的想象空间才能不走寻常路。能否就一个作品，谈谈作品的一个起意、走向，以及最终所到之处？

答：我们能够预见自己的走向吗？但我们却设计了作品中人物的命运。在这个意义上，小说家就是对上帝的僭越。那么蓝本就是现成的，我们对自己命运的无知，必须在小说中兑现。上帝把握了我们，小说家去把握笔下的角色，这里面的第一个原则就是——你得让旁观者无力，只有那位把握者是心知肚明的。开头就被预见了结尾，那种小说当然不及格，是对上帝模仿的失败。在这里谈论具体作品，的确难以展开，而且说句玩笑话，我们能去追问上帝是如何起意与布局的吗？上帝塑造世界，有其不由分说的大能，小说家写作的时候亦是，做不到，你就不是小说家，这其实没什么好说的。

问：判定一个作家的作品是否现代性，不仅仅从他的文学理念、作品风格来考察，也许他的语言的运用、叙事的风格也是很重要的一个方面吧，从整体来说，你的语言有诗意，表意精准，节奏感到位，而且语感的度把握得好，在平和冷静的叙述语调中揭示出了人生、人性的隐秘感，表达出了对于人的命运变幻莫测的深刻感悟。正如你对好小说的定义“它有艺术上的周正，读后令人倍感空虚”。这是我个人的阅读感受，愿意就此问题与你探讨。

答：“艺术上的周正”是“匠气”，“令人倍感空虚”是“神迹”，我只能这样有失准确地形容。我们干着的这件事，毕竟还是“人事”，注定要有人的局限和笨拙，所以我更看重“匠气”，对于人来讲，这也许比“神迹”还要难，尽人的义务，做出人的极致，可能也更合乎神的美意。但今天有太多的写作者在“人事”上都难以达标，语言无诗意，表意不准确，节奏感全无，如此，焉能奢望“神迹”的降临？写作这件事情最大的风险就是会让人莫名其妙地觉得自己很是回事、很不简单，多少人躲在里面沾沾自喜和自我蒙蔽，对此，我们真的是要警惕，而常怀警惕的一个有效途径就是——你得常常地倍感空虚。

问：《夏蜂》，一个意象性的作品，蜂巢、女人、女人的子宫，《平行》，平行、平躺、老去。你很多作品借着意象、借着隐喻，都生成一种终极指向，或者道德，或者罪恶，抑或是情爱。这其中有一种批判的精神？

答：写作这件事情，在我看来，可能就是朝向那些终极性的问题的，否则，它几无意义。提供娱乐，拉扯是非，乃至传播知识，这些也都是人正当的需求，可是今天其他媒介比小说有优势得多了，小说得有自己不可撼动的底盘，哪怕，它只剩下针尖儿那么大了。人一旦朝向那些终极性的问题，也许，不由自主就会有些批判的精神了吧。

问：有不少问题想问你，但限于篇幅，我问最后一个问题：你如何看待格非创作风格的转型？

答：他以自己的写作实践，给有抱负的小说家提供着有重要价值的参照。他处理着的，也许不仅仅是小说的问题，更是“中国小说”的问题，在我看来，他也许还是在艰难地处理着中国的问题。